Zum Autor:

Manfred Haertel wurde 1945 in Brandenburg an der Havel als Manfred Sauermilch geboren.
Er besuchte die Puschkin-Oberschule bis zur zehnten Klasse.
Von 1963 bis 1966 erlernte er im Stahl-und Walzwerk Brandenburg den Beruf Profilwalzer und erwarb gleichzeitig das Abitur.
Von 1966 bis 1970 absolvierte er das Diplomlehrerstudium in den Fächern Sport und Geschichte an der Pädagogischen Hochschule „Erich Weinert" in Magdeburg.
1969 heiratete er die Lehrerin Karla Haertel und nahm ihren Namen an. Beide haben drei Kinder, fünf Enkel und zwei Urenkel.
Von 1970 bis 1985 war er Lehrer im Jugendwerkhof in Lehnin. In dieser Zeit verfasste er Romanmanuskripte über das Leben in einem Jugendwerkhof. Sie wurden von DDR-Verlagen abgelehnt, weil sie zu kritisch waren.
Danach war er ein Jahr Honorardozent für Sozio- und Milieutherapie an der Hoffbauerstiftung in Hermannswerder.
Von 1986 bis 1989 unterrichtete er an der Polytechnischen Oberschule in Damsdorf.
Wegen politischer Querelen (Auftrittsverbot beim Lehniner Karnevalsverein; Observierung durch zwölf IM´s des DDR-Staatssicherheitsdienstes) verließ er mit seiner Familie 1989 per Ausreiseantrag die DDR und siedelte in die BRD über.
1991 kehrte er mit seiner Frau und dem Sohn nach Lehnin zurück.
1991 übernahm er als Rektor der Realschule die damalige Polytechnische Oberschule in Damsdorf.
2007 ging er in den Vorruhestand.

Bisherige Veröffentlichungen:

Zwei Kurzgeschichten in Anthologien (1981 Evangelische Verlagsanstalt Berlin, 1990 St.-Benno-Verlag Leipzig).
1991 drehten die DEFA und das ZDF nach seiner Erzählung den Spielfilm „Jana und Jan", der 1993 beim Filmfestival in San Remo mit dem Spezialpreis der Jugend ausgezeichnet wurde.
2002 erschien der erste Roman seiner Werkhof-Trilogie mit dem Titel „Verflucht, gehaßt und abgeschoben".
2004 erschien der zweite Roman „Ich möcht´ mal in die Sonne spucken".
(beide Bücher erschienen im Verlag edition & belletriste Berlin)
2008 veröffentlichte er mit seiner Frau ein Buch mit Weihnachtsgeschichten „Schräge Weihnachten" beim Verlag „Books on Demand" in Norderstedt.
2009 erschien der dritte Roman der Werkhof-Trilogie „Flucht ohne Wiederkehr" bei „Books on Demand"
2013 erschien sein autobiografischer Roman „Ein Musterschüler wurde Fred nie" beim Verlag „Books on Demand".

Vorwort

Vor zwanzig Jahren hatte sich mir ein ehemaliger Schüler, der in eine Satanssekte geraten war, anvertraut. Seine Berichte und sein innerer, zerissener, seelischer Zustand hatten mich derart beeindruckt, dass ich mir damals, mit seiner Zustimmung, von seinen Schilderungen Notizen machte.

Ich habe das Notierte literarisch verarbeitet, weil ich der Meinung bin, dass man den Satanskult nicht bagatellisieren darf.

Namen und Orte sind mit dem Fall nicht identisch.
Manche Episoden des Geschehens sind vom Autor frei erfunden.
Der Autor hat die einschlägige Literatur über Satanismus studiert.

Mit Hinweis auf den Ritualmord 1993 in Thüringen an den Jugendlichen Sandro Beyer erachtet es der Autor als dringend notwendig, in den Schulen die Jugendlichen auf die Gefahren von Sekten hinzuweisen.

Manfred Haertel

Der Pakt mit Luzifer

Die Sonne brannte vom Himmel. Der zwölfjährige Wolf und sein neunjähriger Bruder Tim knuffelten wild auf der Gartenwiese mit dem Fußball. Bald strömte ihnen der Schweiß aus allen Poren. Für einen Augenblick hielt Tim beim Bolzen schnaufend inne und blinzelte in die Sonne. Er stand kurz vor einem Hitzeschlag und träumte vor sich hin. Ihm war, als lockte ihn die Sonne zum nahegelegenen See. „Komm, wir gehen baden!", rief er seinem Bruder Wolf zu. Da Wolf sich schon längst mit dieser Idee herumgetragen hatte, war er sofort bereit: „Na los! Wer zuerst am See ist." „Wir müssen aber die Luftmatratze mitnehmen!", schlug Tim vor. Die lag auf dem Rasen. Sie griffen sie jeder an einem Ende. Vergnügt zogen sie zum See, wo sich im kühlen Nass schon etliche Kinder tummelten. Sie trafen auf ihren Cousin Frank, der mit einigen Jungen auf einer Decke lag. Sie spielten Karten. Ohne aufzublicken, erwiderte er das „Hallo!" seiner Cousins. Frank war schon sechzehn und gab sich nicht mehr mit kleinen Bubis, wie er seine Cousins nannte, ab.

Wolf und Tim stürzten sich ins erfrischende Wasser und zogen die Luftmatratze hinter sich her. Als sie bis zur Brust im See standen, krabbelten beide auf die Luftmatratze. Sofort begann zwischen beiden ein fröhliches Gerangel. Dabei bemerkten sie nicht, wie sie allmählich ins tiefere Wasser trieben. Sie verknoteten sich in einem zähen Ringkampf. Wer schubst den anderen zuerst von der Luftmatratze? Keiner wollte Verlierer sein. Jeder kämpfte verbissen um seinen Platz. Plötzlich rutschten beide unvorbereitet von der Luftmatratze, die durch die entstandenen Wellen noch weiter raustrieb. Tim, der nicht schwimmen konnte, der nur wie ein Hund paddelte, dabei nach Luft japste, vor Todesangst keinen Ton herausbekam und Wasser schluckte, erreichte die Matratze nicht mehr, während sich Wolf noch mit allerletzter Kraft auf die Matratze hinaufziehen konnte. Verwirrt ließ er seinen Blick über den See schweifen. Tim war nicht mehr zu sehen. Plötzlich tauchte sein Kopf auf. Wolf ruderte wie wild mit den Händen zu ihm. Mit weit aufgerissenen, flehenden Augen sah Tim seinen Bruder an. Aus seinem Mund gurgelten die Worte: „Wolf! Wolf! Ich ertrinke! Hilf mir! Rette mich!" Wolf griff nach Tims Haarschopf. Aber das nasse Haarbüschel rutschte ihm aus der Hand. Und Tim verschwand im trüben Wasser. Wolfs Stimme war wie gelähmt. Das „Hilfe!" blieb ihm in der Kehle stecken. Er paddelte wie ein Wilder mit den Händen zum Ufer, rannte zu seinem Cousin und stotterte wie ein Irrsinniger: „Der T…Tim, der…er…tri…nkt!" Frank fühlte sich von diesem Spinner beim Kartenspiel gestört, lachte und fuhr Wolf an: „Bubi, spinn dich aus! Aber nicht bei mir! Los, zieh ab!" Plötzlich hörte er um sich herum ein Gekreische: „Der Tim säuft ab!" Da sprang Frank sofort hoch, schaute auf den See, sah weit ab vom Ufer jemanden auftauchen, mit den Armen um sich schlagen, dann wieder untergehen, auftauchen, wieder untergehen. Blitzschnell sprintete Frank ins Wasser, kraulte mit kräftigen Schlägen zum Ertrinkenden, tauchte einmal, zweimal, dreimal, packte zu und zog Tim endlich an die Wasseroberfläche. Mit dem rechten Arm umschlang er Tims Brustkorb. In der Rückenlage schwamm er keuchend und vor Erregung zitternd zum Ufer. Als er im flachen Wasser stand, nahm er Tim auf die Arme und trug den leblosen Körper an Land. Dort legte er ihn in den warmen Sand. Sofort umringten ihn alle und redeten hektisch durcheinander:

„Ist er tot?"

„Hat er viel Wasser geschluckt?"

„Kannst du ihn wiederbeleben?"

„Stabile Seitenlage, los!"

„Wasser rauspumpen!"

„Herzmassage hilft!"

Alle waren bestürzt. Mädchen bekamen einen Weinkrampf. Frank versuchte laienhaft vergeblich, das Wasser aus Tim herauszupressen. Noch einmal hustete Tim und spuckte Wasser aus. Dann lag er da mit groß aufgerissenen Augen und mit starrem Blick.

Inzwischen war schon ein Junge zum Gasthof des Dorfes gelaufen. Der Wirt hatte sofort den Krankenwagen gerufen. Mit Blaulicht raste der Sanka an den Strand. Der Notarzt unternahm Wiederbelebungsversuche. An der ernsten Miene und dem leichten Kopfschütteln des Rettungsarztes glaubte Wolf zu erkennen, dass Tim wohl nicht mehr zu retten war. Man legte Tims leblosen Körper auf eine Trage, schloss ihn an mehrere Geräte an und schob ihn in den Krankenwagen. Dann fuhr der Rettungswagen mit Blaulicht und Martinshorn davon. Die Umstehenden schwiegen betroffen. Wolf stand da wie eine Marmorsäule. Tränen liefen ihm übers Gesicht. Sein Herz drohte vor Schmerz zu zerspringen. Die schwere Last, am Tod seines Bruders schuld zu sein, ihn nicht vor dem Ertrinken gerettet zu haben, verstärkte zudem seine Qual. Am liebsten würde er sich jetzt von einer hohen Brücke ins tiefe Wasser stürzen. Langsam und niedergeschlagen ging Wolf nach Hause.

Vor der Haustür rieb er sich die Tränen aus dem Gesicht. Schreckliche Angst hatte ihn ergriffen, denn in wenigen Augenblicken musste er seinen Eltern von der schlimmen Katastrophe berichten, vom Unheil, das mit seiner ganzen Härte die Familie traf. Ein junges Leben war in wenigen Minuten ausgelöscht. Wolf erahnte schon die Vorwürfe, ehe er die Tür zum Wohnzimmer öffnete, in welchem sich sein Stiefvater und seine Mutter angeregt unterhielten. Wolf atmete mehrmals tief durch, betrat das Zimmer und sagte wie in geistiger Abwesenheit: „Tim ist tot! Ertrunken!" Der Stiefvater bemerkte, ohne von seiner Zeitung aufzublicken: „Willst uns wohl verarschen? Und uns einen Schreck

einjagen?" Seine Mutter drohte mit dem Zeigefinger: „Mit sowas spaßt man nicht, du Dummkopf!" Als sie aber ihren Blick vom Bügelbrett hob, ihn auf Wolf richtete und in sein verzerrtes, versteinertes, verheultes Gesicht sah, schrie sie auf: „Du ulkst nicht! Wo ist Tim? Was ist passiert? Hast du denn nicht auf ihn aufgepasst?" Noch bevor Wolf das Geschehene schildern konnte, stürmte sie wie eine Furie auf ihn zu und schlug mit den flachen Händen auf ihn ein. Nun hatte auch der Stiefvater begriffen, dass es ernst war. Er setzte seine Bierflasche von den Lippen ab, stellte sie auf den Couchtisch und stemmte seinen massigen Körper aus dem Sessel hoch. Tim war sein leiblicher Sohn. Und so stampfte er wutentbrannt, mit vorgestreckten Händen, auf Wolf zu, packte ihn, wobei sich seine Finger im Vorderteil des Pullovers festkrallten und schüttelte ihn fast bis zur Besinnungslosigkeit. Dabei wiederholte er mehrmals: „Wenn meinem Sohn etwas Schlimmes passiert ist, dann gehst du auch hops!" Währenddessen lief die Mutter haareraufend durch den Raum und jammerte vor sich hin: „Mein kleiner Junge! Mein Timi! Und du Bengel bist schuld!" Wieder klatschten ihre Hände auf Wolfs Körper. Wie vom Wahnsinn gepackt kreischte sie: „Wärst du doch lieber abgesoffen! Du hast ihn mutwillig ertrinken lassen! Du warst immer schon neidisch auf deinen kleinen Bruder! Du Hundsfott!" Sein Wimmern, Flehen und Beschwören, er hätte alles getan, den Bruder zu retten, halfen ihm nichts.
„Wo ist Tim jetzt?" fragte die Mutter. Wolf wimmerte: „Die Männer haben ihn im Krankenwagen weggefahren."
„Warum muss Tim tot sein, wenn sie ihn ins Krankenhaus bringen?", fuhr ihn sein Stiefvater an und boxte ihm die rechte Faust gegen die Brust, dass Wolf der Atem stockte.

Die Eltern fuhren eilig ins Krankenhaus. Dort sprach der Chefarzt persönlich mit ihnen: „Es tut uns sehr leid, aber jeglicher Wiederbelebungsversuch bei Tim blieb erfolglos.

Wir haben alles getan, glauben sie mir. Mein herzlichstes Beileid." Der Vater entlud seinen Gram und seine Wut: „Hätte sein großer Bruder ihn nicht retten können, wenn er ihn frühzeitig aus dem Wasser gezogen hätte?" Seine Reaktion war so heftig, dass der Chefarzt entsetzt war und gereizt antwortete: „Ich habe gehört, dass beide baden waren, und der Bruder erst zwölf Jahre alt ist. Der hätte gar nicht die Kraft dazu gehabt, Tim auf die Luftmatratze zu ziehen! Mein Rat, hüten sie sich davor, Wolf, ihrem Sohn die Schuld am Tod seines Bruders zu geben. Das kann ihm großen, seelischen Schaden zufügen!"

Der Vater reagierte wütend: „Das ist nicht mein richtiger Sohn! Er ist nur der Stiefsohn! Und der hat meinen Tim auf dem Gewissen!"

Die Mutter stand stumm daneben und schluchzte laut vor sich hin: „Mein armer Timilein! Er kommt nie wieder nach Haus! Nur weil der Grosse nicht auf ihn aufgepasst hat!" Dabei befingerte sie nervös eine Zigarettenschachtel. Mit einem tiefen Seufzer sagte sie: „Ich muss jetzt eine rauchen!" Sie verschwand über den langen Flur hinaus ins Freie, während der Vater noch weiter über das angebliche Versagen der Ärzte lamentierte: „Vielleicht haben ihre Ärzte eben nicht genug getan, um unseren Sohn zu retten? Man hört doch immer wieder was vom Ärztepfusch!" Seine zornige Anschuldigung brachte den Chefarzt aus der Fassung: „Also, solche infame Unterstellung gegen mein Personal lasse ich als Chefarzt nicht zu! Beruhigen sie sich erst einmal und überlegen sie, was sie da behaupten!" Er drehte sich zum Gehen um. Etwas barsch fragte der Vater: „Können wir unseren Sohn noch einmal sehen?" Der Chefarzt hielt im Gehen inne, wandte sich zum Vater um und meinte im milderen Tonfall: „Natürlich. Ich rufe eine Schwester. Die wird sie begleiten. Warten sie bitte hier!"

Gleichzeitig mit der besagten Schwester kehrte auch die Mutter vom Rauchen zurück. Ihre verquollenen Augen, die zerknitterte, graue Haut und die Nikotindunstwolke, die sie vor sich herschob, machten sie abstoßend. Beide folgten der Krankenschwester, die sich freundlich und mitfühlsam mit ihrem Namen vorgestellt hatte.

Als die Eltern mit verzweifelter Wut aus dem Krankenhaus nach Hause kamen, zog es Wolf vor, ihnen aus dem Weg zu gehen und sich ins Kinderzimmer zurückzuziehen. Er konnte nicht ahnen, dass sie ihn mit Verachtung strafen würden. Denn von nun ab herrschte eisiges Schweigen in der Wohnung. Kein Wort zu ihm, kein Blickkontakt, kein gemeinsames Abendessen. Die Mutter stellte ihm wortlos einen Teller mit belegten Stullen ins Zimmer. Beim Hinausgehen stöhnte sie laut auf: „Ach ja, bald kratze ich ja auch ab!"
Ihre Worte taten Wolf weh. Und er rief ihr hinterher: „Mutti, sag doch nicht sowas! Ich hab´ dich doch lieb!" Aber die Mutter warf nur ihren Kopf in den Nacken, drehte ihm die kalte Schulter zu und höhnte: „Auf die Liebe eines feigen Brudermörders verzichte ich!" Dann knallte sie hinter sich die Tür zu.
Am Abend klingelte das Telefon. Wolf öffnete seine Tür einen Spalt und lauschte. Seine Klassenlehrerein war am Telefon und schlug vor, Wolf ein paar Tage zu Hause zu lassen. Das empörte seine Mutter, die schon etwas angetrunken war: „Der Bengel soll sich zur Schule scheren! Nun soll er sich auch noch ein paar schöne Tage auf Kosten seines toten Bruders machen? Ich will ihn hier zu Hause nicht sehen!" Sie knallte den Hörer auf, ging in die Küche zu ihrem Mann und keifte dort weiter: „Das fehlt noch, dass der Faulpelz Zusatzferien machen kann!"
Wolf schloss leise die Tür. Eigentlich war er froh, seine verbitterte Mutter nicht den ganzen Tag zu Hause ertragen zu müssen.

Wie im Lauffeuer hatte es sich im Dorf rumgesprochen: „Der Wolf Polt hat seinen kleinen Bruder im See ersaufen lassen!"

Am Morgen nach dem Unglück begab sich Wolf auf Geheiß seiner Mutter bedrückt auf den Weg zur Schule. Er konnte es nicht verstehen, dass ihn seine Mutter zum Schulbesuch zwang, obwohl ihn seine Klassenlehrerin am Vorabend vom Unterricht befreit hatte. Im schleppenden Gang näherte er sich der Bushaltestelle, wo sich schon etliche seiner Schulkameraden eingefunden hatten. Von weitem vernahm er, dass sie aufgeregt diskutierten. Die Stimmung unter ihnen war aufgeheizt. Wortfetzen drangen an seine Ohren:

„Der Polt war ja zu feige!"

„Der hätte seinen Bruder auch auf die Matratze ziehen können!"

„Nee, der hat den Tim einfach absaufen lassen!"

„Ein feiner Bruder!"

„Der kann aus unserm Dorf wegziehen!"

„Der wird hier im Dorf nicht mehr froh!"

„Na, der hat sich schnell auf die Luftmatratze gerettet!"

„Der ist eben ein Brudermörder!"

Als einer laut und betont rief: „He, da kommt ja der feige Brudermörder!", verstummten alle. Und Wolf setzte keinen Schritt mehr in Richtung Bushaltestelle. Ratlos verharrte er in angespannter Haltung. Sein Blick war zu der Meute gewandt, die ihn gern an den Pranger stellen, die ihn allzu gern als Sündenbock durch das Dorf hetzen würde. Nun bekamen sie mit, dass sich Wolf nicht zu ihnen traute. Da fielen sie mit Beschimpfungen über ihn her. Scham und Angst machten ihn kopflos. Als der Bus um die Ecke bog, löste er sich aus der Starre, bog nach rechts in einen Weg ab und rannte in den Wald hinein, wo er sich mit seinem Klassenkameraden Steven eine kleine Hütte gebaut hatte. Äste und Bretter schützten die etwa zwei mal zwei Meter große Hütte vor Wind und Regen. Am Eingang hing ein alter Sack. An der Decke baumelte eine Taschenlampe, deren Birne ein wenig Licht spendete.

Während in der Schule eine Gedenkminute in Erinnerung an den Mitschüler Tim Polt abgehalten wurde und in allen Klassen die Lehrer ihre Schüler über den tragischen Vorfall am See informierten, hockte Wolf in der Hütte auf einem Holzklotz und grübelte über sein künftiges Handeln nach. Sein erster Entschluss: *Nach Hause gehe ich nicht mehr! Ich haue ab! Weit weg! Am liebsten würden die mich lynchen! Ich werde nie mehr einen Freund im Dorf haben!* Sein zweiter Entschluss: *Ich kampiere hier in der Hütte und lebe wie ein Einsiedel!* Sein dritter Entschluss: *Am allerbesten, ich bringe mich um!* Über das WIE nachzudenken, gelang ihm nicht mehr, denn nach der schlaflosen Nacht übermannte ihn die Müdigkeit. Er sank kraftlos auf das Strohlager nieder und schlief bald ein.

Ein Knacken im Unterholz weckte Wolf auf. Er lauschte und fühlte sich nicht wohl in seiner Haut. *Jemand scheint sich ranzupirschen*, dachte er. So kroch er zum Eingang, schob den Sack ein wenig beiseite und erschrak, als ganz dicht vor seinen Augen das Gesicht seines Freundes Steven auftauchte, der gerade seinen Kopf in die Hütte stecken wollte. Auch Steven erschreckte sich, als er so unverhofft Wolfs Gesicht erblickte. Wolf fand zuerst seine Stimme wieder: „Du hier?"
Steven entgegnete: „Ich habe geahnt, dass du in unserem Versteck sein würdest. Alle sind deinetwegen in heller Aufregung, nachdem die Lehrerin deine Mutter angerufen und erfahren hatte, dass du zu Hause nicht angekommen bist. Die machen sich Sorgen."
„Pah! Sollen die sich doch Sorgen machen! Für die bin ich doch ein Brudermörder!"

Steven zwängte sich durch den Eingang, schaute Wolf mitleidsvoll an und meinte kameradschaftlich: „Lass die doch quatschen! Ich denke nicht so. Ich steh' zu dir."

„Aber an der Bushaltestelle warst du in der Clique, die mich beschimpft hat. Ich habe deine Stimme nicht gehört, um mich zu verteidigen. Hättest doch mal dein Maul für mich aufmachen können. Nee, du hast gekniffen. Hattest Schiss! Ha! Du willst ein Freund sein?"

Beschämt druckste Steven vor sich hin. Kleinlaut gab er zu: „Na ja, die war'n in der Überzahl, die gegen dich waren. Da hielt ich lieber meine Klappe."

Wolf brüskierte sich: „Also solchen Feigling, solche Memme brauche ich nicht als Freund! Kannst dich bei den anderen anbiedern! Und lass mich in Zukunft bloß in Ruhe!" Er nahm seine Schulmappe, krabbelte aus der Hütte und lief ins Dickicht. Er reagierte nicht auf Stevens Beteuerungen: „Mensch Wolf, renn doch nicht weg! Wir sind doch Freunde. Wir haben uns doch immer gut verstanden, haben Fußball gespielt und geangelt." Vergeblich versuchte Steven, Wolf doch noch zum Umkehren zu überreden: „He, ich habe bald Geburtstag. Und du bist doch eingeladen!"

Wolf drehte sich noch einmal um und rief zornig zurück: „Feier mal schön mit den anderen! Du hältst ja mehr zu denen, als zu mir!" Unbeirrt und verärgert zog er weiter.

Wolfs Groll auf die Leute, die ihn wie einen Aussätzigen mieden, verhärtete sich immer mehr. Er sank immer tiefer in eine Apathie. Er malte sich Selbstmordszenarien aus. Die Welt um ihn herum erschien ihm in tiefster Finsternis. Er hatte im Dorf keine Kontakte mehr. Völlig in sich gekehrt, nach außen gegen jeden und gegen alles abgeschirmt, geriet Wolf allmählich in den Sog absurder Fantasien. Nachts wurde er schweißgebadet wach, wenn er im Albtraum mit seinem Bruder Tim gesprochen hatte, den er immer wieder um Vergebung bat. Doch der Bruder wollte ihm nicht verzeihen. Wie all die anderen klagte er Wolf an, ihn nicht gerettet zu haben. Meist erschien ihm Tim mit einer grässlichen, bläulichen Fratze und mit einem gellenden Gelächter, das Wolf erzittern ließ. Bald war er dem Wahnsinn nahe. Und er scheute sich davor, das Grab des Bruders zu besuchen, aus Furcht, der könnte seine Hand aus dem Grab strecken und ihn hinabziehen in das Reich der Toten. Damals war er froh gewesen, dass er nicht zur Beerdigung gehen musste. Ihn hatte ganz plötzlich ein Nervenfieber ans Bett gefesselt.

So verging die Zeit in völliger Einsamkeit. Aber eines Tages begegnete Wolf, er war inzwischen vierzehn Jahre alt, hatte eine ausgereifte Burschenfigur und immer ein gepflegtes Äußeres, auf dem Schulhof Anka - ein nettes, fröhliches Mädchen aus der Nebenklasse, das immer schelmisch blickte. Sie gesellte sich zu ihm, betrachtete ihn mit offenem Blick und fragte: „Wollen wir uns heute nach dem Unterricht treffen?" Auf diese Frage war Wolf nicht vorbereitet und schaute Anka verblüfft an. Da er sie in den Pausen öfter schon aus heimlichen Seitenblicken beäugelt hatte und für sie große Sympathie empfand, willigte Wolf gleich ein: „Ja, von mir aus. Wo treffen wir uns?"
„Am besten an der Eisbude", erwiderte Anka eilig, aus Furcht, Wolf könnte einen Rückzieher machen.
Die letzten zwei Unterrichtsstunden zogen sich für Wolf zäh dahin. In seiner Hosentasche klimperte Kleingeld, das er mehrmals auf der Hand durchzählte. Er rechnete nach, ob es für zweimal zwei Eiskugeln reichen würde. Denn er hatte sich vorgenommen, als Gentleman der Anka ein Eis zu spendieren. *Beim ersten Date gehört sich das so!* Sagte er sich.
Als er nach Unterrichtsschluss aus dem Schulgebäude eilte und zur Eisbude lief, stand da schon Anka, leckte ein Eis und streckte ihm eine Eiswaffel mit Schoko-und Vanilleeis

entgegen: „Komm, schnell, nimm, sonst zerläuft es noch!"
Wolf errötete und stammelte: „Das kann….ich doch nicht
annehmen. Außerdem wollte ich dir ein Eis spendieren." Er
griff in seine Hosentasche, nahm das Kleingeld heraus und
hielt es ihr als Beweis seiner spendablen Absicht hin.
Anka forderte rigoros: „Nun nimm schon! Und ziere dich
nicht! Wir leben doch im Zeitalter der Gleichberechtigung."
Sie lächelte Wolf so gewinnend an, dass er seine
Bedenken überwand, zum Eis griff und mit Genuss und
Wonne das Schokoeis schleckte. Sie gingen in einen
nahegelegenen Park, setzten sich auf eine Bank. Jeder
suchte nach Worten, ein Gespräch zu beginnen.
Während beide schwiegen, verknüpften sich insgeheim die
Gefühlsbande. Immer häufiger schauten sie sich in die
Augen. Ankas Blicke zauberten hin und wieder ein Lächeln
auf Wolfs verhärmtes Gesicht.
Schließlich brach Anka das Schweigen: „Warum schaust du
immer so ernst? Du bist so still. Du hast kaum Kontakte in
der Schule." Anka wohnte in der Stadt. Hier und da hatte
sie einiges über Wolf munkeln gehört. So fragte sie direkt:
„Du warst echt dabei, als dein Bruder im See ertrank?"
Diese Frage hatte Wolf gefürchtet. Wie oft war sie schon an
ihn gestellt worden? Und nun tat es auch das Mädchen,
das er schon seit längerer Zeit heimlich verehrte, in das er
fast schon ein bisschen verliebt war. Diese Frage, die ihn
immer wieder aufwühlte, die in ihm immer wieder die
grauenvollen Erlebnisse hochspülte, scheute er wie der
Teufel das Weihwasser. Das Schuldgefühl zerquetschte
seine Seele. Doch diesmal schilderte Wolf haarklein das
Geschehen am See, den er seit dem Tod seines Bruders
nie mehr aufgesucht hatte. Anka hörte gebannt zu. Wolf
schloss mit den Worten: „Und für alle bin ich schuld am Tod
meines Bruders. Und das bin ich ja auch. Ich gebe es für
immer, bis ans Ende meines Lebens, zu." Anka spürte,
dass plötzlich in Wolfs Brust ein heftiger Gefühlssturm

ausgebrochen war. Sie strich ihm mütterlich über das glatte, dunkelblonde Haar. Ihre braunen Augen sahen Wolf zärtlich an. Das tat ihm gut. Nach langer Zeit empfand er wieder von jemandem Zuneigung und Verständnis.

Nachdem sie sich einige Male getroffen hatten, nahm Anka Wolf mit zu sich nach Hause. Ihre Eltern waren ihm gleich sehr zugetan. Schon bald war er ihnen gegenüber zutraulich, so dass er über sich, den von vielen verfemten Brudermörder, sprach. Ankas Vater, ein mittelgroßer Mann, mit einer Stirnglatze und mit auffällig düster blickenden Augen, hörte ganz fasziniert zu, bis er fragte: „Und du warst noch nie am Grab deines Bruders?" Wolf schüttelte nur den Kopf. Da rückte Ankas Vater dichter an Wolf heran, so dass ihn plötzlich ein unbehagliches Gefühl anschlich. Der Vater raunte ihm zu: „Mein Junge, ich kann dir helfen." In diesem Moment forderte die Mutter Anka auf, mit in die Küche zu kommen, Kaffee zu kochen und Kuchen aufzuschneiden. Jetzt saß Wolf einem Mann gegenüber, der ihn mit seinem durchdringenden scharfen Blick musterte. Sein Gesicht wirkte verkniffen und ähnelte mit diesem starren Blick einer verzerrten Maske. „Pass auf!", begann er, „wir treffen uns nachts am Friedhof. Und dann gehen wir beide zum Grab deines Bruders. Ich kann ihn rufen. Und du bittest ihn, dir zu verzeihen!" Bei seinen Worten wurde Wolf ganz wohl ums Herz. Er dachte bei sich: *Wenn das nur so einfach ginge. Das wäre wunderbar.*
„Wann?", flüsterte Wolf aufgeregt.
„Wenn du willst, schon heute Nacht."
„Gut", hauchte Wolf und fühlte, wie eine Gänsehaut über seinen Rücken lief, wie ein Jauchzen sein geschundenes Herz erbeben ließ. Seine Gedanken drehten sich nur um eins: *Endlich befreit sein von Schuld, Schimpf und Schande durch Vergebung meines Bruders.* Obwohl ihm Ankas Vater durch dessen Gebaren wie ein vom diabolischen Geist

Besessener vorkam, war er von dessen Vorschlag völlig begeistert.

Als sich Wolf verabschiedete, zischelte ihm Ankas Vater noch zu: „Also, kurz vor Mitternacht! Am Friedhof!"

Auf dem Nachhauseweg trudelten Wolf die obskursten Gedanken durch das arg strapazierte Gehirn. Freude und Spannung hatten ihn total ergriffen. Die immer wieder aufflammende Beklommenheit verdrängte er. Er konnte nicht wissen, auf was für ein gefährliches, gespenstisches Abenteuer er sich eingelassen hatte.

Eine viertel Stunde vor Mitternacht schlich sich Wolf aus dem Haus, lief durch die dunkle, holprige Dorfstraße und erreichte bald den Friedhof. Der Nachthimmel war leicht bewölkt. Durch die Wolkenlücken schien hin und wieder der Mond in seiner dreiviertel Größe. In den Bäumen spielte ein starker Wind mit dem Geäst, dass es hier und da unheimlich knackte. Ein heiseres Bellen schallte durch das Dorf. Wolf verschränkte seine Arme vor der Brust. Ihn fröstelte, obwohl es eine laue Nacht war. Eine unbändige Furcht hatte ihn gepackt und fest umklammert. Seine Ohren lauschten in die Dunkelheit. Auf der Chaussee näherte sich ein Auto. Mit bibbernder Stimme sagte sich Wolf: „Hoffentlich ist es Ankas Papa!" Das Licht der Scheinwerfer kam näher. Das Auto bremste und hielt am Friedhofstor. Ankas Vater stieg aus. Wolf atmete erleichtert auf. Wortlos betraten beide den Friedhof. Nach ein paar Schritten fragte Ankas Vater: „Wie heißt dein Bruder?" Fred hörte sein eigenes Herz klopfen. Aus Angst, er könnte mit einer zu lauten Stimme die Toten aufwecken, flüsterte er fast panisch: „Tim Polt heißt er." Sie gingen durch die Gräberreihen. Immer, wenn der Mond den Friedhof erhellte und Wolf ihre Schatten neben sich sah, stockte ihm der Atem. Ihm war, als verfolgte sie jemand. Er schob sich so dicht an den Mann neben sich, dass er sogar dessen

Körperwärme spürte und dessen Atem, der ihm ins Gesicht wehte. Plötzlich schrillte der Ruf eines Käuzchens über die Gräber. Wolf fuhr erschrocken zusammen. Eine solche Atmosphäre kannte Wolf bisher nur aus Märchenfilmen und Gruselgeschichten. Nun steckte er selber mittendrin im Friedhofsgrusel. Er griff nach der Hand des Mannes neben sich. Der drückte Wolfs Hand verständnisvoll und meinte: „Wolf, du kannst du und Franz zu mir sagen! Wir haben doch jetzt ein gemeinsames Geheimnis! Hier, trink ein paar Schlucke! Das beruhigt." Er reichte Wolf eine Flasche, die wie ein Flachmann aussah. Wolf zögerte nicht lange und trank das süßbitterlich schmeckende Getränk.

Sie erreichten Tims Grab. Im schwachen Schein des Mondes lasen sie den Namen auf der Granitplatte. Da sagte Franz: „Ich werde jetzt Kontakt zu deinem Bruder aufnehmen und ihn darum bitten, dir zu verzeihen und zu schwören, dass du keine Schuld an seinem Tod hast." Mit einer furchtverzerrten Miene starrte Wolf gebannt auf Franz, der seine Hände gegen den Nachthimmel streckte und plötzlich etwas, das sich wie Beschwörungsformeln anhörte, vor sich hinbrabbelte. Nur das Wort Luzifer konnte Wolf mehrmals raushören. Dann sprach er mit einer Stimme, die nicht aus dieser Welt zu sein schien: „Satan! Allmächtiger Luzifer! Stelle eine überirdische Verbindung zu Wolfs Bruder Tim her! Ich, dein ewiger Diener erbitte Kontakt ins Reich der toten Seelen!" Dann schwieg er. Seine Glieder führten zuckende Bewegungen aus, so, als würde sein Körper jeden Augenblick explodieren. Seine Augen blieben geschlossen. Über seine Lippen kam ein unverständliches Murmeln, so eine Art Zwiegespräch mit einer übersinnlichen Macht. Schließlich sprach er mit kindlicher Stimme: „Lieber Bruder Wolf. Ich verzeihe dir. Du wolltest mich retten. Hast es nicht geschafft. Du hast keine Schuld. Sage das allen. Lebe wohl! Dein kleiner Bruder Tim."

Wolf war inzwischen selbst in Trance geraten und vernahm freudig diese von Luzifer geweihten Worte. Er fühlte, wie die Fesseln gesprengt wurden, die so lange sein Herz umschnürt hatten. Für einen kurzen Augenblick schien der Friedhof in grellen Sonnenschein getaucht. Die silberne Schrift auf der Grabplatte blendete Wolfs Augen. Franz hatte ein ausgeprägtes Gespür für labile Typen, und er legte seine Hand auf Wolfs Schulter: „Na, bist du zufrieden? Hab ich dir zuviel versprochen? Auf meinen Gebieter ist immer Verlass. Willst du selbst einmal Kontakt zu deinem Bruder aufnehmen?"

„Na klar, will ich mit ihm sprechen. Wenn's geht, bald", erwiderte er voller Begeisterung.

„Na gut", sagte Franz, „wenn du es wirklich willst und bereit bist, unserem Gebieter Luzifer zu dienen, dann führe ich dich zu ihm hin." Wolf hatte den Begriff irgendwo schon mal gehört, wusste aber nichts, mit ihm anzufangen. Und so fragte er neugierig: „Wer ist Luzifer?"

„Zu Luzifer kann man auch Satan oder Teufel sagen. Er ist der Gegner Gottes. Er besitzt übernatürliche Kräfte. Er hat schon ein großes Heer von Satanisten auf der Erde und wird eines Tages den Weichling Gott besiegen. Das wirst du alles kennenlernen, wenn du zu uns gehörst. Aber," er packte Wolf bei beiden Schultern, „er hasst Verrat und fordert unbedingten Gehorsam. Wenn du ihm Gehorsam schwörst und ihm deine Seele, dein Leben versprichst, dann erfüllt er dir alle Wünsche und auch einen Einblick ins Totenreich. Willst du Luzifer ganz gehören?"

Bedenkenlos antwortete Wolf: „Ja, wenn ich dadurch Kontakt zu meinem Bruder haben kann?"

„Einverstanden. Am nächsten Sonnabend hole ich dich am Abend ab. Ich nehme dich mit zu unserer Sitzung. Man nennt sie Schwarze Messe. Aber, kein Wort, auch nicht zu Anka! Sonst hast du schon vorher dein Leben verwirkt. Luzifer verfolgt und beobachtet dich schon jetzt."

Sie verabschiedeten sich. Wolf ging mit einem Gefühl nach Hause, als gehörte er jetzt einer großen Verschwörung an. Vom Erlebten war er noch völlig benommen. In seinem Kopf brannte es wie Feuer. Sein Herz raste so sehr, dass es sich manchmal überschlug. Noch im Bett ahmte er die Gesten von Ankas Vater nach und brabbelte mehrmals ein Kauderwelsch vor sich hin. Die psychischen Belastungen der letzten Zeit, das ständige Schuldgefühl, hatten seinen Blick für die Realität getrübt. Der von Franz verabreichte Trunk tat sein Übriges. Ihm wurde schwindlig. Er warf sich auf sein Bett. Verzerrte Bilder kreisten durch seinen Kopf. Tausend Stimmen lallten einen unverständlichen Sing-Sang. Und Wolf freute sich auf seine erste Schwarze Messe, auf seine Aufnahme in den Kreis der Auserwählten – der Satanisten. Beim Einschlafen faselte er vor sich hin: „Um mit meinem kleinen Bruder zusammen sein zu können, tu ich alles, was Luzifer von mir verlangt, wenn er nur die Schuld an Tims Tod von mir nimmt!"

Die Eltern konnten den Tod ihres gemeinsamen Sohnes Tim, der für Wolf ein Halbbruder war, nicht verwinden. Beide ergaben sich ihrem Kummer, ohne Rücksicht auf Wolf, der von der Mutter, die ihren Schmerz im Alkohol ertränkte, kaum noch Beachtung fand. Die Ehe zerbrach. Der Stiefvater fand eine neue Frau, zog aus. Und die Mutter trank sich immer öfter mit noch mehr Schnaps ins Delirium. So verlotterte Wolf allmählich, ging seiner Wege, schwänzte oft den Unterricht. Seine schulischen Leistungen erreichten bald einen Tiefpunkt.

Da seine Mutter vollkommen trunken auf dem Sofa lag, konnte Wolf am späten Abend ungehindert die Wohnung verlassen, vor die Tür gehen und in Franz' Auto steigen. Sein Herz pucherte vor lauter Erregung und in Erwartung auf das ihm bevorstehende Erlebnis. Er durfte mit zur Schwarzen Messe der Satanisten. Und bald würde er dazu gehören. Er saß stolz neben Franz und bewunderte den Satansbruder, der ohne Mühe seinen Bruder Tim aus dem Jenseits herbeiholen und mit ihm sprechen konnte, wenn er wollte. *Und bald werde ich selber Kontakt zum Reich der Toten haben*, sagte er sich. Bei diesem Gedanken stieg eine seltsame Hitze in ihm auf. Er spürte ein angenehmes Kribbeln im Bauch.

Die Nacht war schon weit fortgeschritten, als sie ein kleines Dorf erreichten. An der Chaussee standen in größeren Abständen nur wenige Häuser. Etwas außerhalb fuhren sie auf ein bereits arg zerfallenes, katenähnliches Haus zu. Das morsche Holztor stand offen. Die Fenster waren mit schwarzen Vorhängen verdunkelt. Bei diesem Anblick wurde Wolf nun doch etwas bange. Unwillkürlich rutschte er tiefer in den Sitz. Ein Gefühl der Angst beschlich ihn. Aus einem Seitenblick belächelte ihn Franz.

„Wir sind da", sagte Franz im harten Tonfall, so dass Wolf zusammenzuckte. Auf einmal dachte er nicht mehr ans Aussteigen. Viel lieber würde er jetzt im Auto bleiben und wieder zur Mutter fahren. Aber es gab für ihn kein Zurück mehr. Franz hatte ihm ja bereits klargemacht, dass er schon in den Fängen Luzifers wäre. Schließlich siegten die Neugier und sein Stolz, bald zu den Satansbrüdern zu gehören. Wolf stieg mit weichen Knien aus, wagte kaum zu atmen und folgte seinem neuen Idol, dem Satansbruder Franz, der sich eine schwarze Maske vor's Gesicht setzte.

Franz ging vor, öffnete eine knarrende, quietschende Tür, die windschief in ihren Angeln hing. Sie gingen durch eine bekramte Küche und betraten dann einen halbdunklen, mit Kerzen beleuchteten Raum. Die Kerzen flackerten und warfen bizarre, gespenstische Schatten an die Wände. Wolf stockte der Atem, als er hoch zur niedrigen Decke schaute. Am dunklen Gebälk hingen Gegenständige, bei deren Anblick ihm das Blut in den Adern gefror. Er erkannte im Schummerlicht Äxte, Sensen, Peitschen, riesige

Fleischermesser, Fleischerhaken und ein galgenähnliches Gebilde. Und ringsherum saßen still und stumm dunkle Gestalten in schwarzen Kutten mit Kapuzen. Ihre Gesichter waren hinter schwarzen Masken versteckt. Es herrschte Grabesstille, so dass Wolf aus dieser oder jener Ecke sogar ein heftiges Atmen vernehmen konnte. Aber am lautesten war sein rasendes Herzklopfen zu hören. Sein heißes Blut rauschte mit gewaltigem Druck durch seine Adern. Ihm wurde etwas taumelig. Er schob sich ganz dicht an Franz heran, dem hinter seiner Maske ein leichtes Grinsen im Gesicht stand. Mit einer Kopfbewegung deutete er an, dass Wolf ihm folgen solle. Sie gingen ein paar Schritte auf eine mit vielen Kerzen erleuchtete Wand zu. Dort prangte in schwarzer Farbe ein fünfzackiger Stern. Franz wisperte Wolf zu: „Siehst du den Stern da? Das ist das Pentagram, unser Erkennungszeichen. Hörst du? Präge es dir ein! Das ist das Erkennungszeichen der Satanisten." Als Wolf, noch völlig verwirrt, vor dieser Wand stand, öffnete sich eine Tür. Heraus trat eine seltsame Prozession. Vier Männer trugen ein großes Holzkreuz in den Raum. Mit Schaudern erblickte Wolf ein fast nacktes Mädchen, das wie eine Gekreuzigte auf das Kreuz festgebunden war. Das Mädchen schwieg und hatte die Augen verbunden. Jetzt wurde Wolf übel. Er wandte seinen Blick ab. Doch Franz stieß ihm in die Seite: „Sei keine Memme! Das gehört zum Aufnahmeritual!" Wolf schüttelte sich, er würgte und sprach hastig: „Ich will hier raus!" Er drehte sich um, wollte gehen, doch Franz hielt ihn am Arm zurück: „Hier gibt es kein Entkommen mehr! Du hast schon zu viel gesehen. Du gehörst schon zum Bund der Satanisten. Du wolltest das doch! Schau hin, damit dir nichts entgeht!" Nun war Wolf klar, dass eine Flucht völlig aussichtslos war. Resigniert widmete er sich, wenn auch mit Abscheu, dem dämonischen Schauspiel. Das Kreuz wurde auf dem Kopf, leicht nach hinten geneigt, in der Mitte des Raumes aufgebaut. Auch das Mädchen hing kopfüber am Kreuz. Wolf dachte: *Der steigt ja das Blut in den Kopf!* Aber er wagte nicht, seine Gedanken auszusprechen. Alles kam ihm so unwirklich, so unheilvoll, so geheimnisvoll vor. Sein Mund war wie ausgedorrt, seine Zunge klebte am Gaumen. Die Furcht presste sein Herz zusammen. Auf einmal war ihm zum Heulen. Doch er biss fest die Zähne aufeinander. Er wollte sich keine Blöße geben.

Plötzlich wurde die Tür erneut geöffnet. Vier kräftige, breitschultrige Männer in roten Kutten betraten den Raum. Hinter ihnen folgte ein Mann mit einer Kutte, die mit vielen schwarzen Symbolen versehen war. Franz zischelte Wolf ins Ohr: „Das ist unser Oberpriester." Wolf hoffte inständig, der Oberpriester würde das Mädchen aus seiner hilflosen Lage befreien, und das dramatische Schauspiel wäre nun beendet. Aber er irrte sich. Das satanische Spiel begann jetzt erst richtig. Zwei Männer zerrten ein um sein Leben kämpfendes, blökendes Schaf in den Raum. Schon dieser Anblick grauste ihn. Als er seinen Blick abwenden wollte, packten ihn plötzlich zwei Männer in den roten Kutten und drückten ihn hinunter auf seine Knie. Zwei große, grobe Pranken klatschten auf seine Ohren, quetschten Wolfs Kopf derart, als sei der in einen Schraubstock gespannt. Sein Gesicht wurde in die Richtung gedreht, dass sein Blick auf das Geschehen vor ihm gerichtet war. Während zwei Männer das zappelnde Schaf noch immer festhielten, setzte ein dritter ein großes Fleischermesser an die Kehle des Tieres und ratschte die scharfe Klinge quer über den Hals. Warm und dampfend schoss das Blut heraus, was ein anderer Mann in einer Schüssel auffing. Wolf konnte nicht einmal seine Augen vor diesem brutalen Akt schließen, denn ein Mann hinter ihm bohrte sein Knie schmerzhaft in seinen Rücken und befahl: „He, guck dir das an!" Und Wolf gehorchte. Von nun an war für ihn der erste Schritt zum unterwürfigen Gehorsam gegenüber Satan getan.

Der Höhepunkt der satananischen Zeremonie, das Ritual der Aufnahme, stand ihm aber noch bevor. Der Tierkadaver wurde am Fleischerhaken an der Decke aufgehängt. Das Gefäß mit dem Tierblut wurde dem Oberpriester gereicht. Wolf wurde derb hochgerissen, zum Oberpriester geschleift und wieder auf die Knie gedrückt. Ein Teil des Blutes war in einen goldenen Kelch gefüllt worden. Der Oberpriester führte den Kelch an Wolfs Lippen. Dabei sprach er wie mit der Stimme eines Geistes aus dem Jenseits: „Komm, trink das Blut! Dann gehörst du zu uns Satansbrüdern. Luzifer ist dein Herr und Gebieter und dein Beschützer. Er dient dir zu deinem Wohlgefallen. Dafür gehören ihm nach Ablauf des Paktes deine Seele und dein Körper."
Schon spürte Wolf den kalten Rand des Gefäßes an seinen Lippen. Der Geruch des noch warmen Blutes stieg ihm in die Nase. Unermesslicher Ekel erfasste Wolf. Angewidert, mit umgestülptem Magen, drehte er seinen Kopf zur Seite. Doch die beiden Männer, die seine Arme im Knebelgriff hielten, verrenkten ihm schmerzhaft die Glieder. Wolf schluckte den ersten Schluck hinunter. Er würgte, hustete und prustete. Seine rabiaten Peiniger setzten abermals den gewaltsamen Hebel zum Gehorsam an. Der zweite Schluck rief in ihm kaum noch Ekel hervor. Und beim dritten Schluck empfand er Wohlgeschmack. Wolfs Willen und Widerstand waren gebrochen.
Nun tauchte der Oberpriester seinen rechten Daumen ins Blut. Damit zeichnete er ein umgekehrtes Kreuz auf Wolfs Stirn, auf seine Schläfen, seine Nase und seinen Kehlkopf.
Dann erhob sich der Oberpriester, breitete beide Arme aus. Seine Handteller waren gegen den Himmel gerichtet, als wollte er überirdische Kräfte in seinen Körper strömen lassen. Er neigte seinen Kopf nach unten und fragte mit strenger, harter Stimme, so dass Wolf erschrocken zusammenfuhr: „Satansbruder, was hast du für Wünsche an deinen Herrn und Gebieter Luzifer?" Wolf erschauderte.

Er suchte nach Worten. Seine Kehle war wie zugeschnürt, als er bescheiden hervorbrachte: „Ich möchte nur einmal mit meinem Bruder Tim sprechen. Ich will für immer die Schuld loswerden, die auf mir lastet. Ich hätte meinen Bruder ertrinken lassen, behaupten alle. Aber das stimmt nicht! Ich war nicht stark genug! Ich habe alles versucht!"

„Ich, als dein Herr auf Erden, werde Luzifer deinen Wunsch vortragen", versprach der Oberpriester. Auf sein Zeichen begannen die Gestalten im Raum mit einem Gesang von Beschwörungsformeln. Wolfs Blick war lange auf die starre Maske fixiert. Stumm und reglos stand der Oberpriester da.

Plötzlich erfüllte den von Räucherstäbchen vernebelten Raum eine laute, tiefe, dunkle, weit entfernte Stimme. Es schien, als käme sie nicht von diesem Planeten. Luzifer sprach salbungsvoll: „Höre Satansbruder, ich erfülle dir alle Wünsche. Aber an deinem siebzehnten Geburtstag hole ich deine Seele ins Reich der Unterwelt! Genieße bis dahin das Leben sorglos!"

Wie ein Blitz durchzuckte Wolf der Gedanke: *Jetzt bin ich fünfzehn! Na und*, sagte er sich, *ohne Seele kann ich auch gut Leben!* In seinem Hirn stapelten sich sogleich seine vielen Wünsche. Als er dann noch vom Oberpriester das Versprechen vernahm: „Du wirst deinen Bruder immer sprechen können, wenn du es wünschst", da waren alle seine Bedenken restlos zerstreut. Nun stülpte man ihm von hinten eine schwarze Kapuze mit Augenschlitzen über. Mit diesem letzten Akt war Wolf ein echter Satansbruder.

Nach dieser Zeremonie führten ihn die zwei Männer auf seinen Platz neben Franz zurück. Der schlug ihm begeistert auf die Schulter: „Jetzt gehörst du zu uns!"

Währenddessen trank der Oberpriester selber vom Opferblut. Dann reichte er den Kelch reihum, aus dem jeder einen Schluck nahm.

Jetzt erst widmete man sich dem armen Mädchen am Kreuz. Zwei Satansbrüder banden es los, trugen das fast

ohnmächtige Mädchen zum Oberpriester. Der mischte eine Droge ins Blut, das das Mädchen, das etwa fünfzehn Jahre alt war, widerstandslos trank. Der Oberpriester breitete unter halblautem Gemurmel weiße Tücher auf dem Altar aus. Man stimmte einen mystischen Gesang an. Und der Oberpriester legte das Mädchen rücklings auf den Altar. Dann rieb er den ganzen Körper des Mädchens mit einer ätherischen Flüssigkeit ein. Schließlich nahm er einen uralten, verzierten Dolch und ritzte damit dem Mädchen in die Hand, bis Blut kam, das er in einem Kelch auffing und davon trank. Seine feierlich angehobene Stimme übertönte das Murmeln von Gebeten und den jämmerlichen Gesang: „Lufizer sagte mir: Du bist von nun an eine Satanstochter!"
Der Oberpriester vollzog den nächsten satanischen Akt. Wolf wurde wieder zu ihm geschleppt. Wieder musste er in Demütigung vor ihm knien, während jener salbungsvoll sprach: „Mit deinem Blut und deinem Schwur verpflichtest du dich, Satan treu zu dienen und ihm deine Seele zu überlassen, wenn er dich in sein Reich der Unterwelt ruft. Nimm das Messer und setze es am Daumenwurzelknochen an!" Wolf setzte das Messer an. „Und nun graviere dir unser Zeichen in die Haut!" Wolf schloss die Augen, setzte die Spitze an und schnitt sich tief ins Fleisch hinein. Ihm wurde schlecht, als das Blut heraussickerte. Es tropfte auf einen Aluminiumteller. Nun musste er den vom Oberpriester vorgesprochenen Schwur nachsprechen:
„Ich schwöre, Satan immer treu zu bleiben und treu zu dienen!"
„Ich schwöre, dass Satan meine Seele gehört, wenn er mich in sein Reich der Unterwelt ruft!"
Wolf hatte sich gerade mit dem stolzen Gedanken angefreundet, nun bei den Satanisten aufgenommen zu sein, verbunden mit der Freude, endlich selbst Kontakt zu seinem Bruder im Jenseits aufnehmen zu können. Plötzlich beugte sich der Oberpriester nach vorn, packte ihn mit

derbem Griff am Arm und beschwor ihn im ernsten, drohenden Tonfall: „Schwöre, dass du von dem, was du hier erlebt hast, nirgendwo etwas verrätst! Und schwöre bei deinem Leben, dass du immer zu unseren Sitzungen kommst! Und kommst du nicht, dann suchen wir dich! Und wir finden dich überall auf der Welt. Zuerst holen und töten wir deine Eltern! Dann wird Luzifer über dich richten! Denn ihm gehört von nun an deine Seele! Du stirbst dann genau solchen grausamen Tod wie dein Bruder Tim!"

Wolf war wie betäubt. Sein linker Arm schmerzte. Er versprach aus Angst: „Ich schwöre, nichts zu verraten! Ich schwöre, immer, wenn ich gerufen werde zu kommen!" Der Mann in der kardinalroten Kutte ließ seinen Arm los, schob ihn von sich und sang wie in Trance die Worte: „Nun geh, du Santansjünger und reih dich ein in unsere satanistische Gemeinde! Diene fortan unserem Gebieter Luzifer!"

Wieder tönten durch den Raum ein mystisches Gemurmel und ein unverständlicher Gesang. Die finsteren Gestalten bewegten sich in Verrenkungen, als wollten sie die Geister der Unterwelt heraufbeschwören.

Wolf wankte zu seinem Platz neben Franz. Sein Kopf brummte. Sein Gehirn drohte zu platzen. Auf einmal fühlte er sich wie ausgelaugt, so, als hätte der Oberpriester das Leben aus seinem Körper gesaugt. Franz klopfte ihm ermunternd auf den Schenkel. Diese Geste war für Wolf ein kleiner Trost, und er murmelte ausgedachtes Kauderwelsch mit.

Der Oberpriester gab Franz versteckt ein Zeichen, was Wolf nicht mitbekam. Franz nickte unauffällig. Dann wandte er sich an Wolf und erklärte ihm: „Für dich ist die Zeremonie für heute beendet. Komm, wir gehen!" Wolf stutzte. *Warum soll ich gehen, wenn die anderen noch bleiben?* fragte er sich. Er nahm an, dass er nun keine Tortur mehr zu ertragen hatte. Sein Stresshormon war ausgeschüttet. Sein Körper und seine Seele waren entspannt. Jetzt wollte er unbedingt erleben, was noch mit dem Mädchen geschehen würde. Franz drängte Wolf aus dem Raum. Wolf fragte neugierig erregt: „Was passiert mit dem Mädchen?" Franz antwortete ausweichend: „Das wirst du später noch erleben dürfen. Wir fahren jetzt nach Hause. Das reicht heute für dich!" Aber Wolf war mit diesem Abtun nicht zufrieden und bohrte weiter: „Was haben die dem Mädchen eingeflößt? Und überhaupt, das Mädchen war ja so still und willenlos. Was haben die mit ihm noch vor?"

Franz nahm die Maske vom Gesicht, und Wolf zog die Kapuze vom Kopf. Als er sich davon befreit hatte, wollte er unbedingt wissen: „Sag schon! Was machen die mit dem armen Mädchen?"

Franz fühlte sich arg bedrängt und deutete nur an, dass sie sexuelle Prüfungen zu bestehen hätte. Von nun an schwieg er sich aus. Und er überließ Wolf seiner eigenen Fantasie, die sich in drastischen Bildern vor seinen Augen abspielte.

Als sie einige Kilometer gefahren waren, äußerte Wolf seinen sehnlichsten Wunsch: „Wir fahren doch noch zum Friedhof, ja? Ich will noch heute mit Tim sprechen, jetzt, wo ich doch selbst Kontakt zu ihm aufnehmen kann! Er wird bestimmt schon warten."

Franz war sichtlich überrascht. Er runzelte die Stirn. Dass Wolf so forsch ranging, hatte er nicht vermutet. Auf keinen Fall wollte er jetzt noch mit ihm auf den Friedhof. Er scheute sich, dabei zu sein, wenn Wolf eine große Enttäuschung erlitt. So wiegelte er ab: „Also, morgen habe ich viel zu tun. Ich muss ins Bett. Tut mir leid. Aber ich kann dich ja am Friedhof absetzen." Wolf zögerte einen Moment. Ihm ging durch den Kopf, dass er ab jetzt unter Luzifers Schutz stand. Deshalb sagte er recht kühn: „Dann setz mich am Friedhof ab!"

Franz stoppte am Friedhofseingang. Wolf stieg zögernd und mit dunklen Gefühlen aus, sagte: „Tschüss!" und ging zur Friedhofstür. Franz fuhr sofort los. Wolf schaute noch ein Weilchen den Rücklichtern nach. Das Motorengeräusch verstummte. Wolf stand unschlüssig da. Der aufkommende Wind wehte ihm Nieselregen ins Gesicht. Bis nach Hause war es nicht weit. Sollte er doch lieber später...? Nun hatte er sich schon so lange danach gesehnt, vom Bruder persönlich von der Schuld freigesprochen zu werden. Jetzt war die Absolution so nah. Wenn es bloß nicht stockdunkle Nacht wäre. Und wenn der Wind nur nicht so an den Ästen zerren würde, was unheimliche Geräusche verursachte. *Aber am Tage wirken Luzifers Kräfte ja nicht*, sagte er sich und öffnete bibbernd die alte Friedhofstür. Die regennassen Grabsteine glitzerten im Licht der Straßenlaterne. Wolfs angespannten Nerven zauberten Irrbilder in sein Gehirn. Hier und da glaubte er, Kobolde mit kleinen Laternen zu sehen. Der Kiesweg knirschte verräterisch unter seinen Sohlen. Dabei wollte er nicht bemerkt werden. Er richtete seinen flehenden Blick nach oben in den Wolkenhimmel und tuschelte leise vor sich hin: „Luzifer, schütze mich vor bösen Geistern! Lass die Toten bloß in ihren Gräbern." Und Luzifer musste ihn erhört haben. Es geisterten keine Gespenster in weißen Bettlaken zwischen den Grabhügeln herum.

Endlich stand Wolf vor Tims Grab. Vor Aufregung knetete er seine Hände, räusperte sich ein paarmal, ehe er mit brüchiger Stimme die Worte an seinen hohen Gebieter richtete: „Luzifer, mein Herr und Gebieter, erhöre mich! Ich bitte dich, lass meinen Bruder Tim zu mir sprechen! Ich will endlich die Schuld, die auf mir lastet, loswerden!" Nach diesen Worten lauschte Wolf in die Stille der Nacht. Es kam keine Antwort. Nur das Rauschen der Bäume drang in seine Ohren. Noch einmal begann er Luzifer zu beschwören, für ihn seine satanische Magie auszuspielen. Aber aus der Ferne war nur Hundegebell zu hören. Wolf war schon ein bisschen verzweifelt, als ihm der Einfall kam, direkt seinen Bruder herbeizurufen: „Hallo Tim, hörst du mich?" Diesmal klang seine Stimme etwas entspannter. Er fuhr fort: „Komm Brüderchen, zeig dich, melde dich! Du hörst mich doch? Luzifer hilft uns! Alle hassen mich. Ich kann so nicht weiterleben! Bitte, erlöse mich vom Schuldgefühl!" Seine Stimme klang immer flehentlicher. Es herrschte Friedhofsruhe. Wolf bettelte und wartete, bettelte und wartete - vergeblich. Es erschien ihm kein Luzifer. Und es erschien ihm auch kein Bruder Tim. Niemand erhörte ihn, außer das Nachtgetier, das zwischen den Gräbern umherhuschte oder von Baum zu Baum flatterte. Enttäuscht, völlig am Boden zerstört, verließ er den Friedhof und begab sich betrübt mit schleppenden Schritten nach Hause. Wolf fühlte sich jämmerlich betrogen und fragte sich: *Wozu habe ich die Aufnahmezeremonie ertragen müssen, wenn mir kein Luzifer erscheint und mein Bruder nicht mit mir spricht?*

Zu Hause empfing ihn seine angetrunkene Mutter. Sie konnte sich gerade noch auf den Beinen halten, stand in drohender Pose breitbeinig vor ihm und brüllte: „Wo kommst du Rumtreiber jetzt her?"

„Ich war auf dem Friedhof bei Tim!", brüllte er zurück. Wolf wollte sich an der Mutter vorbeischieben. Aber da schlug sie auch schon zu: „Du elender Brudermörder! Du hast an Tims Grab nichts zu suchen! Du betrittst den Friedhof niemals! Hast du mich verstanden?" Sie wollte ein zweites Mal zuschlagen. Aber Wolf war reaktionsschneller, griff mit seiner linken Hand nach ihrem Arm und holte mit der rechten Hand selbst zum Schlag aus. Entsetzt sah sie ihren wütenden Sohn an und ging schnell in Deckung. Sie hielt ihre Hände schützend über dem Kopf. Aus seinen Augen sprühte ihr sein seit langem angestauter Hass entgegen. Er setzte ein verächtliches Grinsen auf und fluchte lauthals: „Rabenmutter! Verdammte Rabenmutter!" Dann schubste er sie heftig von sich. Sie prallte gegen die Wand. Er rannte in sein Zimmer, schloss die Tür ab und warf sich auf sein Bett.

Erst nach langem Kampf fiel Wolf in einen unruhigen Schlaf und träumte von Teufeln und Gespenstern.

Am anderen Tag quälte sich Wolf gegen Mittag total zerschlagen aus dem Bett. In seinem Kopf wirbelten wirre Gedanken durcheinander. Nur mit großer Mühe konnte er sie ordnen, bis sich endlich die Ereignisse der letzten Nacht deutlicher herausschälten.

Seine Mutter schlief noch ihren Rausch aus. Appetitlos würgte er ein Marmeladenbrötchen runter. Es zog ihn zu Anka und noch mehr zu ihrem Vater, den er zur Rede stellen und fragen wollte, warum sein Bruder ihm nicht erschienen war. Franz hatte es ihm doch versprochen. Wolf stieg auf sein Fahrrad und radelte in die Stadt zu Ankas Wohnung.

Während Wolf dahinradelte, vor sich hindösend auf das Straßenpflaster starrte, knöpfte sich Franz seine Tochter Anka vor und forderte von ihr, sofort den Kontakt zum Wolf abzubrechen. In der Nacht hatte ihn sein Gewissen geplagt. Seine Tochter Anka befreundet mit einem Satanisten? Das ging in seinen Augen überhaupt nicht. Er sah übles Unheil auf seine Tochter zukommen. So forderte er im Befehlston: „Hör zu Anka, ich will nicht, dass du dich länger mit dem Wolf abgibst. Erstens ist er nicht der Richtige für dich, sein zerrüttetes Elternhaus. Und zweitens bist du noch zu jung, um dich mit Bengels einzulassen!"

Anka war völlig überrrascht und sprachlos. Sie verlangte eine Begründung, denn bisher war ihr Vater dem Wolf zugetan. Franz war nun in einer Zwickmühle. Er konnte, er durfte ihr nicht den wahren Grund seines Verbotes sagen. Dazu fürchtete er seinen Herrn und Meister zu sehr. Luzifer konnte überall sein. Er hatte seine Satanisten stets unter Kontrolle. Vor seiner Rache fürchtete Franz sich sehr. Aber er befürchtete noch mehr, dass seine unbescholtene Tochter durch Wolf hineingezogen werden könnte in diesen Teufelsspuk, wie er es insgheim nannte. Es genügte, dass er seine Seele dem Teufel verschrieben hatte und bald nach dessen Willen sterben sollte. Luzifers Todesurteil über ihn stand bereits fest. Seit Monaten quälten ihn schlimme, unerträgliche Asthmaanfälle. Und seit einigen Wochen spuckte er schon bei Hustenattacken Blut. Das verschwieg er aber Frau und Tochter.

Anka beharrte auf eine Erklärung: „Wieso darf ich mich nicht mehr mit Wolf treffen? Er ist doch ein netter Junge! Hast du selber gesagt!"

Die Aufregung reizte seinen Husten. Franz drohte fast zu ersticken. Er drehte sich von Anka weg, zog hastig das Taschentuch heraus und spuckte Blut hinein. Dabei fluchte er im Stillen auf seinen Gebieter, der ihm das Leiden geschickt hatte, der gierig auf seine Seele lauerte. Als der Hustenanfall vorüber war, wandte er sich wieder seiner Tochter zu und sagte im ernsten, herrischen Ton: „Du triffst dich nicht mehr mit dem Burschen! Und damit basta!" Anka setzte zum Widerspruch an, da hob er drohend die Hand: „Sei still! Ich will es so! Und du gehorchst! Immerhin bin ich dein Vater. Und die Väter bestimmen, was sein darf und was nicht! Schluss und aus!" Anka brach in Tränen aus und lief in ihr Zimmer.

Kurz darauf klingelte Wolf an der Tür. Anka sprang vom Bett hoch, entfernte die Tränenspuren und eilte zur Tür. Doch der Vater schnitt ihr den Weg ab, versperrte ihr den Zugang zur Tür. Er fauchte sie an: „Geh in dein Zimmer! Ich rede mit ihm!" Mit unwirschem Gesichtsausdruck öffnete er die Tür, schaute Wolf mit verkniffenem Blick an und sagte: „Anka kann nicht. Ihr ist unpässlich. Außerdem will ich…" Wolf unterbrach ihn und fragte im Ton einer Anklage: „Warum hast du mich belogen? Luzifer und mein Bruder sind mir gar nicht…" Franz zog schnell hinter sich die Tür ran, legte den Zeigefinger auf seinen Mund und flüsterte: „Pst! Nicht so laut! Du darfst unseren Gebieter nicht erzürnen! Oder gar verraten!" Wolf zuckte zusammen und flüsterte: „Kann ich trotzdem zu Anka?" Franz wurde wieder etwas lauter: „Nein! Sie will dich auch nicht mehr sehen! Sie will noch keinen Freund haben!" Damit schlug er Wolf die Tür vor der Nase zu.

Mit ungeheuerlicher Wut im Bauch strampelte Wolf auf dem Fahrrad nach Hause. Er wusste nur nicht, wem seine Wut mehr galt. Franz oder Luzifer? Auf dem Rückweg hielt er am Friedhof an, stieg ab und ging zu Tims Grab. Leute waren nicht zu sehen, so konnte er ungestört seinen Text runterrasseln, mit dem er hoffte, Kontakt zum Totenreich herzustellen. Aber weder Luzifer, noch sein Bruder erhörten ihn.

Als Wolf nach Hause kam, war seine Mutter aus ihrem Rausch aufgewacht und begann wie immer mit ihm zu zetern, sobald ihr der Tim in ihren verworrenen Sinn kam. Obwohl schon etliche Zeit verstrichen war, beschimpfte sie Wolf immer noch als Brudermörder. Aber sie hütete sich, ihn zu schlagen. Seine, einmal gegen sie erhobene Hand hatte ihr Respekt vor dem Sohn eingeflößt. Und Wolf seinerseits sah es als vorteilhafter an, einfach seine Ohren auf Durchzug zu stellen.

Am hellichten Tag, in der Schule oder in seinem Zimmer, saß Wolf grübelnd und anteilnahmslos da. Alles drehte sich in seiner Scheinwelt um den toten Bruder und Luzifer, den Erretter. In den Nächten trieb er sich auf dem Friedhof rum und versuchte, die Geister zu erwecken. Er besorgte sich Bücher über Satanismus, las darin und berauschte sich an den Texten. So entschwand er immer mehr aus dem realistischen Leben und entfernte sich immer weiter von seinen Mitmenschen. Wie von einem Sog gepackt, wurde er hineingezogen in eine unwirkliche Welt. Wolf wartete auch ungeduldig auf das nächste Treffen der Satansbrüder. Über Franz war ihm die Nachricht zugekommen. Wolf freute sich auf die Schwarze Messe, denn er hoffte, diesmal sein Band mit Luzifer noch mehr zu festigen.

Stumm saß Wolf im Auto neben Franz. Seine Erinnerung an Anka war inzwischen sehr verblasst. In der letzten Zeit hatte sich Franz als sein Lehrmeister aufgespielt. Wenn Wolfs Mutter nachts außer Haus war, besuchte ihn Franz und veranstaltete mit ihm privat Schwarze Messen zur Austreibung der bösen Geister, die für seine Schuldgefühle verantwortlich sein sollten. Franz rief dann mit sonderbaren Gebeten die Geister der Sühne herbei.

Franz und Wolf betraten das verfallene Haus und schließlich den Messeraum. Diesmal empfand Wolf keine Furcht mehr. Sein damaliges Unbehagen war verflogen. Nur Neugier beherrschte ihn noch und der Drang, etwas Sensationelles zu erleben. Diesmal war er auch darauf gespannt, was für ein Tier geopfert werden würde. Nachts, so ganz im Geheimen, hatte er sich schon oft ausgemalt, wie das wäre, wenn nun ein Mensch geopfert werden würde. Und er musste sich eingestehen, dass er das nicht einmal mehr für so schlimm empfand.

Vor dem Altar wurde einem Huhn der Kopf abgehackt. Als das Blut in den Kelch floss, lechzte Wolf schon nach dem ersten Schluck Blut. Seine Zunge glitt über seine heißen Lippen. Sogar Franz bestaunte Wolf, wie schnell er Sklave des Satans geworden war.

Heute wurde wieder ein Neuling aufgenommen. Die Zeremonie spielte sich so ab, wie sie Wolf selbst erlebt hatte. Zu Wolfs Freude durfte er diesmal der nachfolgenden Zeremonie beiwohnen. Wieder war ein junges Mädchen kopfüber am umgekehrten Kreuz angebunden. Auf ein Zeichen des Oberpriesters banden zwei Satansbrüder das Mädchen los, legten ihren total nackten Körper auf den

Altar. Der Oberpriester reichte ihr einen Trunk und rieb dann ihren ganzen Körper mit einer Flüssigkeit ein. Und rundherum brabbelten sie mystische Formeln, die Wolf noch nicht alle beherrschte. Besonders laut wurde der Choralgesang, als der Oberpriester die Geschlechtsteile bei Massagebewegungen mit Öl einrieb. Wolf liefen bei diesem Anblick die Augen über. Ein Satanist ging reihum und gab jedem ein Papiertütchen. Der Oberpriester befahl, den Inhalt der Tütchen, ein weißes Pulver, auf den Handteller zu schütten und aufzulecken. Nachdem er schnell seinen Handteller leer geleckt und Blut aus dem Kelch getrunken hatte, war Wolf, als würde er abheben und schweben. Tausend Posaunen klangen in seinen Ohren. Wie all die anderen befand sich Wolf in einem Rausch. Vor seinen verblendeten Augen breitete sich ein Blumenteppich aus, auf dem er, selbst splitternackt, dahinwandelte.

Plötzlich nahm ihn Franz bei der Hand und zog ihn mit zum Altar, auf welchem das Mädchen mit weit geöffneten Augen fast leblos, aber mit einem seltsamen Lächeln auf den Lippen lag. Die umstehenden Männer machten sich emsig mit ihren Händen unter ihren Kutten zu schaffen. Auch Wolf spürte eine angenehme Spannung in seiner Hose. Der Oberpriester beugte sich als Erster über das Mädchen. Das Gebetsgemurmel und dessen lustvolles Stöhnen verwirrten Wolf. Gleichzeitig versetzte es ihn in eine noch nie erlebte sexuelle Ekstase. Plötzlich starrte er ernüchtert auf den nackten Körper und hörte links und rechts neben sich das wollüstige Gestöhne der Männer. Das ekelte ihn an. Auf einmal drehte sich alles in seinem Kopf. Ihm wurde speiübel. Er rannte raus an die frische Luft. Franz genoss noch ein Weilchen den Anblick des nackten, jugendlichen Mädchenkörpers und folgte ihm schließlich missmutig. Wolf forderte: „Los, fahr mich nach Hause! Ich, ich, kann da nicht mitmachen! Das ist mir zu pervers. Ekelhaft! Die stöhnenden Kerle! Und das arme, hilflose Mädchen! Mir ist übel!"

„Nun sei mal ein richtiger Kerl! Einem echten Satansbruder wird doch nicht gleich schlecht, wenn er sich beim Anblick eines knackigen Mädchenkörpers befriedigen kann."

Wolf packte die Wut, und er schrie Franz an: „Und wenn es deine Tochter Anka wäre? Wenn sich alle in ihrer Geilheit auf sie stürzen würden?"

„Bengel, halt deine verdammte Schnauze!" Franz hielt Wolf drohend seine rechte Faust vors Gesicht, „lass meine Anka aus dem Spiel, sag ich dir! Und rühr die nie an! Sonst…" Seine Raserei erschwerte ihm das Atmen. Sein rasselnder Atem reizte den Husten. Franz spuckte den Schleim ins Taschentuch. Entsetzt starrte Wolf auf das ausgeworfene Blut. Franz japste nach Luft. Seine Augen waren weit aufgerissen. Sein Gesicht war puterrot. Wolf bekam es mit der Angst zu tun. Er klopfte Franz auf den Rücken und beschwor ihn: „Franz atme! Erstick nicht! Ich hole Hilfe!" Er wollte schon ins Haus rennen, da krallte Franz seine Finger in Wolfs Pullover. Er hechelte: „Bleib hier! Von denen da drinnen darf mich keiner so elendig sehen!" Wolf begriff seine Starrköpfigkeit nicht. Aber er gehorchte.

Allmählich ebbte der Hustenanfall ab. Franz verstaute das Taschentuch und wischte sich mit den Ärmeln Tränen aus dem Gesicht, die ihm der Husten aus den Augen getrieben hatte. Mit schwacher, gequälter Stimme bemerkte er resignierend: „Das ist die Botschaft Luzifers. Er kündigt mein Ende an. Er jiepert schon nach meiner Seele."

Schließlich stiegen sie schweigend ins Auto. Mürrisch, immer noch kurzatmig, setzte sich Franz hinters Lenkrad. Wolf dagegen schwebte schon wieder - oder immer noch - auf rosa Wolken hinein in seine Traumwelt. Er sah schon seinen Bruder als geflügelten Engel mit zartrosa Wangen und strahlenden Augen, wie er lachend aus dem Himmel zu ihm hinabschwebte. Als sie Wolfs Dorf erreicht hatten, verlangte er von Franz: „Fahr mich zum Friedhof! Es ist gleich Mitternacht."

Vom weißen Pulver noch etwas benommen, begab sich Wolf erwartungsfroh zum Grab seines Bruders.

In dieser Nacht geschah das Wunder. Wolf stand am Grab und beschwor Luzifer, Tim möge ihm endlich erscheinen. Wolf schloss die Augen. Da erschien ihm Tim tatsächlich. Wolf fuhr der Schreck in die Glieder, als er verschwommen das blaugrünliche, zu Tode erstarrte Gesicht seines kleinen Bruders aus dem See auftauchen sah. Tims Hände ruderten und hangelten nach ihm. Ein abscheuliches Bild von einem im Todeskampf. Wolf streckte Tim seine Hände entgegen, die der sofort umkrallte und sich daran mühsam aus dem Wasser zog. Wolf umarmte den kalten, glitschigen Körper seines Bruders. Inbrünstig bat er ihn: „Tim, verzeih mir! Und sage mir, dass ich nicht schuld bin an deinem Tod!" Wolf fing herzzerreißend zu schluchzen an. Da hörte er, wie aus dem Gesäusel der Blätter eine Stimme, die er nicht als die seines Bruders Tim erkannte, aus der Ferne zu ihm sprach: „Du hast keine Schuld, dass ich ertrunken bin. Dir ist alles verziehen. Ich habe dich lieb. Nun geh! Und diene unserem Gebieter Luzifer!" Wolf spürte, wie Tims Körper wieder aus seinen Händen glitt und in den Fluten des aufgewühlten Sees versank. Wolf stand für einen Moment steif und geistig umschattet da. Zwei, drei Fledermäuse umschwirrten im Vorbeiflug seinen Kopf. Er vernahm dicht vor sich den Luftzug ihrer Flügel. Wolf löste sich aus seiner Starre, hob seinen Kopf, öffnete die Augen und streckte seine Hände in den schwarzen Nachthimmel: „Luzifer, Meister und Gebieter! Ich danke dir. Jetzt kann ich Ruhe finden. Mein Bruder hat mich von der Schuld freigesprochen. Danke! Und ich werde dir immer gehorsam dienen!" Da schien ihm, als quietschten die Scharniere der Friedhofstür. Ein Motorengeräusch drang von irgendwoher an seine Ohren.

Allmählich verlor das weiße Pülverchen seine Wirkung. Wolf erwachte aus seinem Trauma. Äste und Sträucher bewegten sich im Wind und schufen in dieser unheimlichen Nacht tausende Ungeheuer. Ihn packte das Grauen. Er lief stolpernd über Grabumrandungen und Baumwurzeln. Wie ein von Ungeheuern Gehetzter stürmte er aus der Friedhofstür und schlug diese so heftig hinter sich zu, so dass ein markerschütterndes, metallisches Klirren durch die nächtliche Dorfstraße schallte. Im Laufschritt drehte er sich mehrmals um und hastete eilig nach Hause.

Nach einigen Wochen zog es Wolf abermals zum Friedhof. Er wollte sich davon überzeugen, dass es nicht nur ein trügerischer Traum war, der Kontakt zu seinem Bruder. Außerdem hatten ihn im Traum wieder die grässlichen Bilder vom Ertrinken des Bruders gequält. Diesmal waren seine Träume von hässlichen Dämonen begleitet, die mit widerwärtigen, krächzenden Stimmen zu ihm sprachen: „Brudermörder! Brudermörder! Du hattest keinen Mumm, ihn zu retten! Die Schuld verfolgt dich bis ins Grab! Der Teufel wetzt schon die Messer! Brudermörder!" Mit diesen Bildern vor Augen, mit diesen Worten im Ohr, strauchelte Wolf durch die Grabreihen, bis er keuchend vor Tims Grab stand. Hastig und stockend murmelte er die Beschwörungsformel, die er auswendig gelernt hatte: „Im Namen Satans, dem Herrscher der Erde, dem König der Welt, befehle ich den Kräften der Finsternis, mir zu dienen. Herr des Totenreichs, schicke meinen Bruder Tim zu mir!" Wolf starrte auf den Grabstein. Stille! Nur die Blätter an den Bäumen wisperten ihm Unverständliches zu, das er zu deuten versuchte. Auch aus dem furchtsamen Rufen eines Käuzchens konnte er keine Botschaft von seinem Bruder heraushören. Noch einmal versuchte Wolf die Anrufung des Herrschers über das Totenreich. Diesmal legte er noch mehr Kraft in seine Stimme, so dass seine Worte fast gespenstisch über die Gräber hallten. Er richtete seinen Blick gegen den schwarzen Nachthimmel. So sehr er auch sein Gehör schärfte, Tim meldete sich nicht. Nochmal und nochmal betete er die Beschwörungsformel herunter. Aber vergeblich. Sein Meister Luzifer ließ ihn im Stich. Verzagt und wütend auf seinen Meister stampfte er seinen Fuß auf die Erde: „Wo ist denn der große Gebieter, wenn ich ihn mal brauche? Alles Lügen! Alles Betrug!" Enttäuscht ging er nach Hause. In der Nacht wurde er wieder von grässlichen Träumen heimgesucht. Bilder seiner Aufnahmezeremonie als Satansbruder spulten sich vor seinem geistigen Auge ab.

Morgens gegen neun rüttelte die Mutter Wolf aus dem Schlaf: „Faulpelz! Langschläfer! Raus! Verdammt! Du hast die Zeit verpennt!" Ihre Stimme klang mürrisch und sehr aggressiv, als sie stichelte: „Dein Bruder war immer pünktlich!" Ihr Atem roch wie immer nach Alkohol. Wolf schwieg knurrig. Ihm war es leid, sich ihre ständigen Vorwürfe anzuhören. Nach einer Katzenwäsche schlüpfte er in die Kleidung. Dann warf er einen flüchtigen Blick in die Küche. Für ein Frühstück war nichts vorbereitet. Da schob ihn die Mutter zur Tür, drückte ihm einen Euro in die Hand und sagte: „Hier, kauf dir eine Streuselschnecke oder sonstwas! Nun verschwinde!"
Verächtlich schaute Wolf auf den Euro und reagierte mit verzweifeltem Spott: „Dafür kriege ich ja nicht mal zwei trockene Brötchen." Seine Mutter entgegnete schnippisch: „Trocken Brot macht Wangen rot!"
„Blöde Kuh!", zischelte Wolf leise vor sich hin und verließ hungrig das Haus.
Wolf schlug aber nicht den Weg zur Schule ein, sondern begab sich schnurstracks zu Franz, der, so hatte Wolf erfahren, wegen seinem Asthma krankgeschrieben war. Dass er abermals umsonst auf dem Friedhof war, nervte ihn

sehr. Er wollte Franz nochmals zur Rede stellen, denn er fühlte sich irgendwie verklappst. Er zweifelte an der Macht Luzifers, was die Kontaktaufnahme zum Tim betraf. Dass er dauernd Albträume, dass er die seltsamsten Gefühle empfand und absurde Gedanken hegte, bewies ihm schon, dass Satan ihn in der Hand hatte, dass er ihn beherrschte, denn auf einmal trieb ihn irgendetwas an, sich an Filmen mit Gewalt und fließendem Blut zu ergötzen. Und manchmal fühlte er sogar einen Blutrausch. Dann bekam er Lust, ein Tier zu töten, es aus purem Spaß abzustechen, wie er es bei den Schwarzen Messen der Satansbrüder erlebt hatte.

Franz öffnete die Tür, blickte Wolf an, als stände der Leibhaftige vor ihm. Er raunzte Wolf mit bitterböser Miene an: „Was willst du? Warum bist du nicht in der Schule?" Er wollte die Tür wieder schließen, aber Wolf schob flugs seinen Fuß in den Türspalt. Mit fester Stimme fragte Wolf: „Sag mal, ich bin doch jetzt ein richtiger Satansbruder, ja? Und warum dient Luzifer mir nicht? Tim erscheint mir nicht! Und noch immer verachten mich die Leute und behaupten, ich sei…"

Franz streckte blitzschnell seinen rechten Arm heraus, packte Wolf am Revers und zog ihn in den Korridor. Bevor er die Tür schloss, steckte er noch schnell seinen Kopf hinaus und schaute sich im Treppenhaus um. Dann drehte er sich Wolf zu und donnerte ihn an: „Du Idiot! Warum quatschtste so laut im Hausflur? Willst uns wohl noch die Bull'n auf'n Hals hetzen? Denke daran, was dir bei Verrat droht! Und unser Herr und Gebieter kennt kein Erbarmen! So! Und dass du keinen Kontakt zu deinem Bruder findest, liegt daran, dass du falsche Beschwörungsformeln sprichst, dass du noch zu neu bei uns bist, dass Luzifer dich erst noch prüft! Außerdem, du hast auch noch kein neues Mitglied geworben. Also, was verlangst du jetzt schon vom Mächtigsten aller Mächtigen? Sei nicht so ungeduldig! Geh noch öfter auf den Friedhof! Dann kommst du auch ans Ziel! Und wenn du an der Allmacht Luzifers zweifelst, dann bestraft er dich hart! Oder, er lässt Tim schändlich leiden." Franz fuchtelte mit den Armen herum und durchbohrte Wolf mit einem stierigen, hypnotisierenden Blick.

Wolf stand da, wie elektrisiert, völlig entseelt. Mit weit aufgerissenen Augen hatte er zugehört und die Drohungen vernommen. Sein Mund stand offen. Wolf war zumute, als wären seine ganze Energie und sein Willen aus seinem offenenstehenden Mund entwichen.

Fast lautlos öffnete Franz die Wohnungstür, schob Wolf energisch hinaus und flüsterte ihm noch ins Ohr: „Hab Geduld! Glaub mir, Luzifer lässt niemanden im Stich! Tu Dinge, die ihm gefallen! Dann stehst du in seiner Gunst!"

Völlig verwirrt lief Wolf durch die Strassen. Seine Schritte lenkten ihn zurück in sein Dorf, hin zum Friedhof. Er setzte sich auf Tims Grabrand. Den brummenden Kopf in den Händen gestützt, starrte er mit leerem Blick vor sich hin. Durch sein Gehirn fluteten die schlimmsten Horrorbilder. Dazwischen erschien die sarkastisch grinsende Grimasse Satans.

Zwischen diesen Höllenbildern tauchte immer wieder das hübsche, lächelnde Gesicht seiner Anka auf. Nach dem Besuchsverbot durch ihren Vater hatte Wolf mehrmals auf dem Schulhof versucht, mit ihr zu reden. Aber sie war ihm stets ausgewichen: „Mein Vater will das nicht, dass ich mit dir befreundet bin!" Auf seine Frage: „Warum darf ich nicht dein Freund sein?", hatte er keine Antwort bekommen.

Wolf spähte vorsichtig nach allen Seiten. Nur die Toten waren stumme Zeugen. Dann nahm er Seiten aus seiner Schulmappe. Die Schulmappe war das Versteck für die wichtigsten Informationen über den Satanismus, die ihm Franz gleich nach seiner Aufnahmezeremonie gegeben hatte. Schon mehrmals hatte Wolf die für ihn kaum verständlichen Texte studiert.

Je mehr Zeit verstrich, desto größer wurde seine Sehnsucht nach seiner heimlichen Liebe Anka. Ihre Nähe fehlte ihm so sehr, so dass er beschloss, nach den Vorschriften der satanischen Magie das Herz seiner Anka zu gewinnen. Wolf vertiefte sich in der satanischen Unterweisung und las halblaut: „Ein Magier, der einen Menschen manipulieren will, muss sein Opfer sehr genau beobachten. Er muss versuchen, dessen Art zu denken, zu verstehen. So kann er sich anpassen und sein Opfer locken. Man muss dazu ein guter Schauspieler sein..." Wolf entfuhr ein „Poah!" Dann las er weiter: „Das sexualmagische Ritual zur Erfüllung der Wünsche des Verlangens und der Begierde. Hierunter fällt auch der klassische Liebeszauber. Intensive, sexuelle Gefühle sollen die Durchführung dieser Magie begleiten. Und wenn die Vorstellungskraft groß genug ist..." Wolf fühlte eine Regung in seiner Hose. Er schob erregt seine linke Hand in die Hosentasche und spürte das Anwachsen seines Gliedes. Er hauchte die nächsten Worte nur noch: „Ein möglichst heftiger Orgasmus soll der Höhepunkt der Magie sein." Zunächst konnte er mit dem Begriff Orgasmus nicht viel anfangen. Nach etwa fünf Minuten seiner stimulierenden Spielerei ging ein angenehmes Beben durch seinen Körper. Es kam ihm wie eine Erleuchtung vor. Er stieß, etwas atemlos geworden, hervor: „Na klar, das ist es, das nennt man Orgasmus!" Nun begriff er, weshalb Franz ihm den Kontakt zu seiner Tochter verboten hatte. Er beschloss, die Magie bei Anka anzuwenden. Zufrieden, vom sexuellen Druck befreit und hoffnungsvoll, sprach er: „Ich danke dir für den Tipp, die satanische Magie zu lesen. Und nun, mein Herr und Gebieter, hilf mir und wecke Ankas Liebesgefühle auch für mich!" Von überschwänglichen Liebesgefühlen beflügelt, schwebte Wolf hinaus aus dem Friedhofstor geradewegs nach Hause.

Mit der festen Absicht begab sich Wolf zur Schule, sich an Anka, die in die Parallelklasse 9b ging, heranzupirschen, um sie als sein Opfer beobachten zu können, so wie es die satanische Magie vorschrieb – mit dem Ziel, dass er sie eines Tages gut manipulieren könnte. Da sie wegen des Kontaktverbots ihres Vaters zu ihm Abstand hielt, konnte er sie nur aus der Ferne beobachten. So stellte er sich in den Pausen hinter einen Baum und lugte unauffällig zu Anka hinüber.

Wie in den meisten Pausen stand Anka inmitten von einer Mädchengruppe. Ihr schlanker, sportlicher Körper war in eine Jeans gezwängt. Dazu trug sie ein eng anliegendes T-Shirt, so dass ihre weiblichen Konturen zur Geltung kamen. Hin und wieder warf sie ihren Kopf mit dem schulterlangen, blonden, lockigen Haar nach hinten, wenn sie mal laut und herzhaft lachen musste. Wolf mochte ihr feuriges Temperament. Oft war sie die Wortführerin. Ihre lebhaften Gesten untermalten ihre Schilderungen. Wolf war begeistert von ihr. Er dachte bei sich: *Mit der könnte man Spaß haben. Langeweile hätte man mit der nie.* Und er verfluchte ihren Vater Franz: „Der Alte behütet sie wie einen Goldschatz", nuschelte er vor sich hin. „Aber ich werd´ sie schon noch knacken!"

Wolf ließ sich von ihrem Anblick regelrecht betören. Seine Begierde nach ihr nahm von Tag zu Tag zu. In den Nächten kuschelte er mit seinem uralten Teddy. Inständig bat er Luzifer, Anka möge sich auch so richtig in ihn verlieben. Aber dafür hatte sein Luzifer anscheinend kein offenes Ohr, denn als er nach Tagen seiner Beobachtungen an Anka herantrat und sie etwas schüchtern, aber nett ansprach: „Du, was ist, wollen wir am Nachmittag spazierengehen?", ließ sie ihn mit den Worten abblitzen: „Du bist nicht mehr mein Typ! Außerdem hat mein Vater jeglichen Kontakt zu dir verboten. Du wirst schon was auf dem Kerbholz haben.

Also, lass mich in Ruhe! Quatsch mich nicht mehr an!" Sie sprach so laut, dass ihre Freundinnen jedes Wort hörten und laut zu kichern begannen. Das erzürnte Wolf so sehr, dass er ihr die drohenden Worte an den Kopf schleuderte: „Du wirst es noch bereuen! Es gibt auch noch die Magie der Zerstörung!" Als Wolf dann wutschnaubend davontrottete, brachen die Mädchen in ein höhnisches Gelächter aus. Anka prustete vor lauter Lachen: „Jetzt will er mich auch noch verhexen!" Ein anderes Mädchen lästerte noch: „Puh! Der Magier zaubert sich noch Sex mit dir herbei! Ich lach mich tot!"

Mit hochrotem Gesicht verschwand Wolf in der Menge der Schüler. Ihn quälte nur noch der Gedanke: *Wie kann ich jetzt noch an Anka herankommen, um zu erfahren, wie ihre Art zu denken ist? Wie kann ich mich ihr anpassen, um sie als mein Opfer zu mir zu locken?*

Zerknirscht, und das Gehirn zermartert, legte sich Wolf ins Bett. Vergeblich rief er mehrmals nach Luzifer, bis er sich im trügerischen Zustand zwischen Schlaf und Wachsein befand. Im tiefen Schlummerzustand erschien ihm der Meister. Er schwebte auf einem Feuerschweif in sein Zimmer. Wolf schreckte hoch, wehrte das fürchterliche Ungeheuer mit erhobenen Händen ab. Als Luzifer mit salbungsvoller Stimme sprach, hörte es sich an, als brülle ein Ungeheuer in einen großen Trichter aus verrostetem Blech: „Warum rufst du mich, deinen Gebieter? Sprich, du Erdenwurm, der ein Satansbruder sein will!" Luzifer lachte grell auf. Nachdem Wolf seinen Schock überwunden hatte, stotterte er: „Ich will doch nur die Anka zur Freundin haben. Sie lehnt mich aber ab. Was soll ich tun? Kannst du nicht mit deinen magischen Kräften…?" Wieder lachte Luzifer laut und schrill: „In der Hierarchie meiner Untertanen bist du noch an tiefster Stelle. Du hast mir noch keine Dienste getan. Nun soll ich dir helfen? Geh ran an das Mädchen!

Berühre ihren Körper! Schleiche dich erst in ihr Herz, dann in ihre Seele. Dann wird sie dir hörig und gefügig sein für schöne Spiele! Nun, lass mich! Aber höre noch! Wenn sie dir nicht gefügig sein will, dann verfluche sie und wende die Zerstörungsmagie an! Lösch sie für ewig aus!"

„Ich soll sie töten?", schrie Wolf verzweifelt.

„Eine Memme ist kein Satansbruder! Lass mich! Ich muss fort!" Mit Blitz und Donner sauste Luzifer aus dem offenen Fenster. Wolf griff nach dem Feuerschweif. Vergeblich. Er konnte Luzifer nicht aufhalten. Den Rest der Nacht wälzte er sich von links nach rechts und von rechts nach links, bis er schweißgebadet aufwachte, auf die Uhr schaute und feststellte, dass es erst fünf Uhr früh war. Wolf rieb sich den Schlaf aus den Augen, torkelte schlaftrunken zur Toilette, entwässerte seine Blase, kehrte zurück und setzte sich auf den Bettrand. Wie hartnäckige Grillen saßen ihm die Traumerlebnisse im Kopf, in dem es furchtbar summte und brummte. Er fasste einen festen Entschluss: *Anka muss erobert werden!* Deshalb sagte er sich: *Gleich heute Abend nach ihrem Handballträining werde ich sie abpassen und mit ihr reden. Ich werde ihr gestehen, dass nur sie mein großer Schwarm ist.*

Bereits eine halbe Stunde vor Trainingsschluss lief er aufgeregt um die Turnhalle herum. Plötzlich kam ihm in den Sinn, dass es ungünstig wäre, sie gleich an der Turnhalle abzufangen. *Sie würde ja dann nicht allein sein*, überlegte er. So lief er gut einen Kilometer die Straße auf ihrem Heimweg hinunter. Da er annahm, sie würde mit dem Fahrrad fahren, wartete er auf einer Bank im angrenzenden Park. Ununterbrochen brabbelte er halblaut irgendwelche Beschwörungsformeln vor sich hin: „Satan mach, dass sie endlich mir gehört! Großer Meister, lass sie etwas für mich empfinden! Sonst..." Er befühlte das Messer in seiner

Anoraktasche und dachte: *Und wenn sie nicht will? Damit werde ich sie schon überzeugen!*

Die Dämmerung zog herauf. Wolfs Herz pucherte von Minute zu Minute immer heftiger. Ihm war, als weiche das bisschen Mumm aus seinem Körper. Die Zunge klebte am Gaumen. Er erlebte eine Rebellion seines Körpers. Hitze staute sich im Gesicht, und Eisschauer liefen ihm über den Rücken. Wolf überlegte schon, von seinem boshaften Plan abzurücken. Aber, da kam Anka schon angeradelt. Ihr blondes Haar wehte im Wind. Sie war allein. Wolf wollte von der Bank hochspringen, doch eine tonnenschwere Last schien seinen Körper auf die Bank niederzudrücken. Nur schwerfällig kam er auf die wackligen Beine. Gerade noch rechtzeitig konnte er sich Anka in den Weg stellen. Sie musste scharf bremsen, um ihm nicht zwischen die gespreizten Beine zu fahren. Er forderte sie mit zittriger Stimme auf: „Halt mal an! Ich muss mit dir reden!" Ihr war ein gewaltiger Schreck in die Glieder gefahren. Außer Atem und mit wutverzerrtem Gesicht fragte sie: „Was willst du denn? Mach Platz! Ich will nach Hause!"

„Ich muss mit dir reden. Komm, steig ab! Wir gehen in den Park!"

Anka hatte sich schnell wieder gefasst und erwiderte etwas schnippisch: „Ich geh doch nicht mit jedem in den Park! Wenn du mir was zu sagen hast, dann sag's hier!"

Wolf versuchte, eine todernste Miene aufzusetzen. Um seiner Forderung Nachdruck zu verleihen, zog er grinsend das Taschenmesser heraus, klickte es auf und fuhr mit dem linken Daumen über die Klinge. Im gleichen Moment versicherte er ihr: „Du brauchst keine Angst zu haben. Ich will es nur griffbereit haben, falls uns ein Tier anfällt!"

Zuerst lachte Anka über seine Worte. Dann lachte sie ihn aus: „Ich glaube, du spinnst! Was soll das Theater? Du weißt, dass ich mit dir nichts mehr zu tun haben will, ich mich nicht mehr mit dir treffen darf. Mein Vater meint, du seiest im Kopf etwas verdreht."

„Dein Vater ist ein Lügner! Der gehört selber zu...", Wolf biss sich auf die Zunge. Er fürchtete, Luzifer wäre jetzt in ihrer Nähe. Die Strafe für Verrat kannte er nur zu gut. Nun begann er die weiche Tour, legte seine Hände auf ihren Lenker: „Anka, ich kann nicht mehr schlafen. Du gehst mir nicht mehr aus dem Sinn. Ich will mit dir gehen! Ich hab´ dich so lieb. Ich sterbe vor Sehnsucht nach dir. Komm, lass..." Weiter kam er nicht, denn Anka schaute ihn mit einem bemitleidenden Blick an und unterbrach ihn, indem sie seufzend sagte: „Tut mir leid. Aber es gibt keine Chance mehr für dich. Ich hab´ schon einen anderen Freund." Was Wolf hörte, machte ihn plötzlich fuchsteufelswild. Er schien sich zu vergessen, umklammerte den Messergriff, bebte am ganzen Körper und drohte: „Dann stech ich dich ab! Ein anderer soll dich auch nicht kriegen!" Anka reagierte auf seine drohende Gebärde mit spöttischem Blick. Sie überspielte ihre Furcht und meinte mit einem überheblichen Unterton: „Du bist doch geisteskrank! Was soll denn der Blödsinn, he? Spielst dich auf wie ein Wegelagerer. Willst du ins Gefängnis?" Völlig in Rage geraten, fuhr Wolf Anka an: „Ich bin nicht verrückt! Ich bin nur verliebt! Jawoll! Verliebt in dich!"

Anka hatte vom Theater genug und sagte: „Lass mich jetzt weiterfahren! Es ist doch kindisch, wie du dich aufführst!" Da führte Wolf die Klinge an ihren Hals. Nun erst begriff Anka den gefährlichen Ernst der Situation. Hin und wieder fuhr mal ein Auto vorbei. Aber um Hilfe rufen, wollte sie noch nicht. Mit ihrem letzten Mut versuchte sie, Wolf zur Besinnung zu bringen. Ihre dünne Stimme klang jetzt weich: „Wolf, nun lass doch den Quatsch! Lass mich fahren! Du versaust dir doch dein ganzes Leben, wenn das rauskommt!"

„Ist doch meine Sache! Bekomme ich dich nicht, dann will ich lieber tot sein! Los, komm mit in den Park!", forderte er sie im harten Ton auf. Er machte eine Drehung nach links, tat zwei Schritte auf den Park zu. Da sprang Anka auf's Fahrrad und trat in die Pedalen. Aber Wolf war flinker, machte einen Satz hinterher und packte den Gepäckträger. Durch diesen Ruck kam Anka ins Straucheln. Sie verlor das Gleichgewicht und stürzte auf den Boden. Wolf half ihr auf die Beine. In dem Augenblick hielt neben den beiden ein Auto. Der Beifahrer kurbelte die Scheibe herunter und erkundigte sich: „Na Mädchen, belästigt dich der Bursche?" „Nein, nein, ich bin nur ins Schlenkern geraten", sagte Anka. Dann nutzte sie die Chance, dem verrückten Wolf zu entfiehen und fuhr im rasenden Tempo davon. Wolf lief ihr eine kurze Strecke hinterher. Er rief ihr mit erbärmlich winselnder Stimme nach: „Anka, warte doch! Bleib stehen! Anka, ich bin in dich verknallt!" Aber Anka dachte nicht ans Stehenbleiben. Der Schreck saß zu tief in ihr. Sie trat kräftig in die Pedalen. Sie wollte ihn nicht hören und pfiff mit der letzten Puste, die sie noch hatte, laut vor sich. Sie traute sich nicht, sich noch einmal umzudrehen. Sie hatte nur das Messer in Wolfs Hand vor Augen.

Als sie ziemlich verstört zu Hause ankam, sagte die Mutter: „Kindchen, du siehst ja schrecklich aus. Ist etwas passiert?" Anka antwortete: „Nee, nee, bin bloß etwas abgekämpft vom Sport und vom Radfahren." Die Mutter bemerkte: „Aber du siehst aus, als hätten dich wilde Tiere gehetzt." Anka winkte lachend ab: „Unsinn!" Dann entzog sie sich lieber den kritischen Blicken und den neugierigen Fragen ihrer Mutter und verschwand ins Bad. Sie ließ Wasser in die Badewanne und setzte sich auf den Badewannenrand. Ihr Körper war noch wie gelähmt. Dann entspannte sich ihr Körper mit einem leichten Zittern. Die Tränen rannen ihr über das Gesicht. Die schrecklichen Bilder der letzten zehn Minuten liefen ihr wie ein Horrorfilm durch den Kopf.

Wolf war schwer enttäuscht über seine fehlgeschlagene Aktion. Für ihn war klar, dass er nun für immer bei Anka verspielt hatte. Wütend klappte er das Taschenmesser zusammen, steckte es in die Tasche und irrte verzweifelt durch den Park, ehe er in sein Dorf zurückkehrte.

Inzwischen war es dunkel geworden. Eine unsichtbare Macht lenkte seine Schritte zum Friedhof. Er verspürte das Bedürfnis, seinem Bruder von seinem Misserfolg bei Anka zu erzählen. Und vielleicht, so hoffte er, könnte er auch Luzifer herbeirufen. Wolf brauchte Tipps, wie er sich für die erlittene Schmähung bei Anka rächen könnte. Am Grab angekommen, schleuderte er seine Flüche auf Anka gegen den Grabstein seines Bruder. In seinem verwirrten und überforderten Geist sah er sogar Tims bleiches, müdes Gesicht. Und der Grabstein war ein geduldiger Zuhörer. Als sich Wolf sein Herz ausgeschüttet hatte, rief er seinen Gebieter und Meister an: „Luzifer, Anka erwidert meine Liebe nicht! Ich will sie zerstören! Was soll ich tun?" Außer den gewöhnlichen Nachtgeräuschen auf einem Friedhof konnte Wolf nichts weiter wahrnehmen. Noch mehrmals unternahm er den vergeblichen Versuch, mit Luzifer reden zu können. Wolf geriet allmählich in einen seelischen Kollaps. Plötzlich hörte er tausende Stimmen. Nur, er begriff den Sinn ihrer Worte nicht. Wolf drehte sich wie irr im Kreis, hielt sich die Ohren zu und schrie in die Stille der Nacht: „Hört endlich auf, ihr verfluchten Geister! Ich will nur den Meister hören!" Es geschah aber nichts, was ihn hätte zufriedenstellen können. Die unheimliche, nächtliche Stille und die tiefe Finsternis machten den Friedhof noch gespenstischer. Wolf packte das Grauen. Er rannte Hals über Kopf vom Friedhof. In der Wahnvorstellung, von Geistern verfolgt zu werden, erreichte er atemlos die Haustür, schloss sie rasch auf, drehte sich noch einmal hektisch nach allen Seiten um und verschloss hinter sich die Tür. Auf Strümpfen schlich er unbemerkt in sein Zimmer. Die Mutter schlief tief in ihrem Rotweinrausch.

Wolf kramte behend die Texte mit der ´Satanischen Magie´ hervor und las: „Zerstörungsmagie dient der Entladung der eigenen Wut und Aggression. Man muss gegenüber einem anderen Menschen einen Fluch ausstoßen. Intensiver Hass und Verachtung sollen diese Zeremonie begleiten…" Wolf starrte völlig übermüdet und ausgelaugt auf das Blatt: „Ach, so funktioniert das! Na gut, jetzt hasse ich Anka und will, dass sie zerstört wird!" Dann sank er rücklings aufs Bett, zog die Beine nach und schlief sofort ein.

Am anderen Tag, in der großen Pause, wagte sich Wolf kaum auf den Schulhof. Also blieb er im Klassenzimmer. Er scheute sich davor, Zeuge zu sein, wenn bei Anka der Zerstörungsprozess beginnen würde. Etliche Varianten ihrer Zerstörung hatten sich vor seinem geistigen Auge eindringlich abgespielt. Einmal stürzte sie die Treppe hinunter und brach sich das Genick. Dann fiel sie aus einem Fenster aus dem vierten Stock. Ein andermal fiel Anka ein großer Betonklotz auf den Kopf. Oder ein Auto fuhr sie und ihr Fahrrad total platt. Wolf hatte sich vor lauter Grausen geschüttelt.

Der Aufsichtslehrer hatte aber mit ihm kein Mitleid und schickte ihn, trotz seiner angedeuteten Übelkeit, mit den Worten auf den Hof: „Frische Luft ist gut bei Übelkeit! Hast wohl gekifft, was? Oder haste gestern zu viel Alk konsumiert?" Mit nachdrücklicher Geste schob er Wolf grinsend aus dem Klassenraum.

Seit Pausenbeginn hatte Anka Ausschau nach Wolf gehalten. Sie war ganz unruhig. Vor dem Einschlafen war ihr der scheußliche Gedanke gekommen, Wolf könnte sich ihretwegen etwas antun. *Das Messer hatte er ja schon dabei*, dachte sie sich. Und nun waren schon fünf Minuten der Pause verstrichen, aber Wolf war nicht zu sehen.

Besorgt ging sie zu Steve und fragte ihn: „Sag mal, ist Wolf heute nicht in der Schule?"

„Na klar! Ihm ist bloß ein bisschen kodderig zumute."

„Na, dann ist es ja gut." Anka seufzte erleichtert auf. Da trat Wolf auch schon aus dem Schulgebäude. *Sein mürrisches Gesicht sieht tatsächlich fahl aus*, stellte Anka fest, ging auf ihn zu, zog vor ihm einen Brief aus der Tasche, reichte ihm diesen und bemerkte kurz: „Von meinem Vater! Soll ich dir geben!" Bevor in Wolf sonderbare Gefühle ausbrachen, war Anka schon wieder zehn Schritte von ihm entfernt. Verdutzt schaute er ihr nach. Seine Frage: „Was ist das für ein Brief?", blieben von Anka ungehört. Er ging zur Toilette: Der Brief brannte zwischen seinen Fingern. Er fragte sich: *Wird sie ihm alles gepetzt haben, was sich am Vorabend zwischen uns abgespielt hatte, die Messerattacke und so?* Ungeduldig, mit unruhigen Händen, riss er das Kuvert auf, faltete einen Zettel auseinander und las: *Übermorgen Nacht hat der Oberpriester uns zur Messe gerufen. Ich hole dich wie immer ab. Fehlen ist Untreue. Wird hart bestraft. Franz.* Einerseits war Wolf erleichtert, denn Anka hatte wohl nichts verpetzt. Andererseits graute ihn vor der Schwarzen Messe, weil dort sein fehlgeschlagener Angriff auf Anka aufgedeckt werden könnte.

Die Unterrichtsstunden und die Pausen verliefen ohne nennenswerte Vorkommnisse. Anka verließ nach Unterrichtsschluss mit ihrer Freundin Thea gesund und vergnügt das Schulgelände. Wolf folgte den beiden im sicheren Abstand. Schließlich hatte sich noch nichts ereignet, was auf Ankas Zerstörung hindeutete. Dennoch konnte er Worte ihrer Unterhaltung auffangen. Als Anka Thea fragte: „Hast du Lust auf Kino? Wollen wir uns heute den neuesten Film mit Tom Hanks ansehen?" Und als Thea begeistert ja sagte, da fluchte Wolf vor sich hin: „Mit der ollen Schrulle geht sie ins Kino! Und mich lässt sie stehen. Diese Zicke soll Satan gleich mit zerstören!" Während ihn die rasende Wut zerfraß, kam ihm Franz´ Brief in den Sinn. Abrupt wechselten seine Gefühle. Wut und Enttäuschung schlugen in eine Art Beklommenheit und gleichzeitig in lustvolle Begierde um.

Franz erschien ihm heute sehr nervös. Vor allem hustete er ununterbrochen. Er drohte, fast zu ersticken. Er fuhr, hart bremsend, an den Straßenrand. Entsetzt sah Wolf, dass er Blut in sein Taschentuch spuckte. Und er starrte hilflos in Franz´ rot-bläuliches Gesicht. Immer wieder hustete er den Satz heraus: „Das ist Luzifers Strafe! Das ist Luzifers Strafe! Das ist Luzifers Strafe!" Bald hatte er sich so leidlich vom Hustenanfall erholt, da fragte Wolf: „Was meinst du damit? Wofür straft er dich?" Noch ziemlich atemlos fuhr Franz den Wagen wieder an. Dann begann er zu erzählen: „Ich habe gegen die Gebote Satans verstoßen. Ich habe verhindert, dass Anka ihm gehörig wird. Meine Tochter soll keinen Kontakt zu ihm haben. Und du...", er drohte mit der rechten Faust, „du wirst meinen Liebling nicht hineinziehen in diesen Sumpf! Sonst schlage ich dich tot! Meine Zeit ist nun bald abgelaufen. Der Pakt mit Luzifer erfüllt sich am Ende immer zu seinen Gunsten. Ich muss wirklich ein kritikloser, hirnloser Mensch sein, dass ich da reingeraten bin. Mit dem Teufel schließt man keinen Pakt! Der besiegt dich immer!"
Wolf schaute ihn verwundert von der Seite an, fühlte Zorn in sich aufsteigen und fragte: „Und warum hast du mich da mit reingezogen?"
„Du wolltest doch unbedingt von der Schuld am Tod deines Bruders befreit werden und Kontakt zum Totenreich haben! Dass alles Lug und Trug ist, habe ich Esel viel zu spät erkannt. Aber mein Töchterchen soll Satan nicht gehören! Verstehst du mich? Sonst..." Bei diesen Worten ging ein Hassgefühl wie ein Blitzstrahl durch Wolfs Körper. Er

fluchte innerlich: *Soll der doch verrecken und seine blöde Tochter auch!*

Die Messe begann mit dem üblichen Ablauf. Dauernd wurde sie aber durch Franz' Hustenanfälle gestört. Als dem Opferschaf der Schlund aufgeschlitzt wurde, und das warme, in der Kälte dampfende Blut herausschoss, geriet Wolf in eine noch nie gekannte Verzückung. In Gedanken sah er den schlanken, weißen Hals seiner angebeteten Anka, die ihn so brutal abwies. Plötzlich drängte es ihn danach, das warme Blut auf seinen Lippen zu schmecken, es in sich aufzusaugen, als würde er wie Dracula sein Gebiss in den Hals von Anka geschlagen haben. Als er vor dem Oberpriester kniete, flüsterte er ihm zu: „Meister, verleih mir doch die Macht der Zerstörungsmagie." Der Oberpriester zeichnete ihm das Blutkreuz auf die Stirn und sprach würdevoll: „Wenn du reif bist, wird dir Luzifer alle Macht der Magie verleihen! Nun geh!"

Die Schwarze Messe verlief in alter Routine. Das weiße Pülverchen versetzte alle in einen Rausch.

Ewig verschmähte Liebe weckt satanische Gefühle und schmiedet teuflische Pläne. So auch bei Wolf.

Auf der Rückfahrt, auf der beide verkniffen schwiegen und Franz unentwegt hustete, ließ sich Wolf wieder am Friedhof absetzen. Bevor Wolf austieg, stieß Franz noch einmal eine Drohung aus: „Halt dich fern von meiner Anka! Wehe, wenn sie ein Wort vom Satanismus erfährt!" Ein Hustenanfall erstickte seine Stimme. Wolf knurrte leise: „Krepier doch alter Mann!", knallte wutschnaubend die Tür zu und ging auf den Friedhof. Er stand noch immer unter dem Einfluss des weißen Pülverchens.

Es herrschte neblig-dunstiges Wetter. Da erschienen ihm die Gewächse zwischen den Gräbern noch gruseliger. Der Nebel waberte über dem Boden und versetzte manchen Strauch in schemenhafte Bewegungen. Ihm war, als sähe er einen skurrilen Tanz von Gespenstern. Durch sein heftiges, keuchendes Atmen bliesen seine Nasenlöcher Nebelfontänen in die kalte Nachtluft. Nur seine Wut auf Anka besiegte seine Furcht in dieser menschenfeindlichen Umgebung. Ihm war es wichtig, die Zerstörungsmagie zu beherrschen. So rief er abermals seinen Gebieter an. Die unheimliche Friedhofsatmosphäre brachte, wie so oft, seine Gefühle in heftige Wallungen. Seine Sinne brodelten wirr durcheinander. Wolf verlor seinen Halt und schwebte selber schon als Geist hinauf zu den himmlichen Gefilden in die Arme seines lächelnden Gebieters und Helfers. Er saß auf Satans Schoß, der ihn väterlich umkoste. Schließlich winkte er mit seiner rechten Kralle Tim herbei. Die Brüder hielten sich fest umschlungen. Wolf genoss diese Traumatisierung. Plötzlich flatterte eine Fledermaus über Wolfs Kopf hinweg und riss ihn gewaltsam aus seiner Fantasiewelt. Ihm wurde auf einmal bewusst, wo er sich aufhielt. Ihn fröstelte, und er eilte mit schnellen Schritten vom Friedhof.

Umnebelt von den traumatischen Erinnerungen legte er das Foto in Postkartengröße, auf dem Anka abgebildet war, vor sich auf den Küchentisch, zückte sein Taschenmesser und stach wie ein Voodoomann unter wirrem Runterbeten von Beschwörungsformeln mehrmals in ihr Herz. Danach zerkratzte er mit der Messerspitze Ankas Gesicht. Dabei geriet er völlig außer sich. Sein Gesicht glich einer fürchterlichen Dämonenfratze. Als das Foto zerfetzt war, legte er sich zufrieden ins Bett und schlief sich in einen neuen Morgen.

Ankas Freundin Thea begab sich früher als sonst zur Schule. Sie suchte das Lehrerzimmer auf, klopfte und bat ihre Klassenlehrerin, Frau Hilge, sprechen zu dürfen, die sofort in der Tür erschien. Thea stammelte: „Frau Hilge, ich, ich muss sie unbedingt sprechen!" Da es so geheimnisvoll klang, bat die Lehrerin Thea in einen leeren Klassenraum. Dort fragte Frau Hilge: „Na Mädchen, was hast du auf dem

Herzen?" So, als würden sie beide belauscht, begann Thea im Flüsterton: „Also, der Polt, der ist ganz gefährlich! Er wollte Anka mit einem Taschenmesser abstechen. Ehrlich! Er ist in Anka verknallt. Aber sie will von ihm nichts wissen. Da hat er Anka nach dem Handballtraining aufgelauert und sie bedroht. Dann hat er ihr das Messer an die Kehle gesetzt. Der ist doch gemeingefährlich! Das haben auch meine Eltern gestern gesagt." Thea schilderte alles so eindrucksvoll, so dass sogar die Lehrerin eine Gänsehaut bekam. Sie musste sich erst schütteln und tief Luft holen, als sie meinte: „Gut, dass du mir das sagst. Der Wolf hat sowieso schon so viel auf dem Kerbholz. Ich werde mit ihm reden. Ich danke dir, dass du zu mir gekommen bist." Mit betretener Miene sagte Thea: „Aber Anka weiß nicht, dass ich deswegen bei Ihnen bin."

„Ach, mach dir mal keine Sorgen! Da sind doch auch noch andere Leute vorbeigekommen, die was gesehen haben. Ich drehe es schon irgendwie hin, dass dein Name nicht fällt."

Gleich in der ersten großen Pause bestellte die Hilge Anka zu sich. Ohne Umschweife fragte sie: „Sag mal, was für eine Beziehung hast du zu Wolf Polt?" Anka fühlte sich überrumpelt, denn diese direkte Frage hatte sie nun wirklich nicht erwartet. Sie überlegte kurz: *Was will die Hilge von mir?* Sie strich ihr blondes Haar aus dem Gesicht, setzte ein keckes Lächeln auf und sagte: „Ach, na ja, der Wolf ist ein netter Junge. Aber mehr auch nicht."

„Aber mir ist zu Ohren gekommen, dass es auf der Straße zwischen dir und ihm eine Auseinandersetzung gegeben hat."

Anka tat einen tiefen Seufzer: „Och, da war nicht viel. Der Wolf ist doch solch weicher Typ. Der hat mal 'n bisschen falsch getickt. Na gut, ehrlich, der ist ein bisschen in mich verschossen. Aber, er hat keine Chancen. Ich stehe eher auf andere Typen."

„Aber er soll dich mit dem Messer bedroht haben?"
Nun zog Röte in Ankas Gesicht bis hinauf zu den Haarwurzeln. Anka wurde schlagartig unsicher und spürbar nervös. Ihre bis dahin gespielte Gleichgültigkeit war jäh verschwunden. Die Lehrerin schaute ihr eindringlich in die Augen. Sie spürte, dass sich etwas zwischen den beiden abgespielt haben musste, was ihr unangenehm war. Sie versprach Anka, alles vertraulich zu behandeln. Sie machte Andeutungen, die Anka hellhörig werden ließen: „Also, so harmlos ist der Polt nun auch wieder nicht. Es hat sich manches rumgesprochen. Die Eltern haben sich scheiden lassen. Seine Mutter soll nach dem Tod seines Bruders Tim Alkoholikerin geworden sein. Und seinem Freund Steve soll er anvertraut haben, dass er sich nachts auf dem Friedhof herumtreibt, um Kontakt zu seinem verstorbenen Bruder Tim zu bekommen. Dem Steve kommt er auch zunehmend unheimlich vor. Hör mal, ich sage dir im Vertrauen, dass ein Antrag beim Jugendamt vorliegt, Wolf in ein Jugendheim einzuweisen. Sogar seine Mutter hat das beantragt. Sie kommt mit ihrem Sohn nicht mehr zurecht. Wolf pariere ihr überhaupt nicht mehr, hat sie gesagt."
Ankas Gesichtszüge verkrampften sich zu einer Grimasse. Das machte die Hilge stutzig und sie erkundigte sich: „Mal Hand aufs Herz! Verbindet dich nicht doch mehr mit dem Wolf, als nur Schulkameradin zu sein? Deine Gesichtsfarbe und deine inneren Regungen verraten mir mehr. Du, ich bin schon über dreißig Jahre in diesem Beruf. Ich kann meiner Menschenkenntnis vertrauen. Also, nun sag schon, was ist zwischen euch los?"
Zögerlich versuchte Anka, ihre Beziehungen zu Wolf zu erklären: „Ja, wir waren mal ein wenig befreundet, haben uns getroffen, waren spazieren. Aber...", sie druckste vor sich hin. „Na was?", bohrte die Hilge weiter.

„Mein Vater hat es mir plötzlich verboten, mich mit ihm zu treffen. Das hat Wolf sehr getroffen. Seitdem läuft er mir hinterher. Ja, gut, er war auch schon mal rabiat geworden."

„Hat er dich schon mal unsittlich berührt?", wollte die Hilge wissen.

So, als sei sie seine Verteidigerin vor Gericht, sagte Anka mit Leidenschaft: „Solch Unsinn! Der Wolf ist dazu viel zu feige! Solch Bengel ist der nicht, wie sie denken! Er hat mich noch nie begrapscht, wenn sie das meinen."

Die Hilge beschwichtigte Anka sofort: „Ist schon gut. Ich wollte ja nur mal wissen, wie weit er gehen würde bei einem Mädchen. Dass er aber die Schule schwänzt, faul ist und sich nachts auf dem Friedhof aufhält, das weißt du doch bestimmt."

„Nö, das weiß ich nicht. Was soll er denn da?"

„Er will Kontakt zu seinem ertrunkenen Bruder herstellen."

„Glaub ich nicht!", meldete Anka ihre Zweifel an.

„Na ja, ich habe das auch nur gehört. Was da dran ist, weiß ich nicht."

„Nun wird Wolf auch noch als geistesgestört abgestempelt, was?", empörte sich Anka, denn der Wolf tat ihr trotz allem leid. Und insgeheim gestand sie sich, doch noch mehr für Wolf zu empfinden. Ihr gefielen seine schönen blauen Augen und seine sportliche Figur. Außerdem kam er ihr so lieb und sanft vor, nicht solch Rabauke wie manch anderer aus ihrer Klasse. Schon deshalb würde sie nichts auf ihn kommen lassen.

Sie wurde von der Lehrerin mit den Worten entlassen: „Also, wenn irgendwann mal was ist mit dem Polt, dann komm vertraulich zu mir!"

Während Anka aufstand und den Raum verließ, dachte sie bei sich: *Ich und zu dir kommen? Pah! Ihr könnt doch den Polt bloß nicht leiden und gebt ihm immer noch die Schuld am Tod seines Bruders!* Wortlos verließ sie den Raum.

In der Pause schaute sich Anka auf dem Schulhof nach Wolf um, der sich abseits in einer Ecke gegen die Wand lehnte. Er aß sein beim Bäcker gekauftes Mohnhörnchen. Auch seine Augen suchten den Schulhof nach Anka ab. Er hatte sich vorgenommen, seine Zerstörungsmagie weiter anzuwenden und dabei dicht in ihrer Nähe zu sein, um seinen Hass und seine Verachtung ihr gegenüber auf sie zu übertragen, damit sie daran zugrunde gehen würde. Noch ehe er sich von der Wand lösen und die ersten Schritte auf sie zu machen konnte, stand Anka schon vor ihm. Ihre vor Erregung erröteten Wangen machten ihr Gesicht noch hübscher und sie noch begehrenswerter. Aber er setzte seinen wilden Wolfsblick auf und fletschte innerlich die Zähne. Bevor Anka etwas sagen konnte, zischte er sie an: „Ich verfluche dich! Ich zerstöre dich! Ich schleudere dir meinen ganzen Hass und meine Verachtung entgegen!"
Anka konnte das Lachen nicht unterdrücken und platzte heraus: „Was ist denn mit dir los? Du bist wohl vom Teufel geritten?" Bei ihren Worten fletschte er seine Zähne noch mehr und grollte: „Du hast mich nie gemocht! Und ich Dussel habe mich in dich so unsterblich verliebt!"
Anka wurde ernst: „Lass das mal jetzt! Ich habe mit dir über etwas anderes zu reden."
„Ach so! Was denn? Ich will aber mit dir nicht mehr reden!" Wolf machte kehrt. Sie hielt ihm am Arm fest, mit sanftem Druck. Wolf spürte ihre schlanken, zarten Finger. Ihm wurde ganz blümerant zumute. Er genoss ihre Berührung. Aber da rief ihn plötzlich die Zerstörungsmagie in die Wirklichkeit zurück. Er legte seine Hand auf die ihre, die noch immer seinen Unterarm festhielt. Für einen Augenblick war ihm, als wären ihre Hände untrennbar verbunden. Anka schaute ihm sanft in die Augen. Da wurde Wolf knallrot und murmelte vor sich hin: „Ach, es ist verdammt schwer, die Zerstörungsmagie anzuwenden."

„Was sagst du?", fragte Anka, die sein leises Genuschel nicht verstanden hatte.

„Ach, schon gut", entfuhr es Wolf, „was willst´n?"

„Ich will dich nur darüber informieren, dass jemand der Hilge erzählt hat, was sich gestern auf der Straße zwischen uns abgespielt hat. Das mit dem Taschenmesser und so. Von mir weiß sie das nicht! Ich schwöre es!" Sie hob die linke Hand zum Schwur. Wolf hörte aufmerksam zu, fühlte in sich ein Bangen und zugleich Zorn aufkommen. Anka setzte fort: „Außerdem habe ich erfahren, dass sie dich wohl in ein Jugendheim stecken wollen, weil du…"

„Ins Heim?", unterbrach Wolf sie fassungslos. Während Anka fortfuhr mit ihrem Wissen über ihn, wurde Wolf immer bedrückter. Er erkannte schweren Herzens, dass er sie, seine große Liebe, total falsch eingeschätzt hatte. Immerhin hatte sie ihn geschützt, indem sie vor der Lehrerin sein befremdliches, aggressives Verhalten verharmloste.

In Wolfs Brust kämpften zwei Mächte – Hass gegen Liebe. Einerseits trieb es ihn, Anka für ewig zu vernichten, wegen verschmähter Liebe. Andererseits quoll sein Herz über von unbändigen, innigen Gefühlen für das begehrenswerteste Mädchen auf der ganzen Welt. Er empfand den starken, inneren Drang, sich Anka jetzt und hier zu offenbaren, ihr seinen Satanskult zu gestehen und dadurch Verrat an Luzifer zu begehen. Jedoch, die Furcht vor Luzifers Rache gebot ihm zu schweigen.

Thea gesellte sich zu ihnen. Die Neugier, zu erfahren, was sich zwischen den beiden abspielte, hatte sie genauso angetrieben, wie die Sorge, Wolf könnte ihrer Freundin etwas Böses antun. Ziemlich locker fragte sie: „Na, ihr beiden Turteltäubchen! Stör ich etwa?" Wolf, der sie nicht ausstehen konnte, blaffte sie kühl an: „Was willst´n? Bist bloß neugierig!" Thea hakte sich grinsend bei Anka ein und bemerkte schnippisch: „Man weiß ja nie, was du so vorhast. Komm!", wandte sie sich an Anka und zog sie mit sich, „der

Polt hat zuviel auf dem Kerbholz! Meide ihn lieber!" Anka ließ sich von der Freundin mitziehen. Wolf schaute beiden grimmig nach. Seine zarten Gefühle, die soeben wieder für Anka gewachsen waren, wurden vom Hass zerfressen. Er fühlte sich erleichtert und sagte sich: *Bloß gut, dass ich der dummen Gans das vom Luzifer doch nicht anvertraut habe!*

In den nächsten Tagen lebte Wolf in arger Bedrängnis. Sein Gefühl sagte ihm, dass sich ein unausweichliches Unheil zusammenbrauen würde. Die Lehrer begegneten ihm mit sonderbarer Kühle. Auch Anka machte wieder einen großen Bogen um ihn. Die Thea warf laufend Spitzen wie: „Äh! Heimkind sein ist blöd! Gewaltsame Bengels gehören hinter Gitter! Romeo und Julia starben gemeinsam!"
Wolf bemühte sich krampfhaft, ihre Anspielungen auf ihn zu überhören. Aber Thea tat es so aufdringlich, dass er sie in seine Zerstörungsmagie mit einbezog. In den schlaflosen Nachtstunden verwünschte er sie. Er verfluchte sie so sehr, dass er in seinem Wahn eines Tages den Plüschaffen seines Bruders nahm, diesen als Thea ansah und mit Wut und Flüchen sein Taschenmesser wie wild in das Plüschtier stach. Dabei empfand er eine große Befriedigung und eine wohltuende, innere Entspannung. Erst nach etwa zehn Minuten ließ er, total erschöpft, von seinem Plüschopfer ab.

Wolfs Nächte verschlimmerten sich. Schlaf fand er kaum noch. Die Tage, die er unausgeschlafen über sich ergehen ließ, wurden ihm zum Gräuel. Außerdem saß ihm die Angst im Nacken, man könnte ihn jeden Tag abholen und ins Heim stecken. Aber am härtesten traf ihn die Nachricht, dass sich Franz totgehustet hatte. Er war seinem Asthmaleiden erlegen. Natürlich brachte Wolf Franz´ unausweichlichen Tod in Verbindung mit der Rache und mit dem Fluch von Luzifer.

Hin und wieder lief er nachts, völlig im Wirrezustand, zum Friedhof, beschwor seinen Bruder und Luzifer, die ihm sogar in seinen Halluzinationen erschienen.

Eines Tages überbrachte man ihm wieder eine Einladung zu einer Schwarzen Messe, in der ein Satansbruder neu aufgenommen werden und ein Tier geopfert werden sollte. Diesmal verkroch er sich in der Dämmerung im Wald, als er von einem seiner Satansbrüder abgeholt werden sollte. Ihm war plötzlich alles zuwider. Wolf fühlte sich elendig schwach und nicht mehr als Herr seiner Sinne. In der Schule hatte er sich immer mehr von den Kameraden abgekapselt. Auch seinen Freund Steve, der mit ihm etwas unternehmen wollte, wies er mit der fadenscheinigen Begründung ab: „Bin heute schlecht drauf! Brauche meine Ruhe!"
Aber Luzifer spürte ihn auf, wie er so gedankenversunken auf einem Baumstumpf hockte. Vergeblich hielt sich Wolf die Ohren zu, als er die Stimme Luzifers zu hören meinte: „Du Verruchter weigerst dich, an einer Opfermesse teilzunehmen! Schon das ist Verrat! Noch eine Verfehlung, und der Strahl meiner Rache wird dich treffen und dich vernichten!" Verzweifelt rief Wolf: „Verschwinde doch, du böser Geist! Ich will dir nicht mehr gehören! Ich will dir nicht mehr dienen! Du hast meine Liebe zu Anka zerstört! Du hast den Franz sterben lassen! Die Zerstörungsmagie ist auch nur eine Lüge!" Noch immer hielt er sich die Ohren zu. Plötzlich schnupperte ein Hund an seinem Hosenbein. Wolf erschrak, riss seine Hände von den Ohren und starrte auf die Waden in grünen, wollenen Strümpfen eines Jägers. Der Jäger stellte sein Jagdgewehr gegen einen Baum und setzte sich Wolf gegenüber auf einen Baumstumpf. Er musterte Wolf mit einem abschätzenden Blick. Dann fragte er: „Na Junge, du bist wohl ein bisschen konfus. Ich habe dich eben reden hören. Es ist schon ein ziemlich komisches Zeug, was du da gequasselt hast. Ist dir nicht gut? Oder

übst du für ein dramatisches Theaterstück, das ihr in der Schule aufführen sollt?"

Wolf musste erst seinen Schreck verwinden, ehe er einen klaren Gedanken fassen und sich eine Ausrede einfallen lassen konnte. So stotterte er verlegen: „Ach, das, das ist nur solch Gespinne und nichts weiter!"

„Na, dann hast du aber eine ganz ausgeprägte Fantasie", stellte der Jäger fest, „angehört hat es sich so echt, als würdest du von bösen Geistern verfolgt. Guckst wohl zuviel Horror, was?" Er lachte vor sich hin. Wolf spielte indes mit dem Jagdterrier, der immer wieder vergeblich nach dessen kreisender Hand schnappte. Dabei vergaß Wolf für einige Augenblicke die Welt um sich herum. Sein Kummer, seine Sorgen hatten sich urplötzlich in Rauch aufgelöst. Der Jagdterreier hatte sich auf den Rücken gelegt. Wolfs Finger kraulten das weiche Fell auf dem Hundebauch.

„Na ja, dann werde ich dich mal nicht weiter stören, damit du weiterüben kannst", sagte der Jäger, stand auf und ging ein paar Schritte, bevor er sich umdrehte und nach seinem Hund pfiff. Der Hund genoss Wolfs Kraulen. Er parierte erst nach dem fünften Pfiff, lief dann flugs zu seinem Herrchen, machte Sitz und streckte seine rechte Pfote nach ihm aus, als wollte er wegen seines Ungehorsams Abbitte tun. Wolf schaute enttäuscht hinüber zu den beiden. Er hätte gern noch seine Hand ins warme, flauschige Fell gesteckt.
Der Jäger drehte sich noch einmal um und mahnte: „Hoffentlich findest du aus dem Wald, wenn es dunkel ist? Es dauert nicht mehr lange, dann ist es richtig finster!"
Wolf rief ihm zu: „Ja, ja, ich kenne mich hier aus!"
Jäger und Hund entfernten sich und verschwanden bald hinter den Bäumen und Sträuchern.

Die Dunkelheit der Nacht hatte sich sanft über den Wald gelegt. Wolf sank auf's weiche Moos und schlief ein. Die Kühle des Waldbodens kroch in seinen Körper. Ein starkes Frösteln weckte ihn aus einem tiefen Schlaf. Etwas verwirrt, am ganzen Körper bibbernd, rekelte er sich in die Höhe. Er stand auf, hopste mehrmals auf der Stelle, damit das zirkulierende Blut den Körper erwärmte. Dann versuchte er, sich zu orientieren. Die nächtlichen Waldgeräusche wurden ihm nun doch unheimlich. Und er rannte, über Wurzeln stolpernd, nach Hause. Als er den Flur betrat, stieß er auf einen Brief, der unter der Tür durchgeschoben worden war. Wolf öffnete den Brief. Darin lag ein Zettel mit einem mit Blut gezeichneten Satanskreuz und mit Blut geschriebenen Wörtern:

Du bist ein von Satan Verfemter. Dich erwartet nur noch der grausame Tod! Ein eiskalter Schauer lief ihm über den Rücken. Schon das Blut auf dem Papier löste in ihm Furcht und Schrecken aus. Wolf zerriss den Zettel, warf ihn ins Klobecken und spülte ihn hinunter. In dieser Nacht bekam er kein Auge zu. Er sann über eine Flucht nach. Aber wohin? Ohne Geld! Auf einmal fiel ihm die Rettung ein: Das angedrohte Jugendheim. Und er sagte sich: *Dort werden die mich nie finden!* Und er beschloss, alles daranzusetzen, so schnell wie möglich in ein Heim zu kommen – und ganz weit weg von zu Hause, vor allem weit weg von den Satansbrüdern zu sein. So hoffte er, endlich der Macht und der Rache Luzifers zu entfliehen.

Noch immer befand sich Wolf mit seinen Vorstellungen in den Fängen Luzifers. Er redete sich ein, Satan könnte ihm ins Herz schauen und seine abtrünnigen Gedanken und Gefühle durchschauen. Und Wolf spürte Luzifers Zorn, der anscheinend seinen Fluch der totalen Vernichtung gegen ihn schleuderte. Wolfs Persönlichkeitszerstörung setzte ein. Seine Gefühle für die Mitmenschen starben ab. Luzifer verfolgte das Ziel, aus ihm ein Monster zu machen, das geächtet außerhalb der Gesellschaft stehen sollte, das gefürchtet und gemieden wurde.

Wolf trug von nun an stets ein Klappmesser bei sich. In seinen Träumen sah er Blut fließen, viel Blut fließen – das Menschenblut der von ihm abgestochenen Opfer, in das er sich mit Wonne wälzte.

Morgens wachte er im schweißdurchtränkten Schlafanzug auf. Mit wildem, irrem Blick stierte er in den Spiegel. Er schüttelte sich vor sich selbst. Er hörte sein Blut durch die Adern rauschen und hielt sich die Ohren zu. Doch das verstärkte nur noch das Brodeln kochenden Blutes.

Von seinen Fantasien aufgepeitscht, lief er zur Schule. Zuerst steuerte er den Klassenraum von Anka an, riss die Tür auf und stürmte auf sie zu, die gerade ihre Schulmappe auszupacken begann: „Du alte Schlampe! Du Hure! Du Verräterin! Dich bring´ ich um!" Noch bevor er Anka erreichte, die entsetzt aufgesprungen war, stellten sich ihm zwei Jungen in den Weg und stoppten seinen Anflug von Wut, Hass und Gewalt. Sie packten Wolf im Knebelgriff und bugsierten ihn hinaus auf den Flur. Plötzlich entwickelte Wolf unsagbare Kräfte, denn er sah hypnotisch in das grinsende Gesicht seines Meisters. Blitzschnell hatte er die beiden überrumpelt und warf sie zu Boden. Er rannte in sein Klassenzimmer. Dort prallte er auf seinen Freund Steven, der ihn erschrocken ansah und fragte: „Was ist denn mit dir los? Ist der Teufel hinter dir her?"

„Geh mir aus dem Weg!", schrie Wolf ihn an, zückte das Klappmesser, öffnete die Klinge und hieb zweimal drauflos. Blut schoss aus Stevens linkem Oberarm, den er zur Abwehr erhoben hatte. Bei diesem Anblick wurde Wolf aus seinem Wahnsinnsanfall gerissen. Er ließ das Messer fallen und flüchtete aus dem Raum geradewegs zur Toilette, wo er hinter sich die Tür verriegelte. Er sackte auf den Klodeckel nieder und weinte bitterlich. Jetzt hatte ihn Luzifer verlassen. Wolf fühlte sich auf einmal so einsam. Seine Klassenlehrerin betrat den Raum. Sie vernahm sein Schluchzen, klopfte an die Tür: „Wolf, Junge, was ist mit dir geschehen? Was hast du? Warum führst du dich auf wie ein Amokläufer? Junge, mach die Tür auf!" Inzwischen waren noch zwei Lehrer in den Raum getreten. Und draußen auf dem Flur lauerte eine neugierige Meute. Plötzlich hörte Wolf die Sirene eines Rettungswagens. Er fragte schluchzend: „Hab´ ich Steven sehr verletzt? Stirbt er?"

„Ach Unsinn", sagte die Lehrerin, „ist nur ein Kratzer, aber ein heftiger Kratzer. Nun komm schon raus!" Wolf wischte sich die Tränen aus dem Gesicht, öffnete zögernd die Tür. Die beiden Lehrer griffen sofort nach ihm, nahmen ihn in ihre Mitte und führten ihn zum Direktorenzimmer. Dort erwarteten ihn zwei Männer von kräftiger Statur. Nach dem Vorfall hatte der Direktor sofort das Jugendamt angerufen und um Hilfe gebeten. Mit ruhiger und fast mitfühlsamer Stimme offerierte ihm der Direktor: „Also, mein lieber Wolf, das Maß deiner Untaten ist voll. Ich kann und will es nicht mehr verhindern, dass du unsere Schule verlassen musst und in einem Jugendheim auf den richtigen Weg gebracht werden sollst. Es tut mir leid. Mach´s gut, Junge! Und mach was aus deinem Leben! Noch liegt es in deiner Hand!"
Wolf stand reglos da. In ihm kämpften Freude und Verdruss miteinander. Die Freude darüber, dass er weit weg von den Satansbrüdern irgendwo untertauchen konnte. Verdruss darüber, dass er seine lieb gewordene Umgebung, vor allem von Anka getrennt, verlassen musste. Dass Wolf überhaupt keine Regung zeigte, wunderte den Direktor schon sehr und er fragte ihn etwas spitz: „Hast du gar keine Meinung dazu? Ist es dir denn so egal?"
Wolf ruckte mit den Schultern. Nur ein seltsames, erregtes Funkeln in seinen Augen verriet, dass die Gefühle in seiner Brust tobten. Erst als der Direktor ihm zum Abschied die Hand entgegenstreckte, verzogen sich seine Mundwinkel zu einem dankbaren Lächeln. Schließlich begleitete er Wolf noch bis zur Tür und klopfte ihm fast kumpelhaft auf die

Schulter: „Kopf hoch! Es wird schon werden!" Dieses ermunternde Schulterklopfen wirkte in Wolf noch lange nach. Kein Wunder, dass er sich jetzt Luzifer herbeiwünschte. Schemenhaft erschien Wolf dessen Fratze in der Fantasie. Innerlich triumphierte Wolf: *Siehst du, Luzifer, die Leute mögen mich doch noch! Und bald bin ich weit weg von dir und von den Statansbrüdern! Dann findet mich keiner!*

Die Männer fuhren Wolf nach Hause. Einer klingelte an der Wohnungstür. Es dauerte. Er klingelte noch einmal und noch einmal. Dann schlurften Pantoffeln heran. Eine rauchige Frauenstimme brubbelte vor sich hin: „Verdammt, wer bimmelt denn so früh und reißt mich aus dem Schlaf?" Dann wurde die Tür einen kleinen Spalt geöffnet. Ein zerzauster Frauenkopf erschien. Eine Frau mit einem ziemlich zerknautschten Gesicht, mit vernebeltem Blick stand in der Tür. Eine widerliche Alkoholfahne wehte den dreien entgegen. Diese abstoßende Erscheinung, seine Mutter, war Wolf im Moment höchst peinlich. Mit traurigem, sorgenvollem Blick schaute er seine Mutter an. Und wieder spürte er, dass er sehr froh war, von hier und von ihr wegzukommen.
Dann öffnete sie die Tür weit. Da stand sie ungeniert vor den Männern in einem fludderigen, rosafarbenen Pyjama. Ihre krächzende Stimme blaffte schroff drauflos: „Hat der Strolch wieder was ausgefressen? Dann sperrt ihn gleich ein! Ich will ihn nicht mehr in meinem Haus haben! Er hat seinen kleinen Bruder auf dem Gewissen. In dem Bengel steckt der Teufel! Verflucht sei er!" Es gelang ihr, ein paar Tränen rauszuquetschen.
Im dienstlichen Ton unterbreitete ihr der eine Mann, dass sie vom Jugendamt seien, dass sie ihren Sohn sofort in ein Jugendheim bringen würden und sie solle einige Sachen für ihn zusammenpacken. „Aber sein Handy bleibt hier!",

betonte er. Auf einen Schlag war die Mutter nüchtern. Entsetzt fragte sie: „Er soll in ein Heim? Warum denn?" Sie hing sich einen Morgenmantel um und ließ sich in einen Sessel fallen. Während man ihr den ganzen Katalog von Wolfs Untaten vortrug, packte Wolf seine Reisetasche mit den notwendigsten Dingen. Ein Foto von Anka hielt er in seinen Fingern, formte seine Lippen zu einem Kuss und schob es zwischen die Wäsche. Dann kamen ihm die Zettel der Satanischen Magie in die Hände. Er zögerte: *Gleich vernichten? Hier lassen? Oder mitnehmen?* Er spürte, wie er innerlich kribbelig wurde, wie er seine Fäuste ballte und eine gewaltige Aggressivität ihn packte. In seinem Kopf brauste es. Er fühlte, dass Luzifer in seinem Zimmer war. Sein schrilles, grässliches, rachedürstendes Lachen drang in Wolfs gemartetes Gehirn. Wie im Wahnsinn rannte Wolf durch das Zimmer, schlug mit der Hand das Familienfoto und das Handy vom Tisch. Beides trat er kurz und klein.
Da steckte der eine Mann seinen Kopf ins Zimmer und fragte besorgt: „Junge, ist dir was? Es polterte so sehr?"

Wolf hatte bereits seine Reisetasche über die Schulter gehängt, atmete noch ein paarmal kräftig durch, um den Kummer aus seiner Seele und die Erregung aus seinem Körper zu treiben, was ihm aber kaum gelang.
Als ihn die Mutter so abschiedsbereit vor sich stehen sah, sprang sie auf, umklammerte ihren Sohn und bekam einen Weinkrampf: „Ihr könnt mir doch nicht meinen einzigen Sohn wegnehmen! Ich habe doch sonst keinen Menschen mehr! Ich bin allein! Soll ich allein sterben? Ich habe doch Krebs! Und mache nicht mehr lange!"
Der andere Mann wandte sich an Wolfs Mutter: „Gute Frau, sie hatten es doch selbst gewollt, dass er in ein Heim kommt, weil er ihnen nicht mehr parierte."
„Ja schon", greinte die Mutter, „aber, da wusste ich noch nichts von meinem Krebs."

Wolf war erschüttert, machte ein paar Schritte auf seine Mutter zu. Beide lagen sich weinend in den Armen. Das Bild war so herzzerreißend, dass sich die beiden Männer abwenden mussten. Nur mit Mühe konnten sie ihre Gefühle zügeln. Als Wolf wütend ausstieß: „Das ist Satans Rache!" horchten die beiden auf. Aber sie verkniffen sich Fragen.

Die Mutter bat ihren Sohn: „Verzeih mir Junge! Ich war manchmal ungerecht zu dir. Ich bin eine runtergekommene Frau, eine Rabenmutter, für die du dich ja schämen musst. Geh jetzt! Und gehorche! Und geh einen geraden Weg!" Sie umschlangen sich noch einmal innig. Wie sehr hatte sich Wolf nach dieser Umarmung und nach ihren erwärmenden Worten gesehnt? Nun sah es fast schon wie ein endgültiger Abschied aus.

Kraftlos stieg Wolf die Stufen hinab. Der eine Mann trug seine Reisetasche. Sie stiegen ins Auto. Noch einmal wandte Wolf seinen Blick nach oben zum dritten Stock, wo sich hinter dem Fenster die Gardine leicht bewegte. Obwohl er seine Mutter nicht sehen konnte, winkte er unauffällig hinauf. Mit einem dicken Kloß im Hals, mit totaler, innerer Leere ließ sich Wolf ins Jugendheim fahren. Mit jedem Kilometer, den er sich von seinem Zuhause entfernte, fühlte er sich auf einmal seiner ersehnten Freiheit näher. Keine Satansbrüder, kein allmächtiger Meister mehr! Er wähnte sich jetzt frei von seinen seelischen Plagen und befreit vom Luzifer.

Verstärkt wurde sein Glücksgefühl noch, als er von einer freundlichen Erzieherin, die sich als Frau Plöntke bei ihm vorstellte, in einer burschikosen Art empfangen wurde. Sie streckte ihm die rechte Hand entgegen, ergriff mit festem Druck seine Hand, schüttelte diese kräftig und kumpelhaft und sagte im lockeren Ton: „Na, dann willkommen in einer ausgepflippten Jugendclique! He, wir werden uns schon verstehen." Mit der linken Faust stieß sie Wolf sanft gegen die Brust. Sie nahm ihm die Reisetasche aus der Hand und trug diese hinauf in die zweite Etage. Wolf protetstierte: „Ich kann doch meine Tasche selber...“ „Quatsch da! Ein bisschen Service am ersten Tag tut der Seele gut!“, konterte die Erzieherin. Und Wolf staunte nicht schlecht, wie flott und dynamisch sie die Stufen hinaufschritt. Sie lief vorweg. Wolf hatte Not, ihrem Tempo zu folgen. Während er allmählich außer Atem kam, fixierte er die Rückenpartie seiner künftigen Erzieherin. *Die ist um die dreißig*, schätzte er. Ihr draller Po steckte in einer engen Jeans, die aufreizend alle Konturen hervorhob. Ihre freien Oberarme wirkten ziemlich männlich. Da, wo sie die Reisetasche trug, formten sich Biceps und Triceps recht ansehnlich, was Wolf Respekt einflößte. Während er, endlich oben angekommen, keuchend nach Luft japste, sagte die Plöntke lachend: „Na, keene Kondition, wat? Macht nichts. Ich bin ja da für schwere und schwierige Aufgaben – auch für die schweren Jungs!“ Sie lachte so übermütig, dass Wolf in das Lachen einstimmte. Dabei dachte er: *Die ist bestimmt cool!* Für einen Moment sah er seine Erzieherin so auffallend intensiv ins Gesicht, dass er vor Scham errötete. In diesen kurzen Sekunden hatte er sich ihr ebenmäßiges Gesicht mit den blauen Augen, mit den Grübchen in den sonnengebräunten Wangen und mit den schön geschwungenen Lippen im Gedächtnis eingeprägt. Ihr dunkelblonder Bubikopf gab ihrem Aussehen etwas Kesses. All das verwirrte ihn. Und er kam zu der Erkenntnis: *Die ist bestimmt eine stramme Durchreißerin. Die strotzt ja nur so vor Selbstbewusstsein. Aber sie ist nicht unsympathisch. Die erscheint jedenfalls sehr resolut zu sein!* Sie gingen durch einen langen Flur.

Vergessen schienen Luzifer und die Satansbrüder. Wolf hatte das Gefühl, sich hier wohlfühlen zu können und vor allem sich sicher zu fühlen vor Luzifers Rache. Das Bild seiner Anka verdrängte er. Es erschien ihm nur noch blass in seinen Erinnerungen.

Die klare, wohlklingende, weibliche Stimme der Erzieherin riss Wolf aus seiner geistigen Abwesenheit: „So wir sind da. Hier, das ist dein Zimmer." Verdattert schaute er sie an und errötete abermals. Aber seine Gesichtsverfärbung bekam sie nicht mehr mit, denn sie öffnete die Tür und trat in den Raum, in dem sich zwei Betten befanden. Neben jedem Bett stand ein heller Wäscheschrank. Daneben standen ein Schreibtisch und ein Stuhl mit buntem Bezug. In der Zimmermitte stand ein viereckiger Tisch mit vier Stühlen. Das Zimmer sah hell und freundlich aus. Die Erzieherin wies auf das linke Bett und bemerkte scherzhaft: „Das ist deine Pritsche! Du wirst wie auf einer weichen Wolke liegen und die schönsten Träume haben." Wolf warf sich sogleich ausgestreckt auf's Bett und wippte mit dem Körper. Mit seinem Bett zu Hause verglichen war die Matratze so weich wie dickes Moos. Dann wurde er durch das Heimgelände geführt. Überall, in den Büros, in der Waschküche, im Speiseraum und in der Werkstatt wurde er von den Leuten freundlich begrüßt. Hier im Heim gefiel ihm alles, was er erlebte und sah. Wolf war rundum zufrieden. Am meisten freute er sich über einen Sportplatz zum Bolzen und über die kleine Turnhalle.

Am späten Nachmittag stellte ihm Frau Plöntke seinen Zimmergenossen vor: „Das ist unser Waldi, eigentlich Waldemar. Er ist ein verträglicher Junge. Er ist ein bisschen unser Sorgenkind. Aber, ich denke, ihr beide werdet schon gut miteinander auskommen." Waldis rechte Hand schnellte spontan nach vorn. Er näselte: „Tachschen! Ich bin der Waldemar Hengst! Bin sechzehn und komme aus Berlin. Kannst Waldi zu mir sagen! Und wie heißt du?" Wolf starrte verlegen auf den Jungen, der wie ein Zwölfjähriger aussah und ein sonderbares Gesicht hatte. Der Mund war so breit wie das schmale Gesicht. Nase und Oberlippe waren arg verformt. Wässrigblaue Augen huschten ruhelos hin und her. Mit einem Schlag war Wolfs Laune dahin. Er fragte sich: *Mit solch einem Typ im Zimmer? Na, das kann ja was werden!* Etwas widerwillig reichte er dem Jungen die Hand und sagte sich: *Waldi ist der richtige Hundename für den!* Und er brummelte etwas übelgelaunt: „Tag! Ich bin Wolf Polt!"

„Dann lass ich euch mal allein", sagte die Erzieherin. An Waldi gewandt sagte sie: „Und du wirst unseren Neuen ein bisschen einweihen in unsere Heimgepflogenheiten, damit sich Wolf schnell einleben kann!" „Mach ich doch gern", näselte Waldi und fühlte sich stolz in seiner Rolle als Einweiser. Kaum hatte die Erzieherin den Raum verlassen, da begann Waldi, mit einer Redeflut über Wolf herzufallen. Zuerst gab er seine ungeschminkte Einschätzungen zu den Erziehern ab. Dann beschrieb er mit höhnischem Kichern die Qualität des Essens. Schließlich ließ er an den anderen Gruppenkameraden kein gutes Haar: „Die sind alle Spinner, Angeber, Sexprotze und Nichtskönner! Die hänseln mich dauernd. Aber, du, ich lass mir nichts gefallen, auch wenn ich keine Muskelpakete habe. Dafür hab´ ich Köpfchen und mache den allen noch was vor." Beim Reden blickten seine Augen grimmig und fast furchteinflößend. Wolf hörte sich alles geduldig an, legte sich schließlich auf sein Bett und hing seinen eigenen Gedanken nach. In wenigen Tagen, so hatte ihm die Erzieherin gesagt, würde er die Realschule im Nachbarort besuchen. Darauf war er sehr gespannt. Doch noch gespannter war auf die bevorstehende Nacht in der fremden Umgebung. Und er fragte sich: *Was für Bilder werden mir durch das Gehirn geistern? Werde ich endlich Ruhe vor Luzifer und seinen Anhängern haben? Oder werde ich wieder keinen Schlaf finden?*

Entgegen seiner Befürchtungen schlief Wolf schnell ein. Nichts hatte ihn mehr belastet. Nach gut einer Stunde wurde er durch ein lautes, röchelndes Schnarchen aus dem Schlaf gerissen. Im Schimmer des Mondlichts schaute er zu

Waldi hinüber, der seinen Mund weit aufgerissen hatte und drauflossägte, als wollte er eine deutsche Eiche fällen. Zuerst versuchte Wolf, mit zugehaltenen Ohren wieder in den Schlaf zu kommen, was aber bei diesem Geräusch nicht möglich war. Allmählich wurde Wolf gnatzig und er rief: „He Waldi! Hör uff zu schnarchen! Ey, ich kann nicht schlafen!" Aber Waldi schlief ungestört den Schlaf der Seligen. Da griff Wolf seinen Pantoffel und warf diesen hinüber zu Waldi. Er traf dessen Oberarm. Plötzlich erfüllte das Zimmer ein Schnarchen, Krächzen, Prusten, dann ein Japsen nach Luft. Waldi fuhr hoch, fragte verdattert: „Wa...wa...wa...was ist los?" Wolf knurrte wütend: „Du grunzt wie eine Wildsau! Ich kann nicht penn´n!"

„Das kommt von meiner blöden Verwachsung", rechtfertigte sich Waldi, „das ist `ne Hasenscharte. Ich kann nichts dafür! Lass mich schlafen! Stopp dir was in die Ohren!" So war Wolfs Protest völlig unnütz. Waldi schnarchte selig weiter. Wolf fand keinen Schlaf. Plötzlich rüttelte ein komisches Geräusch an Wolfs strapazierten Nerven. Waldis Bettgestell quietschte, das Bettzeug raschelte. Waldi gab ächzende Laute von sich, als müsse er sich körperlich sehr anstrengen. Wolf richtete sich auf, schaute hinüber und sah im Bett gegenüber nur schemenhaft die Umrisse eines knienden Körpers. Wolf knipste die Nachttischlampe an. Da sah er Waldi, wie er im Bett kniete. Seine Stirn war in das Kopfkissen gepresst. Er schob seinen Kopf rhythmisch vor und zurück. Sein Bettdeck lag vor dem Bett auf dem Fußboden. Wolf wälzte sich verärgert aus dem Bett, ging zu Waldi hinüber, gab ihm einen Klaps auf das nach oben gerichtete Hinterteil und fauchte ihn an: „Was machst´n da für Turnübungen? Oder ist es für dich etwa ein Sexersatz?" Waldi schreckte hoch und stammelte: „D...d...da...da...das ist...äh...een Tick von mir. Das hat was mit...mit meiner P..ppp...Psyche zu tun." Wolf sah ihn mitleidsvoll an. Und sofort schossen die Gedanken in sein Gehirn: *Ist der etwa vom Teufel besessen? So etwas soll es ja geben. Solche Macke.* Er erinnerte sich, schon mal davon gehört zu haben, dass Menschen, denen es so ähnlich erging, von irgendwem verflucht worden waren. Wolf bückte sich, hob das Bettdeck auf und legte es Waldi behutsam über den Körper, so wie eine Mutter ihr Kind zuzudecken pflegt. Waldi lag auf dem Rücken, schaute Wolf mit dankbarem Blick an und stellte lächelnd fest: „Wolf, du bist ein echter Kumpel. Danke!" Bald darauf schnarchte er weiter. Nur Wolf kam den Rest der Nacht nicht zur Ruhe. Er drehte sich von einer Seite auf die andere und verfiel dabei in eine Grübelei über den armen Waldi mit seinem Tick. Von Stunde zu Stunde festigte sich sein Wunsch, allein und ungestört in einem Zimmer schlafen zu wollen.

Am anderen Morgen stieg Wolf knurrig aus dem Bett: „Also Waldi, bei dir kann ich nicht schlafen. Ich brauche ein Einzelzimmer!" Waldi sah Wolf enttäuscht und traurig an. Er seufzte: „Schade! Es tut mir leid. Dabei hätten wir bestimmt Freunde werden können." Obwohl ihm Wadi auch leidtat, blieb Wolf bei seinem Entschluss.
Sobald die Erzieherin erschien, überfiel Wolf sie mit seiner Beschwerde: „Mann, bei Waldi halte ich die nächste Nacht nicht aus! Der sägt die ganze Nacht Bäume. Und ich kann nicht schlafen. Ich brauche ein Zimmer für mich allein!" Die Plöntke überlegte, ruckte die Schultern und meinte nachsinnend: „Tja, das ist gar nicht so einfach. Da müssen wir Umlegungen vornehmen. Aber, es wird schon irgendwie möglich sein."
Und es wurde möglich gemacht. Wolf bezog am frühen Abend ein anderes Zimmer. In diesem stand nur ein Bett. Wortlos packte er unter Waldis trübseligen Blicken seine Sachen. „Verlässt du mich auch wieder, ja?", fragte Waldi beklommen. Wolf zuckte zusammen und suchte nach einer Antwort, die Waldi nicht wehtun sollte. So antwortete er

ausweichend: „Na ja, äh, na ja, das ist nicht gegen dich…bloß, na, wenn ich nicht richtig schlafen kann, dann, dann, na ja, dann bin ich immer knurrig und werde richtig sauer."

Kleinlaut gab Waldi zu: „Ja, bei mir hält es ja keiner aus. Ich mit meiner blöden Macke! Aber, ich kann wirklich nichts dafür. Der Tick soll angeboren sein. Mach was dagegen…"
Er seufzte noch einmal tief und reichte Wolf dessen Kleidungsstücke, die im Schrank hingen. Auf einmal kam sich Wolf ziemlich schäbig vor. Aber der ungestörte Schlaf ohne Waldis Macken war ihm wichtiger. Und so fühlte er sich irgendwie erlöst und zufrieden, als er sein eigenes Zimmer betrat.

Die Finsternis der mondlosen Nacht hatte sich unbemerkt über das Heimgelände gelegt. Wolf knipste das Licht aus. Er starrte gedankenversunken und reglos an die Decke des nachtschwarzen Zimmers, in dem eine unheimliche Stille herrschte. Kein Schnarchen, kein Bettgerammel, kein röchelndes Atmen von Waldi. Nur sein eigenes, unruhiges Atmen vernahm Wolf. Das Zimmer lag mit Blick zur anderen Seite. Dort standen vier große, uralte Kastanienbäume. Das Geäst wurde im heulenden Wind aneinandergeschlagen. Knacken und Knistern drangen in Wolfs Ohren. Dazu das Rascheln der Blätter – all das wurde ihm unerträglich. Wolf hielt sich die Ohren zu. Als sich seine Augen der Dunkelheit angeglichen hatten, konnte er die sich hin und her bewegenden Äste sehen, die wie Krakenarme nach seinem Fenster griffen. Das Knacken, Knistern und Rascheln vernahm er als das Flüstern von Gespenstern und Elfen.
Ein dumpfes, unheimliches Gefühl schlich sich in sein noch immer kindliches Gemüt. Und er begann, Geister zu sehen. Die knorrigen Äste kamen ihm wie die Arme Luzifers vor, der blutrünstig nach ihm griff. Im Dämmerzustand war er dem Satan so nah. Bald wälzte er sich im Bett herum. Das gräßliche, hohnlachende Gesicht Luzifers erschallte ihm in

allen Zimmerecken, dann wieder dicht über ihm an der Zimmerdecke. Plötzlich ritt Luzifer auf einem gleizenden Feuerschweif durch den Raum. Manchmal stießen seine Hörner krachend gegen die Wände und gegen die Zimmerdecke. Seine beschwörenden Worte trafen Wolf in Mark und Gebein: „Du Verräter, du Abtrünniger, mein heißer Atem wird dich hinwegfegen, geradewegs hinein in mein Reich, in die ewige Hölle! Nur, wenn du eine menschliche Kreatur tötest, kannst du noch dein verwirktes Leben retten! Und wenn du dich noch so weit versteckst, ich, dein Herr und Meister, finde dich überall! Mir entgehst du niemals! Niemals! Niemals!" Er lachte und verschwand aus Wolfs geistigem Bilderbogen. Zermartert, verwirrt, seelisch zerschunden suchte Wolf den Schalter der Nachttischlampe und drückte energisch darauf. Das Licht erstrahlte und verscheuchte die merkwürdigen Erlebnisse seines Wach-Schlaf-Zustands. In sein Gehirn bohrte sich der Gedanke, wie er seine Seele freikaufen und sein Leben retten könnte. Und so fasste Wolf den verhängnisvollen Entschluss, nach einem geeigneten Opfer zu suchen. Etwas erleichterter schaltete er das Licht wieder aus, ließ sich abgeschlafft auf das Kopfkissen fallen, rollte sich wie ein Igel zusammen und zog sich die Bettdecke über den Kopf.

Gerade als sich sein Pulsschlag normal eingepegelt hatte, er wieder ruhig atmete, erschien ihm sein Bruder Tim. Mit süßem Lächeln lockte er mit einer Handbewegung und sprach zu Wolf: „Bruderherz, komm zu mir und sühne für deine Schuld. Ich verzeih dir ja, aber Luzifer…" Wolf riss die Bettdecke von sich, schaltete das Licht wieder an, sprang aus dem Bett, rannte aus dem Zimmer hinaus auf den Flur. Von der Toilette hörte er Stimmen. Er lenkte seinen Schritt dorthin, riss die Tür auf und war froh, unter Seinesgleichen zu sein. Drei Jungen rauchten und unterhielten sich. Einer

stellte fest: „Mensch Neuer, du siehst ja so down aus! Du stürmst hier rein wie ein Irrer. Ist jemand hinter dir her?"
Wolf antwortete schwer atmend: „Ach, lass den Quatsch! Mensch! Damit spaßt man nicht! Ich hatte nur einen blöden Traum. Muss sowieso pinkeln." Die drei schauten ihm unverständlich hinterher, als er in einem Klo verschwand und hinter sich die Tür verschloss. Der Wortführer der drei witzelte: „Na, haste ´ne MPL jehabt. Hast wohl im Traum een Zelt jebaut? Nun musst de dir ´ne Entspannung verschaffen, wat?" Das war zündend. Alle drei lachten laut und hämisch. Aus der Kabine kam nur der abwehrende Kommentar: „Spinner!" Dann hörten sie das Plätschern. Die Frotzelei hörte auf, als Wolf heraustrat. Einer streckte ihm die Zigarettenschachtel entgegen: „Komm, zieh ´ne Lulle durch, dann geht´s dir wieder besser! Schlimme Albträume hatten wir hier alle schon gehabt. Die wirst du nie mehr los."

Wolf bekam eine Zigarette angezündet. Während er die ersten Züge anpaffte, fragte er: „Ist das hier nicht verboten?"

„Na klar, ist det verboten! Pah!", entgegnete der korpulente Bursche, der sich als Boxerjonny vorgestellt hatte, und er lachte verächtlich. Nun musste Wolf den dreien seine Vita vorstellen. Und das tat er sehr beeidruckend. Er berichtete von seinen vielen, leidenschaftlichen Liebschaften, die seiner Einbildung entsprungen waren. Er stellte sich als Raufbold und Unhold der Schule dar. Schließlich setzte er eine geisterhafte Grimasse auf und sprach bedeckt leise: „Und mit der Schwarzen Magie kenn´ ich mich auch aus." Die Burschen spitzten die Ohren, hielten den Atem an und waren begierig auf genauere Schilderungen. Boxerjonny hatte schon seine Augen weit aufgerissen. Die Asche fiel unbeachtet von seiner Zigarette. Er wollte mehr wissen und fragte mit gedämpfter Stimme: „Sag bloß, du warst schon mal bei einer Schwarzen Messe dabei?" Wolf lächelte verschwiegen und machte die Burschen noch neugieriger.

Da klapperte ein Schlüsselbund. „Der Nachtdienst", sagte Boxerjonny. Sie drückten rasch die Zigaretten aus, warfen die Kippen ins Klobecken, spülten sie hinunter und öffneten die Fenster weit. Dann schlich jeder in sein Zimmer. Am liebsten wäre Wolf dem Boxerjonny in dessen Zimmer gefolgt, wo ihn vielleicht kein Geist quälen würde. Lautlos zog er sich in sein Zimmer zurück, legte sich in sein Bett. Das Licht ließ er vorsichtshalber an, denn das Licht verscheuchte die quälende Angst. Trotzdem verfolgten ihn schauerliche Wahnvorstellungen. Erst zwei Stunden vor dem Wecken übermannte ihn doch die Müdigkeit.

Am Morgen wurde er von der Erzieherin wachgerüttelt. Zwei schlaflose Nächte hintereinander, das hält der stärkste Mann nicht aus, und so wandte er sich im reumütigen Ton an die Plöntke: „Kann ich…äh…ich meine…kann ich wieder zu Waldi ins Zimmer ziehen? Er tut mir ein bisschen leid", log er und sah die Erzieherin so bettelnd an, dass sie sagte: „Na gut. Von mir aus." Wolf war überglücklich. Er musste sich beherrschen, die Frau nicht noch zu umarmen.

Die nächste Nacht engagierte er sich mit Waldis Macken und stopfte sich Zellstoff in die Ohren. Trotzdem wurde er mehrmals wach, wenn Waldis Geräusche zu heftig wurden.

In der vierten Nacht des Martyriums erschien wieder der Geist Luzifers und bedrängte ihn arg. Zuerst wieherte er vor Schadenfreude: „Hehehehe! Keine Ruhe! Kein Schlaf! Keine Kraft!" Dann beschwor er Wolf, sich vom Übel zu befreien. Und er sandte ihm Bilder, wie er mit einem Kissen in der Hand hinüber zu Waldis Bett schlich, wo der so schrecklich schnarchte. Wolf sah sich, wie er das Kissen auf Waldis Gesicht presste und presste. Er sah, wie sich Waldi wehrte, wie er mit den Armen um sich schlug und mit den Beinen strampelte, wie seine Glieder zum letzten Mal zuckten. Und Wolf sah dabei sein eigenes, vor Anstrengung rot-lila leuchtendes Gesicht, die Farbe, in der Luzifers Gesicht ihm stets erschien.

Wie im Rausch stieg Wolf langsam aus seinem Bett, tastete nach einem kleinen Kissen, griff es und wankte auf nackten Füßen taumelig hinüber zu Waldi, der auf dem Rücken lag und röchelnd atmete, was in Wolf Wut und Aggressivität auslöste. Luzifer heizte seine mörderische Absicht an: „Tu's doch! Tu's endlich! Du Feigling! Töte ihn! Töte ihn!" Die Hoflampe verbreitete ein dumpfes Licht im Zimmer. Wolf beugte sich über Waldis Gesicht. Etwas undeutlich sah er die Hasenscharte. Er hob das Kissen in der rechten Hand. An der Wand war der gespenstische Schatten seiner Mörderhand zu sehen. Plötzlich fiel Wolfs Blick auf eben diesen gespenstischen Schatten. Auf einmal war ihm, als sähe er einen Krimi von Edgar Wallace. Er erschrak. Eine unsichtbare Macht riss ihn aus der Trance. In diesem Augenblick hatte Waldi einen Atemaussetzer. Er rang nach Luft, drohte zu ersticken. Da warf Wolf das Kissen auf sein Bett zurück, packte Waldi bei den Schultern und begann, ihn aufzurichten und kräftig zu schütteln. Mit angsterfüllter Stimme rief er: „Waldi! Waldi! He! Hol' Luft! Mensch, du erstickst ja! Hol' doch Luft! Waldi! Verdammt! Hol doch endlich Luft!"
Es dauerte unendlich lange Sekunden, bis Waldi wieder zu sich kam, bis er japsend zu atmen begann. Hustend und prustend versuchte Waldi zu sprechen: „Mensch, solchen Anfall habe ich öfter. Wäre schon manchmal fast krepiert. Danke, dass du mich noch rechtzeitig wachgerüttelt hast. Dadurch entkrampft sich mein Körper wieder. Du bist eben doch ein echter Kumpel." Vor lauter Anstrengung war Wolf erschöpft und setzte sich auf den Bettrand. Seine rechte Hand ruhte auf Waldis Schulter. Der saß erschöpft und völlig in sich zusammengesunken in seinem Bett. Bald konnte er wieder gleichmäßig atmen. Wolf fragte besorgt: „Warst du deshalb schon mal zum Arzt?" Waldi schüttelte den Kopf: „Nee! Die stecken mich dann in ein Krankenhaus. Und da will ich nicht rein." Wolf ermahnte ihn: „Das kann

aber mal schiefgehen." Waldi quälte sich ein Lächeln ab: „Ach, solange du nachts bei mir bist, kann mir doch nüscht passieren." Wolf lächelte zurück und begab sich wieder in sein Bett. Mit Groll dachte er an Luzifer. Das Geschehen der letzten Minuten lief in schrecklichen Bildern noch einmal vor ihm ab. Unwillkürlich faltete er seine Hände und sprach im Stillen zu sich: *Beinah wäre ich zum Mörder geworden. Schuld daran hatte Luzifer. Ich will von ihm loskommen. Gott, hilf mir!* Bei dem Wort ´Gott` schlug der Schreck wie ein Blitz in sein aufgewühltes Herz. Für Satanisten war das Wort ein strenges Tabu. Es auszusprechen, bedeutete ein heftiger Feuerbrand auf der Zunge. Wolf war froh, das Wort nicht über die Lippen gebracht zu haben. *Aber Luzifer kennt die Gedanken von jedem seiner Diener auf Erden! Welche Strafe wird er sich für mich ausdenken?* überlegte er und schwor sich, diese Nacht wach zu bleiben.

Während Waldi längst wieder schnarchte, rang Wolf noch mit dem Schlaf. Seine Furcht, dass ihm Luzifer im Traum wieder erscheinen könnte, ließ ihn nicht in den verdienten Schlaf fallen. Erst nach zwei Stunden zwang ihn doch die Müdigkeit, die Augenlider zu schließen und endlich der grausamen Wirklichkeit zu entschlummern. Nach langer Zeit blieb diese Nacht für ihn traumlos.

Frischer, etwas ausgeschlafener als sonst, stand Wolf am Morgen auf. Im Waschraum fand Wolf nur noch ein freies Waschbecken neben Boxerjonny. Als der ihn sah, winkte er Wolf zu sich. So recht war es ihm nicht, gleich am frühen Morgen auf diesen Burschen zu stoßen, der sich als Macho aufspielte. Als er noch Abscheu empfand, hatte Boxerjonny ihn schon in seinen Fängen und fragte: „Na Neuer, haste jut jeschnobbelt?" Gedanklich abwesend, erwiderte Wolf: „Es ging einigermaßen." Er machte sich Zahnpasta auf die Zahnbürste, beugte sich vor und begann mit dem Zähneputzen. Boxerjonny führte sein Gesicht dicht an Wolfs Gesicht und raunte ihm zu: „He, wie ist det mit der

Schwarzen Messe? Kannste det selber machen?" Wolf zuckte zusammen. Und er ärgerte sich über sich selbst, dass er in der Nacht in der Toilette damit geprotzt hatte, Bescheid zu wissen über Schwarze Messen. Nun hatte er nicht nur Boxerjonny am Hacken, sondern auch das Dilemma, sich rausreden zu müssen. Inzwischen war ihm zu Ohren gekommen, dass Boxerjonny sich mit diesem Spitznamen nicht unrechtmäßig schmückte, sondern, dass er schon mal erfolgreich in der Kreisklasse geboxt hatte. Mit unwohlem Gefühl musterte er unauffällig den Oberkörper seines Nachbarn im Spiegel. *Gegen den habe ich keine Chance,* gestand er sich. Hinter seiner Stirn hämmerte es: *Den kann ich nur mit Hilfe der Macht Luzifers besiegen.* Und Boxerjonny ließ absichtlich seine Muskeln spielen, so, wie er es gewöhnlich vor jedem Neuankömmling tat. Mit hämischen Blicken musterte er seinerseits Wolfs, in seinem Sinne, ziemlich schlappen, muskellosen Oberkörper. Noch einmal wisperte er Wolf zu: „Nu, wat is? Hast doch so uff'n Busch jekloppt, von wegen Schwarze Messe und so. Bist wohl bloß een Blender?" Beim letzten Wort stieß er Wolf seinen linken Ellenbogen so gezielt und heftig in die Seite, dass er kaum noch Luft bekam. So, als wiege er zehn Zentner, schlürfte Boxerjonny anschließend kraftmeierisch mit wankendem Oberkörper pfeifend aus dem vollen Waschraum. Viele neidvolle und respektvolle Blicke folgten ihm beim Hinausgehen.

Gegenüber von Wolf hatte indessen Waldi ein freies Waschbecken gefunden und ein bisschen gelauscht. Mit verzerrter Grimasse beugte er sich zu Wolf hinüber und flüsterte erregt: „Was hat Boxerjonny von Schwarzer Messe gefaselt? Warst du schon mal dabei? Erzähl, wie ist...." Wolf schnitt ihm verärgert das Wort ab: „Quatsch! Der spinnt sich was zusammen! Der träumt wohl davon? Ich hab damit nichts zu tun! Und Schluss damit!" Er warf sich mehrere Hand voll Wasser ins Gesicht, trocknete es ab und verschwand eilig aus dem Waschraum. Wolf fluchte innerlich, sich verplappert zu haben. Dass Boxerjonny keine Ruhe geben würde, dass er ihn wie eine Zitrone ausquetschen würde, um noch mehr über Satanismus zu erfahren, darüber war er sich bewusst. Und so geriet Wolf schon nach wenigen Tagen wieder in qualvolle Nöte.

Wolfs dunkle Vorahnung bestätigte sich eines Nachts in grauenvoller Weise. Wolf hatte sich gerade mühsam in die erste Schlafphase gerungen, da wurde ihm das Bettdeck weggerissen. Handtuchknoten prügelten mit voller Wucht auf ihn ein. Er rollte sich schützend zusammen. Er wusste zuerst nicht, ob er wach war oder träumte. Aber sehr rasch spürte er die Schmerzen. Ihm war klar, es war Realität. Boxerjonny hatte ihn als Neuen auserkoren, einen Härtetest zu bestehen. Zudem verfolgte Boxerjonny noch eine andere Absicht. Seit dem kurzen Gespräch mit Wolf ging ihm die Schwarze Messe nicht mehr aus dem Kopf. Sein Spürsinn sagte ihm: *Der Polt verheimlicht doch was! Der weiß mehr, als er zugeben will.* Und da Boxerjonny schon öfter etwas über Satanismus gehört hatte, wollte er nun auf seine Art mehr aus Wolf rausbekommen.

Boxerjonny beendete die Prügelattacke und stieß Wolf mit dem Fuß an: „Los Polt, dreh dir um!" Wolf spürte starke Schmerzen im Rücken, in den Rippen und am Kopf. Er drehte sich stöhnend auf die andere Seite. Das dauerte Boxerjonny zu lange. Er fauchte Wolf an: „Sei nicht so zimperlich wie ein Weib!" Und er packte mit seinen Pranken Wolf bei den Armen und zerrte ihn hoch. Wolf schnappte nach Luft, denn einige Schläge hatten ihn so heftig in den Rücken getroffen, dass ihm das Atmen schwerfiel. In sich gesunken hockte der Geprügelte auf der Bettkante. Die Nachttischlampe wurde eingeschaltet. Boxerjonny und fünf Burschen standen mit ihren Handtüchern, die sie bedrohlich über Wolfs geduckten Kopf kreisen ließen, vor ihm. Wolf schaute hilfesuchend zu Waldis Bett hinüber. Es war leer. Da lachte Boxerjonny: „Der Angsthase Waldi hat sich rechtzeitig verpisst! Der kann dir nicht helfen. Der wird jetzt uff'm Klo den Angstschiss loswerden wollen!" Er stimmte auf einmal ein sarkastisches Gelächter an, an welchem sich die anderen Burschen lauthals beteiligten.

Wolf biss die Zähne zusammen und erduldete heldenhaft Boxerjonnys Torturen. Der ergötzte sich daran, Wolf seine rechte Faust in die linke Brustseite zu bohren, dass er vor Schmerz aufschreien könnte, was er aus Stolz nicht tat. Dann klatschte ihm Boxerjonny abwechselnd die linke und rechte flache Hand ins Gesicht. Dabei schimpfte er: „Ick werde dir det schon aus'm Kreuze leiern, wat ick wissen will! Jedenfalls biste janz schön hartgesotten, du. Bestimmt durch deinen Meister, wa?"

  In seiner verzweifelten Lage flehte Wolf im Stillen seinen Meister und Gebieter an: *Luzifer! Hilf mir! Lass deinen Groll herniederfahren auf diesen verdammten Boxerjonny! Der will mich massakrieren! Zeig dich und deine Macht! Strafe diesen Hund! Beweise, dass…*

Weiter kam Wolf in seiner Beschwörung nicht, denn Boxerjonny packte ihn hart am Kinn, drückte seinen Kopf nach hinten, dass er ihm in die Augen sehen konnte. Wolf spürte, dass Boxerjonny ihn eiskalt peinigen würde, um seine Ziele zu erreichen. Mit zusammengekniffenen Augen und mit befehlender Stimme forderte Boxerjonny: „Nun los Flitzpiepe, jetzt spuckste aus, wat de von den Schwarzen Messen weeßt! Ick will so wat mal ausprobier'n. Da soll man Macht erlangen. Da soll man andere beherrschen können. Meine Muskelpakete jenügen mir nicht mehr! Also, wie läuft solch Ding ab?" Er drückte Wolfs Kiefer mit solch einer herkulischen Kraft auseinander, dass es knackte. Trotz des kaum auszuhaltenden Schmerzes, hüllte sich Wolf lieber in Schweigen, als dem skrupellosen Typen noch mehr Macht über andere in die Hände zu spielen. In seiner

Brust kämpften zwei Gefühle hartnäckig gegeneinander. Er wog in Gedanken ab: *Entweder führe ich Satan einen neuen Jünger zu und kann mich selber von ihm loskaufen, oder ich verhindere, dass dieser herrschsüchtige Kerl andere, schwächere Menschen noch besser tyrannisieren kann.* Und Wolf entschied sich für einen dritten Weg. Während Boxerjonny ihn weiterhin kujonierte, sagte er in Gedanken die Beschwörungsformel der Zerstörung auf: *Höre Satan, vernichte mit deiner Macht den Boxerjonny! Ich habe dich nicht verraten. Also diene einmal mir! Der ist ja ein Unmensch! Vertilge ihn von dieser Erde! Und ich werde dir immer treu ergeben sein.*

Vom Flur her hörte man Schritte, schwere Schritte. Die konnten nur vom beleibten Nachterzieher sein. Also, stobten alle sofort aus Wolfs Zimmer. Boxerjonny drohte Wolf noch: „Halt ja die Schnauze, sonst polier ick se dir!" Er verpasste Wolf noch eine schmerzhafte Kopfnuss. Dann flüchtete auch er in sein Zimmer.

Aber Boxerjonny spürte in sich noch zu viel Energie. Sein Erlebnishunger war noch nicht gestillt. Er brauchte noch einen Nervenkitzel. In seinem rechten Fuß juckte es mal wieder. Er wollte in dieser Nacht unbedingt das Gaspedal eines Autos durchtreten. Als bekannter Autoknacker hatte er bereits eine beträchtliche Karriere hinter sich. Meist war er aber mit dem blauen Auge davongekommen. Er wurde vom Kadi nie mit einer Gefängnisstrafe bestraft, sondern, der Jugendrichter hatte ihn mit erhobenem Zeigefinger in ein Jugendheim eingewiesen.

Als auf dem Flur wieder Ruhe eingekehrt und die Luft rein war, zog sich Boxerjonny wieder an und schlich leise im halbdunklen Flur zu seinem engsten Busenfreund Lucky. Lucky hatte den Horizont eines Sechsklassenabgängers einer Förderschule. Mit seiner hündischen Treue war er fest an Boxerjonny gebunden. Lucky war stets bereit, ihm jeden Wunsch zu erfüllen.

Boxerjonny trat ins dunkle Zimmer, tastete sich an Luckys Bett und flüsterte ihm ins Ohr: „He, Lucky-Knacki, wach uff!" Aber Lucky, der einer der strammsten Handtuchprügler war, schlief noch nicht und fragte in seinem Dämmerzustand: „Wat is´n, Boxerjonny? Wat soll ick für dir tun?""

„Komm, steh uff! Ick hab´ Lust uff ´ne Spritztour. Uff´m Parkplatz am Krankenhaus könn´n wa uns bedienen. Der ist schlecht beleuchtet." Er zog Lucky die Bettdecke weg. Hörig, wie Lucky dem Boxerjonny nun mal war, spurte er sofort, sprang eilig aus dem Bett, zog sich an und folgte Boxerjonny zur Toilette. Dort öffneten sie ein Fenster, schwangen sich gekonnt auf den Fenstersims, dessen Kante sie umklammerten, um sich aus dem Streckhang anderthalb Meter hinabfallen zu lassen. Das Aufklatschen der Schuhsohlen schallte über den nächtlichen Hof. Sie hielten für einen Moment den Atem an. Da sich aber im Erzieherzimmer nichts rührte, flitzten beide rasch vom Gelände.

Das Dorf lag in stiller, unheimlicher Nachtruhe. Sie eilten geschwind zum Parkplatz, auf welchem vier Autos standen. Boxerjonny zischelte Lucky zu: „Wir klauen nur ´nen schnellen Schlitten. Da steht een BMW!" Sie steuerten darauf zu. Lucky bückte sich, hob am Wegrand einen Stein auf, pirschte sich an den BMW heran und zertrümmerte die hintere Scheibe auf der Fahrerseite. Das Geräusch des Glasbruchs hallte über den Parkplatz. Beide gingen abwartend hinter dem BMW in die Hocke. Erst als sie sicher waren, dass keine Gefahr nahte, wurde Lucky aktiv. Seine rechte Hand glitt durch das Loch in der Scheibe. Er öffnete die Verriegelung und dann die Tür. Boxerjonny setzte sich gleich hinter das Lenkrad. Mit geübten Handgriffen riss er die Kabel unter dem Lenkrad hervor. Dann hielt er die Enden zweier blanker Kabel aneinander. Es blitzte und knisterte. Der Motor sprang an. Lucky brauchte nun nicht mehr Schmiere stehen und sprang ins Auto. Boxerjonny brauste davon. Er lenkte den BMW in Richtung Autobahn, die nur wenige Kilometer entfernt war. Da er leichtsinnig über das Straßenpflaster raste, holperte der Wagen mal nach links, mal nach rechts. Da tauchten plötzlich von vorn zwei Scheinwerfer auf. Das entgegenkommende Auto fuhr auffallend langsam. Lucky lästerte: „Der Fahrer hat wohl den Fuß uff de Bremse, statt uff'm Gaspedal?" Als die beiden Fahrzeuge auf gleicher Höhe waren, brach der BMW etwas nach links aus. Dabei touchierte der BMW einen Streifenwagen. Lucky erfasste zuerst die Situation, und er rief erschrocken: „Die Bull'n! Verdammte Scheiße! Mensch, du hast die Bull'n jerammt! Pass uff! Die Bull'n erwischen uns noch! Los tritt ruff uff's Pedal! Gib Speed!"

Im Rückspiegel konnte Boxerjonny sehen, dass der Streifenwagen wendete und die Verfolgung aufnahm. Er frohlockte: „Die Scheißbull'n kriegen uns nicht! Die könn'n mir mal am Auspuff schnuppern! Hahaha!" Mit vollständig durchgetretenem Gaspedal raste er durch die Straßen. Die Tachonadel zeigte auf einhundertdreißig. Sie sausten auf eine scharfe Doppelkurve zu. Lucky klammerte sich, von Todesangst erfasst, an den Griffen fest. Es gelang ihnen nicht, die Polizeistreife abzuhängen. Die erste, leichte Kurve meisterte Boxerjonny mit quietschenden Reifen. Die zweite Kurve, die fast eine Neunziggradkurve war, wurde für Boxerjonny zum tödlichen Verhängnis. Boxerjonny verlor die Gewalt über das Fahrzeug. Der BMW geriet ins Schleudern und krachte mit lautem Knall und Getöse gegen eine Hauswand. Während Boxerjonnys Oberkörper vom Lenkrad völlig eingequetscht war, es hatte sich mit großer Wucht in seinen Brustkorb gebohrt, war Lucky, der nicht angeschnallt war, aus dem Wagen geschleudert worden und lag leblos etliche Meter vom BMW entfernt.

Die Streife konnte Boxerjonny nicht aus dem Wrack befreien. Sie forderte die Feuerwehr mit der Technik an. Da Lucky noch schwache Lebenszeichen von sich gab, leisteten die Polizisten Erste Hilfe.

Die Rettungskräfte konnten bei Boxerjonny nur noch den Tod feststellen. Seine Eingeweide klebten zum Teil am Lenkrad. Sein Gesicht war durch die Glassplitter bis zur Unkenntlichkeit zerfetzt. Lucky wurde mit Blaulicht in die Klinik gefahren.

Während sich der Unfall mit ihren Kameraden ereignete, schliefen die Jungen selig im Heim. Bis auf Wolf, der kam nicht zur Ruhe. Sein geprügelter Körper schmerzte ihm fürchterlich. Seine wirren Träume ließen ihn nicht schlafen. Immer wieder murmelte er leise Beschwörungsformeln der Vernichtung, um sich für die erlittenen Schmerzen und Demütigungen an Boxerjonny zu rächen.

Am anderen Morgen saßen die Jugendlichen beim Frühstück, als der Heimleiter mit todernster Miene den Saal betrat und alle um Gehör bat: „Jungs, ich habe euch eine ganz traurige Mitteilung zu machen", er musste mehrmals schlucken, „euer Kamerad Boxerjonny ist tot. Und Lucky liegt schwerverletzt im Krankenhaus. Die beiden hatten in der Nacht eine Spritztour mit einem gestohlenen BMW unternommen. Tja, so endet eine unerlaubte, rasante Fahrt in den Tod." Er verließ den Speisesaal. Ein Raunen ging durch die Reihen. Unter den Jugendlichen begann ein verhaltenes Tuscheln. Nur Wolf war durch den Schock, der in ihn gefahren war, die Stimme wie gelähmt. Ihm war, als müsste er sich übergeben. Er sprang auf, rannte in die Toilette und brach sein Frühstück ins Klobecken. Danach setzte er sich auf einen Klodeckel und sprach mit sich selbst: „Hab´ ich schuld an Boxerjonnys Tod? Luzifer, hast du meine düsteren Wünsche erhört und ihn bestraft? Hab´ ich doch magische Kräfte? So wollte ich das aber nicht!

Jetzt ist Boxerjonny echt tot? Dieser Quäler! Geschieht ihm ja recht, wenn er Autos klaut! Und wenn er Schwächere schikaniert und verprügeln lässt!"

Mit weichen Knien begab er sich zurück in den Speisesaal, wo betretenes Schweigen herrschte. Als er sich wieder neben Waldi setzte, stieß der ihn an und flüsterte: „Nicht wahr, das geschieht ihm doch recht! Oder? Der hat immer den Maxen markiert und andere drangsaliert. Na ja gut, tot sein brauchte er nicht gleich, aber…wir sind von ihm befreit worden."

Wolf wagte nicht, mit einem Kopfnicken seine Zustimmung zu Waldis Meinung zu geben. Er dachte bei sich: *Ich darf mich nicht verraten! Alles deutet ja sowieso schon darauf hin, dass der Teufel seine Hand im Spiel hatte!*

Von nun an zermürbte ihn auch noch der Gedanke, schuld zu sein an Boxerjonnys frühen Tod. Er bereute, seinen großen Meister angerufen zu haben, dem Großmaul eine Lehre zu erteilen. Er fragte sich betrübt: *Habe ich nun noch einen Menschen auf dem Gewissen?* Doch niemand konnte ihm diese Frage beantworten. Und Luzifer verspürte wohl keine Lust, ihm die Frage zu beantworten, denn er schwieg.

Die Eingewöhnungsphase war für Wolf zu Ende. In der Realschule im Nachbarort sollte er die zehnte Klasse abschließen. Die Erzieherin fuhr ihn selbst zur Schule, führte ihn zum Sekretariat und stellte ihn als neuen Schüler dem Rektor vor. Der nahm sich die Zeit, lud Wolf in sein Büro ein, bot ihm einen Platz am Konferenztisch an und fragte ihn nach seinem bisherigen schulischen Werdegang. Seit einiger Zeit hatte Wolf eine fast schon krankhafte Unruhe erfasst. Er knetete nervös seine Hände, atmete unregelmäßig kräftig durch. Bereitwillig gab Wolf über seine Familienverhältnisse Auskunft und blendete auch nicht den Badeunfall seines Bruders aus. In diesem Zusammenhang erwähnte er auch seine Schuldgefühle und die Vorwürfe vieler Leute gegen ihn und das Leid, das er seitdem mit sich rumtrug. Er sprach hastig, als würde ihm bald die Luft ausgehen. Der Rektor hörte ihm aufmerksam und geduldig zu. An seiner Mimik erkannte man seine tiefe Betroffenheit. Von der ersten Minute an hatte Wolf Vertrauen zu dem Mann gefasst, der ihn mit forschendem Blick betrachtete, der im Innern eine gewisse Sympathie für den Jungen mit der geschundenen Seele empfand. Das spürte Wolf, und er war dicht davor, auch von seiner Mitgliedschaft in einer Satanssekte zu reden. Aber eine Macht schien seinen Redefluss zu zügeln und ließ ihn letztlich verstummen. Der Rektor, der sich aus seiner früheren beruflichen Tätigkeit mit jungen, gestrauchelten Menschen bestens auskannte, die aus schwierigen Elternhäusern kamen und nicht selten mit schlimmen Erlebnissen beladen waren, stutzte. Ihm wurde bewusst, dass sich der Junge vor ihm selbst zum Schweigen zwang. Er dachte bei sich: *Der Junge ist ja ein wahres Nervenbündel! Was muss der alles durchgemacht haben?* Doch er war sensibel genug, um zu erkennen, dass das Gespräch vorerst beendet werden musste. Er klatschte schwungvoll in die Hände, stand auf – auch Wolf schnellte hoch – und gab Wolf zu verstehen, dass er ihn in seine neue Klasse begleiten werde. Diese Geste des Rektors war für Wolf schon ein Grund anzunehmen, dass er an dieser Realschule gut aufgehoben war. Auf dem Weg durch den Flur erkundigte sich der Rektor: „Und was hast du so für Hobbies? Was macht dir denn am meisten Spaß?" Wolf antwortete spontan: „Ich würde gern Tischler werden. Keyboard spielen würde ich gern lernen. Na ja, überhaupt, ich bastel gern."

„Da hast du ja schon konkrete Vorstellungen", lobte der Rektor, „Tischler werden – kein Problem! Nur fleißig lernen und nicht verhaltensauffällig werden. Ja und, Keyboards sind da. Brauchst nur fleißig üben! Der Musiklehrer hilft dir."

Sie erreichten die Klassenraumtür. Der Direktor öffnete sie und schob den zögerlichen Wolf sanft in den Raum. Sofort waren alle Blicke auf Wolf gerichtet. Mit beklommenem Gefühl stand Wolf vor der Tafel. Die Lehrerin begrüßte ihn freundlich mit Handschlag. Als er sich vorstellte, wollte sich seine Zunge nicht vom Gaumen lösen. Und die Lippen ließen sich kaum öffnen. Seine Hände kneteten sich derb. Das Blut war ihm ins Gesicht geschossen. Erst als er neben einem Mädchen platziert wurde, er saß, und die Blicke sich von ihm abwandten, atmete er erleichtert auf. Desto mehr war er überrascht, als ihm seine Banknachbarin unerwartet die Hand reichte: „Ich bin Sylvia, kannst aber Sylvi sagen!" Wolf drehte sich zu ihr hin und reichte ihr verwundert die Hand. Dabei kreuzten sich ihre Blicke und verfingen sich für einige Sekunden. Wolf war total irritiert, denn er sah in zwei graugrüne Augen, die ihn erst seltsam durchdrangen, dann aber irgendwie liebevoll anstrahlten. Für eine Weile genoss er den warmen Händedruck, ehe er seine Hand aus der ihren löste. *Sollte das wieder ein Streich von Luzifer sein? Eine Rache?* fragte er sich. *Würde ich später wieder leiden, wenn ich mich Hals über Kopf in dieses flotte Mädchen verknalle?* Dass sein Herz plötzlich viel schneller schlug, dass Hitze in seinem Körper aufstieg, das konnte und wollte er nicht leugnen. Abgelenkt vom Unterricht, blinzelte er aus einem Seitenblick immer wieder zu dem Mädchen neben sich. Wolf fand ihr Profil interessant. Sie trug ihr blondes, schulterlanges Haar offen. Unter ihrem Ponny lagen Augen mit einem klaren Blick, der ihn manchmal vielsagend traf. Eine leicht gebogene Nase ragte über einem sinnlichen Mund aus dem schmalen Gesicht. Das ebenmäßig geschwungene Kinn deutete auf Sanftmut hin. Wolf wollte nicht glauben, was er sah und plötzlich in seinem tiefen Innern erlebte. Ein unbändiger Gefühlssturm war in diesem Moment in ihm ausgebrochen. Er schien wieder mal von allen Übeln befreit.

In der Pause umlagerten ihn die neuen Klassenkameraden, für die er als jemand aus dem Jugenheim sehr interessant war. Da er sich davor hütete, aufzuschneiden , bemühte er sich bei der Schilderung seiner Vergangenheit halbwegs bei der Wahrheit zu bleiben. Sogar den Tod seines Bruders sparte er nicht aus. Die Sache mit den Schwarzen Messen verkniff er sich lieber, um bohrende und peinliche Fragen zu vermeiden. Er wollte nicht wieder Sensationsgelüste bei den Jungen und Mädchen wecken, die förmlich an seinen Lippen hingen. Zum Schluss erwähnte er noch den Krebs seiner Mutter. Beim Sprechen musste er ein paarmal schlucken, um den Kloß im Hals loszuwerden. Das brachte ihm das Bedauern vorwiegend der Mädchen ein, während sich die Jungen abwandten und, über den Neuen angeregt diskutierend, über den Schulhof schlenderten.

Als sich die Gruppe aufgelöst hatte, standen nur noch Wolf und Sylvi beieinander. Die Kraft, die man Liebe nennt, hatte Wolf dichter an Sylvi herangerückt. Auch sie empfand vom ersten Augenblick an mehr als nur Sympathie für diesen Jungen mit seiner bewegten Vergangenheit. Wie sich im Gespräch herausstellte, wohnte sie nicht weit ab vom Jugendheim. Nach dem letzten Klingelzeichen bot sie sich an: „Haste Lust, mit mir die Hausaufgaben zu machen? Bei mir zu Hause. Meine Eltern kommen erst am Abend." Wolf horchte interessiert und ziemlich verblüfft auf. Ohne Zögern antwortete er: „Klar, ich bin dabei!" Mit solchem Vorschlag am ersten Tag hatte er nicht gerechnet. Im Schulbus saßen beide nebeneinander und plauderten angeregt über den Unterricht. Nachdem sie an der Haltestelle ausgestiegen waren, erinnerte ihn Sylvi noch einmal an die Abmachung: „Vergiss nicht! Bis gleich!"

„Geht schon klar!" erwiderte Wolf und ging im gemächlichen Schritt zum Heim. Unterwegs nahm er von seiner Umwelt nichts wahr. Die Gedanken purzelten nur so durch sein Gehirn und brachten seine Gefühle durcheinander. Ihm war, als feixte Luzifer mit glühenden Hörnern aus dem Gebüsch zu seiner rechten Seite. Plötzlich traute er dem ganzen Erlebten mit Sylvi nicht. Er fragte sich: *Ist die von Luzifer geschickt? Hat er sie auf mich angesetzt? Oder ist sie vom Satan auserwählt, von mir getötet zu werden?* Ihm wurde bei diesem Gedanken unheimlich zumute. Während er seine Schritte lustlus in Richtung Heim lenkte, malte er sich aus, wie Sylvi bei einer Schwarzen Messe, gefesselt, kopfüber an einem umgekehrten Kreuz hing. Bei diesen abstrusen Bildern erfasste ihn ein heftiges Schaudern. Er versuchte, diese Wahnvorstellung abzuschütteln, was ihm aber nicht so recht gelang.

Als Wolf im Heim angekommen war, hatte sich sein dunkles Gemüt wieder erhellt. Er schaute glücklich drein, als er seiner Erzieherin in vergnügter Stimmung von seinem ersten Schultag berichtete. Natürlich fehlte bei seinen Schilderungen seine Banknachbarin Sylvi nicht.

„Ach die Sylvi", sagte Frau Plöntke, „die kenne ich gut. Sie ist in meiner Handballmannschaft. Ein feines Mädchen. Die hat wirklich Charakter." Nun traute sich Wolf auch, stolz anzudeuten, dass sie verabredet waren. Lachend sagte die Plöntke: „Na, wenn das kein guter Anfang ist? Dann viel Spaß! Aber, immer anständig bleiben!" Wolf errötete und erwiderte beflissen: „Ja, ja! Ich bin doch kein Wüstling!"

Nach einer Stunde packte Wolf seine Schulsachen ein, meldete sich im Erzieherzimmer ab und begab sich hinaus auf die Straße. Am Tor stockte er und blieb stehen. Auf einmal kamen in ihm doch Zweifel auf: *Ist es eine gemeine Falle des Bösen?* Wieder liefen vor ihm die schrecklichsten Bilder seiner Vergangenheit ab. Wieder vernahm er ein wüstes Lachen Luzifers. Alles lief so ab, wie er es schon zigmal in schlaflosen Nächten erlebt hatte oder nachts auf dem stockdunklen Friedhof.

Da ging ein Fenster auf, und die Stimme der Plöntke riss ihn aus seiner augenblicklichen geistigen Umnachtung:

„Wolf, hast du was vergessen?" Wolf fuhr zusammen und drehte sich um: „Nö, nö! Habe bloß nachgedacht! Tschüss dann!" Die Erzieherin schüttelte den Kopf und rief ihm noch nach: „Und ordentlich Hausaufgaben machen!"

Sylvi hatte schon ungeduldig gewartet. Sie empfing Wolf mit einer Tasse Kakao und selbstgebackenen Plätzchen. „Komm!" sagte sie, „wir machen es uns erst mal gemütlich. Die Hausaufgaben schaffen wir immer noch!" Wolf war mit dem Vorschlag mehr als einverstanden. Er setzte sich auf die Couch und begann sofort, vor Erregung seine Hände zu kneten, während sein Gesicht wieder mal rot anlief. Sylvi nahm ihm gegenüber in einem Sessel Platz, goss mit ihrer schlanken Hand Kakao ein und schob Wolf einen Teller Plätzchen hin. Mit leicht zitternder Hand langte Wolf zu, schob sich ein Schokoplätzchen in den Mund und bemerkte kauend: „Oh, das schmeckt ja prima! Hast du wohl selbst gebacken?" Sylvi nickte. Da langte Wolf nochmals zu, steckte sich ein noch größeres Plätzchen in den Mund, vergaß, sofort nachzuspülen, so dass ein paar Krümel in die falsche Kehle gerieten. Er bekam einen schrecklichen, fast erstickenden Hustenanfall. Da half auch nicht, dass ihm Sylvi mit der flachen Hand auf den Rücken klopfte. Wolf bekam keine Luft mehr, sprang entsetzt hoch, beugte seinen Oberkörper weit nach vorn, hustete, prustete und lief schon lilarot an. Da bekam Sylvi nun doch Angst. Sie wollte gerade den Notdienst anwählen, da krächzte Wolf: „Lass sein!" Dann seufzte er mit dem ersten wiedererlangten Atemzug: „Es geht schon…es geht schon…" Erschöpft und schweißtriefend, noch immer puterrot, ließ er sich wieder auf die Couch fallen. Sylvi, der noch immer der Schreck in den Gliedern steckte, hatte inzwischen ein Glas Wasser aus der Küche geholt. Wolf nahm vorsichtig, langsam ein paar kleine Schlucke. Mit einer halbwegs normalen Stimme fluchte er: „Das war eine verfluchte Attacke des Teufels! Echt! Kannste mir glauben!"

Sylvi tat seinen Fluch als Ausdruck des überstandenen Ärgernisses ab. Sie konnte nicht wissen, nicht einmal ahnen, was dahintersteckte, wenn Wolf, ihrer Meinung nach, solchen Blödsinn redete. Wolf war von der Rache Luzifers fest überzeugt. Wie so oft, wenn sich Wolf wohlfühlte, wenn er glaubte, die Welt, seine Welt, wäre in Ordnung, tauchte der Quälgeist Luzifer auf und setzte sich wie eine Grille in seinem Gehirn fest. So auch diesmal, hier bei der hübschen und netten Sylvi, die so leckere Plätzchen backen konnte. So saßen sie zu dritt um den Tisch herum. Luzifer für Sylvi als unsichtbarer Gast, wie das zweite Ich von ihrem interessanten Klassenfreund. Luzifer machte Wolf so sehr konfus, dass er kaum zu einem vernünftigen, geschweige geistreichem Gespräch fähig war. Einerseits versagte ihm immer öfter die brüchige Stimme, andererseits sprühten seine Wörter nicht unbedingt von Geist. Er musste nach jedem zweiten Wort husten, prusten und schlucken. Das nervöse Kneten seiner Hände entging Sylvi nicht. Besorgt fragte sie: „Was machst du mit deinen Händen? Du hast sie ja dauernd in Bewegung. Bist du immer noch so nervös? Wegen mir?" Sie schmunzelte.

„Nee, nee! Äh! Na ja, ist solch Jucken…ist komisch, ja, ich weiß…"

Sylvi bemerkte spöttisch: „Solche Bewegungen mache ich nur, wenn ich den Teig knete."

„Aha! Ach ja…kneten, ja, ja, sieht so aus. Ist ein Tick von mir, so eine blöde Macke. Darfst dich nicht dran stören! Oder stört dich das?"

„Ach iwo! Unsinn! Fällt nur so komisch auf, wie du…"

Da rutschte Wolf ein bisschen tiefer und steckte seine Hände vorsorglich in die Hosentaschen. Er versuchte, seine Macke zu rechtfertigen und stöhnte laut: „Alles nur, weil mein Bruder ertrunken ist! Und ich der Schuldige sein soll!"

Sylvi runzelte die Stirn, setzte eine Miene auf, die echtes Bedauern ausdrückte und fragte direkt: „Sage mal, leidest du etwa wegen des Badeunfalls deines Bruders unter einem Schuldkomplex?"

„Ja! Dafür kann ich aber nichts."

„Das ist doch Quatsch! Er ist schließlich ertrunken, weil er nicht schwimmen konnte. Und du wolltest ihn noch retten. Mensch, da warst du doch selber noch ein kleiner Junge!"

„Und meine zweite Schuld ist, dass meine Mutter deswegen Krebs bekommen hat und sicher bald sterben muss! Das ist Luzifers Rache!"

„Also…also, das ist doch nun große Spinnerei!", entrüstete sich Sylvi.

„Das glaubst du! Luzifer sieht das anders und die Leute in unserem Dorf auch. Für die bin und bleibe ich für ewig ein Brudermörder!" Vor lauter Unruhe hatte er seine Hände wieder aus den Hosentaschen gezogen und knetete und knetete. Sylvi verkniff sich ein ironisches Grinsen und fragte: „Und warum redest du immerzu etwas von Luzifer?" Jetzt überlegte Wolf, was er ihr anvertrauen könnte von seiner Mitgliedschaft bei den Satansbrüdern. Mit einem stechenden, herausfordernden Blick schaute Sylvi ihn an. Dieser Blick machte Wolf verlegen. Er lief wieder rot an, schien einen Riesenbottich Teig zu kneten und stotterte: „Ja, klar, eine gute, `ne echt gute Frage. Aber, aber…was… soll ich dir sagen?"

„Na, die Wahrheit! So, wie sich die Sache verhält! Einfach nur sagen, wie es ist! Du redest öfter solch dummes Zeug!" Wolf wurde ihre Neugier unbehaglich und er sagte barsch: „Der ist eben bei mir! Damit basta!" Sylvi schaute ihn mit ungläubigem Grinsen an. In diesem Augenblick war ihm zumute, als würden plötzlich tausende Maden sein Gehirn zerfressen. Seine Seele geriet erst in Panik, dann spürte er eine ungehemmte Aggressivität. Er starrte wie hypnotisiert auf ihren schlanken Hals, der so frei und greifbar vor ihm lag. Vor seinen Augen sah er, wie sich seine Finger um die zarte Haut schlangen, wie sie den Knorpel kneteten, bis nur noch ein leises Röcheln aus dem hübschen Hals drang. Seine Augen begannen wild zu flackern. Sylvi prallte entsetzt zurück. Sie fragte sich: *Ist der bloß ein guter Schauspieler? Oder ist er ein Irrer?* So, als würde man einen heißen, mörderischen Krimi im Fernsehen an der spannendsten Stelle abschalten, so wechselte unverhofft Wolfs Stimmung. Sein starrer, geistesabwesender Blick wich einem sanften Blick. Die Spannung wich aus seinem Körper. Seine Hände lagen ruhig auf seinem Schoß. Er lächelte mit einem reuevollen Hundeblick Sylvi an. Etliche Minuten brauchte sie, um ihre Fassung wiederzufinden. Sie konnte nur gutmütig lächeln. Die Stimme versagte ihr. Vergnügt langte Wolf zu den Plätzchen und tat, als sei nichts Ungewöhnliches passiert. Da Sylvi noch immer reglos dasaß, lachte Wolf laut los: „Das war doch alles nur Spaß! Ich ulke nämlich gern rum!"

Von Wolfs vermeintlich schauspielerischer Leistung stark beeindruckt, sagte Sylvi: „Komm jetzt, wir lösen schnell die Matheaufgaben. Sonst haben wir den ganzen Nachmittag verspielt." Wolf stutzte und sann darüber nach, wie sie es mit dem „verspielt" gemeint haben könnte. Doch er hielt sich nicht lange bei diesem Gedanken auf. Er war froh, dass sie ihn nicht durchschaut hatte. Seine Verbindung zum Satan musste er unbedingt vor ihr geheimhalten, denn in seinem tiefsten Innern keimten zarte Liebesgefühle für dieses Mädchen, das ihm so rein und fast göttlich erschien.

Sylvi stand noch eine Weile unter dem Eindruck des Geschehens. Wolfs plötzliche Wandlung gab ihr Rätsel auf. Vor allem sein ständiges Kneten der Finger kam ihr seltsam vor. Sie setzten sich nebeneinander an den Schreibtisch. Wolf legte das Mathebuch in die Mitte und blätterte die Seite auf, auf der die Hausaufgaben standen. Sylvi schaute Wolf mit nachdenklichem, begehrlichem Blick von der Seite an. Ein heißer Strahl fuhr durch ihren Körper, der sogleich mit einer Gänsehaut überzogen wurde. Sachte legte sie ihre rechte Hand auf Wolfs linke Hand und drückte sie zärtlich. Wolf war überrascht. Sein Herz begann zu rasen, sein Körper begann zu beben. Auch ihm fuhr ein heißer Strahl durch den Körper. Sein Blut geriet augenblicklich in heftige Wallungen und brachte seine Wangen zum Glühen. Ihm war, als schwebte sein Körper wie eine Feder hinauf zur Zimmerdecke. Ganz langsam drehte er seinen Kopf so weit nach links, bis er Sylvi in ihre graugrünen Katzenaugen schauen konnte, die seltsam funkelten, die ihm verrieten: *Wolf, ich mag dich!* Ihre schmalen Lippen verzogen sich zu einem Lächeln, das ihn ermunterte, sich zu ihr hinüber zu beugen, die Lippen zu spitzen, um einen Kuss zu erbetteln. Sylvis Augen sprühten vor Erregung und drückten ebenfalls ein heißes Verlangen aus. Indem sie die Augen schloss, neigte sie ihr Gesicht Wolf entgegen. Für unendliche Sekunden verharrten beide bei einem Freundschaftskuss. Ein Wonnegefühl strömte durch ihre Körper. Als sich ihre Lippen gelöst hatten, verfingen sich ihre Blicke für einen Moment, und jeder sog die Zuneigung des anderen in sich auf. Sie glaubten, echt ineinander verliebt zu sein. Zudem fühlte sich Wolf überglücklich, denn keine Faser seines Körpers war von Luzifer erfasst. Er fühlte sich plötzlich von dem Herrscher der Finsternis befreit. Und er glaubte an die Macht der Liebe, die nicht nur Berge versetzen, sondern auch böse Geister vertreiben konnte.

Als Wolf im Flur ein Schlüsselbund klappern hörte, zuckte er zusammen und rutschte nervös auf dem Stuhl hin und her. Sylvi beruhigte ihn: „Ist nur meine Mutter. Sie kommt von der Arbeit." Gleich darauf klopfte es an der Zimmertür. Auf Sylvis „Herein" betrat eine mittelgroße, attraktive Frau mit kupferrot gefärbten Haaren und ziemlich viel Schminke im Gesicht den Raum. Eine süßliche Parfümwolke wehte ihr voraus. Wolf schnellte hoch, streckte der Frau seine rechte Hand entgegen: „Tag! Ich bin Wolf Polt!" Die elegante Frau setzte ein schiefes Lächeln auf, reichte ihm zögerlich ihre

Hand und sagte wie nebenbei: „Ach, ein Schulkamerad von Sylvi?" Dann begrüßte sie ihre Tochter mit einem flüchtigen Kuss auf die Stirn. Wolf stand da, wie zu einer Marmorsäule erstarrt und knetete sich die Hände. „Kinder", stöhnte die Frau laut auf, „ich bin fix und fertig von der Arbeit. Ich muss erst verschnaufen. Es wäre schön, ihr würdet bald Schluss machen mit den Hausaufgaben." Grienend fügte sie hinzu: „Ihr habt doch Hausaufgaben gemacht, ja?" Wolf plautzte gleich heraus: „Ja, ja, natürlich, wir waren fleißig!" Mit einem vielsagenden Augenzwinkern bemerkte Sylvis Mutter schmunzelnd: „Das glaub´ ich, dass ihr beide fleißig bei der Sache wart." Als sie beim Verlassen des Zimmers schon in der Tür stand, drehte sie sich noch einmal um, schaute zu Wolf und meinte einladend: „Wolf, komm doch übermorgen am Abend zum Grillen!" Ohne seine Antwort abzuwarten, verschwand sie. Nur ihr Parfümduft stand noch lange im Raum. Wolf fand sie nett, schon wegen der Einladung zum Grillen. Sylvi lächelte leise vor sich hin, packte ihre Schulsachen zusammen und sagte: „Sense für heute! Wir haben genug gebüffelt." Mit einem scheelen Seitenblick fragte sie: „Und wie findest du meine Ma?" „Och, die ist doch schwer in Ordnung. Die fetzt doch. Solche Mutter hätte ich auch gern", schwärmte Wolf. Sylvi erwiderte: „Na ja, die kann aber auch ganz schön anstregend sein." Sie begleitete Wolf zur Tür, setzte ihm einen Kuss auf die Wange: „Tschüss! Dann bis morgen!" Etwas ungestüm und ungeschickt versuchte Wolf, auch ihr einen Kuss auf die Wange zu setzen. Dabei schlabberten seine feuchten Lippen auf ihre rechte Wange. Mit dem Ärmel wischte Sylvi darüber und lachte verhalten.

Vergnügt vor sich hinpfeifend, radelte Wolf auf den Hof des Heimes, stellte das Fahrrad in den Schuppen und sprintete, bestens gelaunt, die Treppen hinauf. Er schritt beschwingt, dabei laut trällernd, durch den langen Flur, so dass ihn Waldi schon hinter der Tür wahrnahm. So kannte man den meist in sich gekehrten Wolf nicht, der nur mit mürrischer Miene durch die Gegend zog. Mancher rief ihm nach: „He, Mensch Polt, haste gekifft?" Wolf überhörte die Anspielungen. Er genoss den angenehmen Taumel und dachte nur an Sylvi, an ihre vornehme Mutter und an den bevorstehenden Grillabend.

Stürmisch riss er die Tür auf. Waldi schrak zusammen. Verwundert fragte er: „Biste angetrunken oder verknallt?" Da stürzte sich Wolf auf Waldi, der auf seiner Bettkante saß, schubste ihn rücklings auf das Bett, warf sich auf ihn und begann, ihn aus Spaß zu kitzeln. Keuchend sagte er: „Sylvi hat 'ne dufte Mutter. Du, die hat mich zum Grillen eingeladen. Stell dir vor, übermorgen gehe ich zum Grillen!" Erst als Wolf von ihm abließ, er sich völlig zerzaust und total außer Puste aufrichtete, stellte er neidvoll fest: „Du hast aber Schwein. Solche Freundin hätte ich auch gern." Wolf stolzierte mit geschwollener Brust drei Runden durch das Zimmer und säuselte vor sich hin: „Tja, ich bin eben unwiderstehlich." Dabei strich er sich mit einer snobhaften Geste, bei gerecktem Hals, über sein Haar. Waldi erkannte seinen Zimmergenossen nicht mehr wieder. Der sonst so maulfaule, immer wie ein geprügelter Hund durch die Welt laufende Kamerad, schien plötzlich zum Leben erweckt. *Und das nur wegen einer Einladung zum Grillen?* dachte Waldi. Aber er gönnte seinem Kumpel das Glück.

In dieser Nacht kam Wolf nicht zur Ruhe. Nicht Luzifer raubte ihm wie sonst den Nachtschlaf, sondern seine unbeschreibliche Glückseligkeit. Schloss er seine müden Augen, dann erschien ihm das Bild seiner Sylvi, das gleich darauf vom Bild ihrer attraktiven Mutter beiseite geschoben wurde. Er war verstört, als er seltsame Gefühle gegenüber Sylvis Mutter feststellte. War es ein Mutterkomplex? Im Gegensatz zu seiner Mutter, die unauffällig wie eine graue Maus war, ihn dazu seit dem Tod des Bruders verachtete, schien ihm Sylvis Mutter zwar ein bisschen überdreht, aber sonst total cool. Er fühlte sich seltsamerweise vom ersten Augenblick an zu ihr hingezogen. Kaum hörbar nuschelte er vor sich hin: „Die wär eine prima Schwiegermutter!" Waldi hatte die Ohren aufgespannt und meldete sich zu Wort: „Eu! Jetzt träumste wohl schon von einer Hochzeit?" Er kicherte ins Kopfkissen. Wolf fühlte sich in seinen Träumen ertappt und murrte: „Spinner! Na ja, die macht was her. Ich glaube, sie mag mich auch." Waldi musste nun auch gleich noch seine Lebensweisheiten anbringen und meinte: „Ja, ja, der Weg zur Tochter geht über die Mutter! Hat mein Opa mal gesagt."

„Unsinn!", erregte sich Wolf, „du Quatschkopp! Du hast doch keene Ahnung! Sylvi ist wirklich dufte. Und erst ihre Mutter! Los, jetzt wird gepennt!" Er drehte sich auf die Seite und schloss die Augen. Noch bis spät in die Nacht hinein liefen wunderbare Bilder einer großen Liebe vor seinem inneren Auge ab. Kein böser Geist, kein Herrscher der Finsternis störten seinen süßen, traumwandlerischen Schlaf.

Am Grillabend klemmte Wolf einen Blumenstrauß auf den Gepäckträger und radelte voller freudiger Erwartung zur Sylvi. Mit jedem Tritt in die Pedalen nahm seine Erregung zu. Der Mund wurde trocken, die Beine schlotterten, und tausende Wörter purzelten durch sein Gehirn: Wörter der Begrüßung legte er sich genauso zurecht, wie Wörter zu seinem bisherigen Lebenslauf, zu seiner Familie und zum Leben im Heim. Wolf durchdachte seinen Auftritt: *Nur nicht stottern! Nur nicht grammatisch falsch sprechen! Und bloß nicht Bitte und Danke vergessen!* Auf einmal war ihm, als müsste er nun doch Luzifer beschwören, damit er ihn vor einer Blamage beschütze. Aber Luzifer war weit weg. Als sich Wolf dem Haus von Sylvi näherte, kroch ihm schon der verlockende Grillduft in die Nase. Seine Freude stieg ins Unermessliche, genauso wie seine innere Spannung. Sylvi lugte ab und zu durch einen Türspalt nach draußen. Auch sie war freudig erregt, denn immerhin war Wolf der erste Junge, der von den Eltern eingeladen worden war. Endlich erblickte sie Wolf, riss die Haustür auf und winkte ihm lebhaft zu. Wolf winkte zurück. Die letzten fünfzig Meter sprintete Wolf, so dass er atemlos vom Rad stieg. Auf der holprigen Dorfstraße hatte der Blumenstrauß etliche Blüten verloren und sah ziemlich ramponiert aus, als Wolf ihn vom Gepäckträger nahm. Als sein Blick auf den zerfledderten Blumenstrauß fiel, kratzte er sich verlegen am Hinterkopf, lächelte mit schuldbewusster Miene und stammelte: „Och Mensch, das blöde Holperpflaster…äh…na ja, ein bisschen verwelkt war der sowieso schon." Er hielt Sylvi den Strauß entgegen. Sie lachte: „Der ist doch bestimmt für meine Mutter? Die wird sich freuen. Sie mag Blumen. Komm, wir gehen gleich in den Garten!"

Da Wolf nur zögerlich seine Schritte in Richtung Garten setzte, schob ihn Sylvi vor sich her: „Nun genier dich nicht! Dich wird schon keiner auffressen!" Als sie dann um die Hausecke bogen, prallte Wolf zurück und blieb stehen. Er starrte entsetzt auf eine ganze Meute von Grillgästen, die sich munter unterhielten, aber sofort verstummten, als sie Wolf erblickten. Er sah in etliche feiste Gesichter und in Augenpaare, die ihn anstarrten, als wäre er vom fremden Planeten. Und alle hatten so ein Biedermannlächeln im Gesicht. Er bereute schon, hergekommen zu sein. Nach den ersten Schrecksekunden ging er schnurstracks mit vorgehaltenem Blumenstrauß auf Sylvis Mutter zu, die, anmutig lächelnd, auf ihn zukam. Seinen ganzen Mut zusammennehmend, sagte Wolf mit für ihn ungewohnt fester Stimme: „Danke für die Einladung. Bitteschön! Hier, ein paar Blumen für sie!" Ihr verschmitztes Schmunzeln verwirrte ihn. Ihr Kommentar: „Oh, da hat wohl schon der Nachtfrost im Blumenstrauß geschlummert?", verunsicherte

Wolf und machte ihn ein bisschen wütend. Dann stellte ihn die Mutter den Gästen vor. Dabei senkte er beschämt seinen Blick. Die glotzenden Augen brannten auf seiner Seele. Die Mutter erklärte eilig den Umstehenden: „Der arme Wolf muss in einem Heim leben." Wolf überhörte absichtlich den geheuchelten Tonfall von Mitleid in ihrer Stimme. Er kämpfte hartnäckig, aber vergeblich, gegen das Aufkommen der Schamesröte im Gesicht an. Sein ganzer Körper war in eine unerträgliche Anspannung geraten. Sogar seine Beinmuskeln waren bereit, sofort loszuspurten, hinaus auf die Straße zu laufen und auf dem Fahrrad davonzupreschen. Aber da legte Sylvis Vater seinen Arm um Wolfs Schulter und führte ihn zum Grill, drückte ihm einen Teller in die Hand, nahm die Grillzange und legte ihm ein Steak auf den Teller. Erzürnt rief er laut in die Menge: „Nun lasst mal den Jungen in Ruhe! Und betreibt keine Fleischbeschau!"

Die hungrigen Grillgäste machten sich genüsslich über ihre Steaks und Bratwürste her. Wolf wurde gegenüber Sylvis Mutter platziert. Die Tortur ging, trotz der Ermahnung des Vaters an die Gäste, weiter. Die Mutter begann Wolf mit Fragen zu löchern und regelrecht vor den Leuten auszuziehen, so eine Art Seelenstriptease durch Abfrage seiner bisherigen Biografie. Zu allem Übel überschütteten ihn auch die Gäste mit neugierigen Fragen und zogen das Intimste aus ihm heraus, bis sein ICH völlig nackt vor ihnen stand. Alles glich einem peinlichen Verhör. Mit jeder Frage verging ihm der Appetit am köstlichen Steak. Er kaute auf einem Stück Knorpel herum, getraute sich nicht, es unter den Blicken der Leute auszuspucken. Dabei begann es längst schon in seinem Hals zu würgen. Ekel stieg in ihm hoch. Ekel vor dem Knorpelstück und Ekel vor der plumpen Ausfragerei durch die sensationslüsternen, neugierigen Leute. Schließlich hielt er es nicht mehr aus. Seine rechte Hand klatschte gegen den Mund, er sprang auf und rannte hinter eine Hecke, wo er sich des ekelhaften Bissens entledigte. Nur von der peinlichen Fragerei der Leute konnte er sich nicht befreien, denn Sylvi stand schon hinter ihm, hakte sich bei ihm ein und führte ihn zum Tisch zurück, zum verhassten Platz gegenüber ihrer Mutter. Betretene Gesichter, mitleidsvolle Blicke. Kaum hatte er sich gesetzt, da wollte die Frau neben der Mutter wissen: „Wie, und dir gibt man jetzt die Schuld am Tod deines Bruders? Ach nein!" Wolf nickte nur, schloss die Augen und sah auf einmal die verzerrte, grinsende Fratze Luzifers. Schnell riss er die Augen wieder auf und schaute hilflos zur Sylvi. Gerade, als Sylvis Mutter zu einer neuen Frage ansetzen wollte, blitzte Sylvi sie mit einem scharfen Blick an, stand auf, nahm Wolf bei der Hand und sagte: „Los, komm mit! Wir gehen in mein Zimmer! Das ist mir zu blöd hier!" Die ersehnte Erlösung für Wolf. Beide verschwanden im Haus. Die Gäste hatten nun ihr heißes Thema, um sich die Mäuler zu zerreißen. Die einen bedauerten Wolfs Schicksal. Die anderen fanden warnende Worte:

„Der Junge hat ja schon so viel durchgemacht! Der kann einem leidtun."

„Da haben doch die Eltern ganz schön versagt!"

„Der Junge ist nur das arme Opfer seines Elternhauses!"

„Sein Leben ist doch schon mächtig verkorkst!"

„Ach je! Und sein Charakter ist doch auch geschädigt!"

„Also, ich würde meiner Tochter den Umgang mit dem Bengel nicht erlauben!"

„Der kann ja der Sylvi mal gefährlich werden!"

„Also, wer heute im Heim landet, dem ist wohl nicht mehr zu helfen!"

Da das Fenster offen stand, drangen einige Wortfetzen an Wolfs Ohr. Er horchte auf, wandte sich dem Fenster zu. Doch da schloss Sylvi schnell mit lautem Knall das Fenster. Sie hatte näher am Fenster gestanden und hatte jedes Wort verstanden. Das Gerede hatte sie wütend gemacht.

Es war ihr peinlich. Rosarot verfärbte sich ihr Gesicht. Sie schaltete den Radiorecorder an und hoffte, sich und Wolf mit Musik ablenken zu können, was ihr nur leidlich gelang, denn Wolf war die Stimmung restlos verdorben. Resigniert sagte er: „Wäre ich bloß nicht hergekommen. Ich bin für die Leute nur ein Heimkind, ein Versager und ein Außenseiter. Ja, ich fühle mich wie ein Aussätziger." Sylvi zog ihn zärtlich auf die Couch und schwor: „Für mich bist du ein netter Junge. Ich mag dich sehr. So wie du bist. Lass die doch reden!" Zuerst widerstrebte es Wolf, sich zu ihr zu setzen. Aber ihr Blick war so unwiderstehlich, dass er nachgab und sich ins weiche Polster fallen ließ. Ehe er sich versah, schlangen sich Sylvis Armen um seinen Hals und sie presste ihre Lippen auf seinen Mund. Wolf ließ es geschehen und kostete diese harmlose Zärtlichkeit aus. Plötzlich hörten sie die Mutter rufen: „Sylvi, kommt mal runter! Wir wollen ein paar Spiele machen!"

„Ach, die Zicke", empörte sich Sylvi, „die hat bloß Angst, wir könnten Dummheiten machen! Komm, sonst maulen die mit mir!" Beim Hinabsteigen der Treppenstufen wurde Wolf bewusst, dass er hier nicht hingehörte. So beschloss er, sich auf sein Fahrrad zu setzen und zurück ins Heim zu radeln. An der Haustür hielt er Sylvi am Arm zurück. Sie drehte sich um. Ihr Blick sagte ihm, dass sie seinen Entschluss schon geahnt hatte. Ziemlich niedergeschlagen sagte Wolf: „Mach´s gut! Ich fahre lieber los."

„Ach Wolf, bleib doch noch! Es tut mir leid, dass es solche neugierigen Idioten sind. Biete denen die Stirn! Lass dich doch nicht vergraulen! Weglaufen kannst du doch nicht immer!", rief sie ihm nach, als er schon das Gartentor erreicht hatte. Damit Sylvi nicht seine feuchten Augen sehen konnte, drehte er sich nicht noch einmal zu ihr um. Ohne ein Winken fuhr er davon. Dieser Abschied tat Sylvi sehr weh. Zornig begab sie sich zur Gesellschaft zurück. Blicke des Bedauerns waren auf sie gerichtet. Manche

Blicke waren geheuchelt. Das spürte sie. Ihre Mutter fragte etwas scheinheilig: „Wo ist denn der Wolf geblieben? Hat es ihm bei uns nicht mehr gefallen?"

„Den habt ihr verjagt", grollte Sylvi, „ihr habt euch wie die Hyänen auf ihn gestürzt mit eurer Aushorcherei! Der hat sich geschämt! Und ich schäme mich euretwegen! Ich geh in mein Zimmer!" Sie machte kehrt und verschwand im Haus.

Wolf hatte es nicht eilig, ins Heim zu kommen. Er bog in einen Waldweg ein und fuhr gemächlich durch den Wald. Er atmete tief den Duft der Nadelbäume ein. Strahlen der Abendsonne fielen zwischen den Ästen auf den Boden. Er verlangsamte das Tempo, hielt an einem Baumstumpf an, stieg vom Rad, legte es auf den Boden und setzte sich auf den Baumstumpf. Den Kopf nachdenklich in die Hände gestützt, verfolgte er die emsigen Ameisen, die wie irre kreuz und quer eilten, Blätter und Zweige zu ihrem Bau schleppten. Gedankenversunken nahm er einen kleinen Stock und berührte mit dem einen Ende den Waldboden. Die meisten Ameisen umliefen rasch das Hindernis. Aber einige mutige Ameisen kletterten flink am Stock empor und umrundeten neugierig den daumendicken Stock. Wolf wackelte diesen heftig hin und her. Sie ließen sich aber nicht abschütteln, sondern rannten am Stock hoch und runter. Urplötzlich kam ihm in den Sinn: *Man muss immer nach oben streben und sich nicht abschütteln lassen! Ja, man muss kämpfen!* Er ärgerte sich, viel zu früh aufgegeben zu haben bei der ominösen Grillparty. Diese augenblickliche Erkenntnis beflügelte ihn. Er nahm sich vor, ohne Hemmungen um seine Sylvi zu kämpfen. Und gleich morgen. Er wischte sich mit dem Ärmel über die Augen. Sein Blick wurde klarer. Noch ein Weilchen beobachtete er die fleißigen Ameisen. Dann legte er den Stock vorsichtig auf den Waldboden, stieg auf das Rad und fuhr zum Heim.

Es wurde schon schummrig, als er sich dem Heim näherte. Vor der Einfahrt zum Heim stand eine finstere Gestalt mit bärbeißiger Miene. Als Wolf nur noch wenige Meter von dem fremden Mann entfernt war, rief der ihm mit grimmiger Stimme zu: „He, bist du der Polt?" Er versperrte Wolf breitbeinig den Weg. Wolf musste scharf bremsen, um den Fremden nicht anzufahren. Das Vorderrad stand halb zwischen dessen Beinen. Erst packte der Mann mit beiden Händen den Lenker, dann griff er in seine Jackentasche, holte einen Brief heraus und hielt ihn Wolf hin: „Hier! Vom Chef!" Wolf fühlte sich völlig überrumpelt. Er brauchte Zeit, sich zu sammeln und Worte zu finden. Es dauerte, ehe er sagen konnte: „Was für Chef? Was ist das für ein Brief?" Der unheimliche Fremde wandte sich um, ging zu einem in der Nähe stehenden Auto, stieg ein und fuhr davon. *Was war denn das?* fragte sich Wolf und schaute auf den Brief in seiner Hand. Der Brief rief in ihm ein unangenehmes Gefühl hervor. Irgendwie ahnte er etwas Unheilvolles. Benommen betrat er sein Zimmer. Waldi saß am Tisch und schrieb einen Brief an seine Eltern. Er fragte verwundert: „Warum bist'n schon da? Grillparty zu Ende? Und wie war's?" Wolf stand noch völlig unter dem Eindruck der Begegnung mit dem mysteriösen Unbekannten. Außerdem drehten sich seine Gedanken nur um den Brief, den er noch in der Hand hielt. Wolf fragte gereizt: „Was, was haste gesagt?"

„Ach, schon gut." Waldi sah noch den Brief in Wolfs Hand und bemerkte: „Oh, ein Liebesbrief?" Dann schrieb er seinen Brief weiter. Wolf warf sich auf sein Bett und öffnete aufgeregt den Umschlag. Es fiel ihm nicht schwer, den Absender zu erkennen. Blutrote Schrift. Luzifers Herrschaftssymbol. Beim Lesen der Zeilen perlten Wolf die Schweißperlen auf die Stirn: *Satan findet seine Verräter überall auf der Welt. Am kommenden Sonnabend findet die nächste Sitzung statt. Solltest du wieder nicht erscheinen,*

dann trifft dich unweigerlich der Rachestrahl unseres Herrn.
Der Oberpriester.

Für Wolf brach eine Welt zusammen. Er hatte sich hier in garantierter Sicherheit vor dem Zugriff Satans gewähnt. Nun hatten ihn die Satansbrüder doch aufgespürt. Ihm war klar: Eine Flucht würde ihm nichts nützen. Zur Sitzung würde er aber nicht fahren! Das stand für ihn fest. Für ihn gab es nur eine Chance, von Luzifer loszukommen. Sich selbst für immer von dieser Welt zu verabschieden, sich für ewig auszulöschen. Fest entschlossen, seinem verpatzten Leben ein Ende zu setzen, stand Wolf auf, ging an seinen Schrank, nahm sein Taschenmesser heraus, ließ es rasch in der Hosentasche verschwinden. Waldi war in seine Schreiberei vertieft. Er nahm überhaupt gar keine Notiz vom Tun seines seelisch aufgewühlten Zimmerkumpels. Wortlos strauchelte Wolf aus dem Zimmer, schlurfte niedergeschlagen den langen Flur entlang und begab sich wieder hinaus in die Dunkelheit. Er wandelte mehr als er lief, hinunter zum Strand des nahen Sees. Dort setzte er sich auf eine Bank, nahm den grässlichen Brief und ein Feuerzeug aus der Tasche. Noch einmal las er im flackernden Licht der Feuerzeugflamme die Zeilen, bevor er den Brief anzündete. Der Wind trieb verbrannte Stücke in den See. Danach setzte er die Klinge an seine Pulsader und begann zu ritzen. Nicht nur ein brennender Schmerz trieb ihm die Tränen in die Augen, sondern auch der Gedanke an seine Sylvi. Das Blut sickerte aus der Wunde. Er biss die Zähne zusammen. Zu allem satanischen Übel kamen ihm noch die Erlebnisse beim Grillen in den Sinn. Da fielen ihm die Worte von Macbeth ein, den sie im Unterricht behandelt hatten. Er sprach sie im pathetischen Tonfall: „Mein Leben geriet in die Dürre…" Vorsichtshalber legte er sich auf die Bank, um nicht in der Ohnmacht auf den Boden zu fallen. Über ihm funkelte der Sternenhimmel. Seine immer trüber werdenden Sinne gaukelten ihm einen schwebenden Engelschor und den Klang von himmlischen Posaunen vor.

Inzwischen hatte Waldi seinen Brief beendet und fuhr mit der feuchten Zunge über den Klebestreifen des Kuverts. Dabei fiel sein Blick auf Wolfs leeres Bett. Er wunderte sich, gar nicht mitbekommen zu haben, dass Wolf den Raum verlassen hatte. Ihm war vorher aufgefallen, dass Wolf so sonderbar still und ernst war. *Nach einer schönen Grillparty müsste der Wolf eigentlich fröhlicher sein,* hatte er sich gesagt und am Brief weitergeschrieben. Waldi ging erst zum Waschraum, dann zu den Toiletten: „Wolf bist du hier?", rief er in den Toilettenraum. Aber er bekam keine Antwort. Das beunruhigte ihn. Er lief durch die anderen Zimmer und fragte nach ihm. Aber Wolf fand er nirgendwo. So ging er zur Erzieherin und meldete besorgt: „Der Wolf ist verschwunden. Der war so komisch, als er von der Sylvi kam. Einen Brief hatte er auch bei sich. Vielleicht ein Abschiedsbrief von Sylvi? Ich habe das Gefühl, er könnte sich was antun. Er war so schwermütig." Waldi hatte mit seinen eindringlichen Worten die Erzieherin aufgeschreckt. Sofort mobilisierte sie die Jungen, das ganze Heimgelände nach Wolf abzusuchen. Nach etwa zwanzig Minuten der vergeblichen Suche wandte sich die Erzieherin an Waldi: „Du bist doch am meisten mit Wolf zusammen. Hat er einen Lieblingsplatz, den er hin und wieder aufsucht, um für sich allein zu sein?" Waldi brauchte nur kurz zu überlegen und meinte: „Die Bank am See. Die ist meist sein Zufluchtsort." „Na los, worauf warten wir noch?", sagte die Erzieherin. Mit Taschenlampen bewaffnet, liefen sie hinunter zum See. Der Schein der Taschenlampen eilte voraus und beleuchtete die besagte Bank, auf der die Umrisse eines Körpers zu erkennen waren. „Hallo Wolf! Bist du da?", rief die Erzieherin. Da er wie leblos dalag und nicht reagierte, legten sie einen Schritt zu. Bald war auch schon eine Blutlache zu erkennen. Die Erzieherin leuchtete in das bleiche Gesicht. Sie rüttelte Wolf, nahm das Handy und rief beim Rettungsdienst an. Die Rettungsstelle war zum Glück im Ort stationiert. In nicht mal vier Minuten kam der Notarzt und begann sofort mit der Wiederbelebung. Wolf wurde eilig in den Rettungswagen geschoben und an mehreren Geräten angeschlossen. Dann fuhren sie ihn mit Blaulicht und Martinshorn ins örtliche Krankenhaus. Geschockt blieben seine Kameraden und die Erzieherin zurück. Alle waren fix und fertig, innerlich aufgewühlt, als sie sich stumm ins Heim begaben. Die Erzieherin wandte sich an Waldi: „Also Waldi, wenn du nicht sofort zu mir gekommen wärst, dann hätte Wolf wohl keine Chance mehr zu überleben."

„Wird er überleben?", fragte Waldi mit bebender Stimme. Nur ihr Schulterrucken war die Antwort, denn ihr saß ein dicker Kloß im Hals. Allmählich fanden alle auf dem Weg zum Heim ihre Stimme wieder. Jeder interessierte sich für den Grund für Wolfs Tat. Reihum wollte man erfahren, was jeder so dachte und vermutete. Die Erzieherin richtete ihre Fragen an die Jungen: „Weiß jemand von euch, was für Probleme und Sorgen Wolf hat? Hat er Kummer? Hat er sich einem anvertraut?" Mehrere meinten: „Ach, der Polt ist solch Eigenbrödler. Man kommt schlecht an ihn ran. Er ist immer verschlossen." Waldi mischte sich ein: „Als er heute von der Grillparty kam, war er ganz komisch. Sein Gesicht war irgendwie verquollen, ich glaube verheult. Ich bekam so nebenbei mit, dass er einen Brief bekommen hatte, den er las und gleich mit ihm verschwand. Manchmal äußerte er auch solche komischen Gedanken, von bösen Geistern, Gespenstern und so. Im Schlaf fantasiert er manchmal vom Satan. Vielleicht hat er zu viele Horrorfilme gesehen?"

Sie erreichten das Heim. Die Erzieherin telefonierte mit dem Heimleiter und informierte ihn über Wolfs Suizidversuch. Der informierte umgehend die Kriminalpolizei, die kurze Zeit später auf den Hof des Heimes fuhr. Die Kripoleute führten Gespräche mit den Jugendlichen. Aber zu einem klärenden

Ergebnis kamen sie nicht. Wolfs Motive, die ihn zu der Tat getrieben hatten, blieben im Dunkeln.

Inzwischen unternahmen die Ärzte alle Anstrengungen, Wolf wieder ins Leben zurückzurufen. Der Blutverlust war erheblich, aber noch nicht so schlimm, dass der Tod unausweichlich war. Bluttransfusionen stabilisierten seinen Zustand. Er war in ein künstliches Koma versetzt worden. Der Heimleiter stand kopfschüttelnd an Wolfs Bett in der Intensivstation. „Wird er durchkommen?", fragte er den Chefarzt. „Wir glauben schon", antwortete der, „der Junge wurde noch rechtzeitig gefunden." Resigniert bemerkte der Heimleiter: „Was muss in solchem Jungen vorgehen, wenn er sein junges Leben so einfach wegwerfen will?"
„Das hat verschiedene Ursachen", erwiderte der Chefarzt, „die jungen Menschen sind doch heute überfordert, weil so viel auf sie einstürzt. Meist ist es ja Liebeskummer, was sie nicht verkraften können. Aber auch schlimme Erlebnisse im Elternhaus können der Auslöser für solche Tat sein."
Der Heimleiter nickte zustimmend. Er strich Wolf mit langsamer, mitfühlsamer Geste über das Haar und verließ anschließend den Raum.

Nach drei Tagen wurde Wolf aus dem Koma aufgeweckt. Völlig desorientiert schaute er verängstigt um sich. Sofort hatte er die unheimliche, dunkle Gestalt vor Augen, von der er einen Brief bekommen hatte. Eine Schwester kam in das Zimmer. Sie sprach ihn nett an: „Na Wolf, hast du dich richtig ausgeschlafen? Ich rufe gleich den Doktor. Weißt du denn überhaupt, warum du hier bist?", fragte sie im strengen Tonfall.
Wolf war noch zu schwach, um deutlich zu antworten. Deshalb brummte er nur ein „Hm!" und nickte leicht mit dem Kopf. Kurz darauf trat der Chefarzt ins Zimmer. Seine Lippen verzogen sich zu einem Strich, seine Augen blickten

vorwurfsvoll, als er sagte: „Also Junge, du hattest noch mal großes Glück. Das hätte verdammt schiefgehen können. Das war eine ganz dumme, leichtsinnige, durch nichts entschuldbare Tat! Wie kamst du auf diese abwegige Idee, dich umzubringen? Du hast doch noch das ganze Leben vor dir! Wir sind froh, dass du wieder aufgewacht bist. So, nun erhol dich erst mal! Und denke mal selbstkritisch über dein Handeln nach!"

Am nächsten Tag kam ein Kriminalkommissar zu Wolf ins Krankenhaus und verhörte ihn. Er befragte ihn, ob er den Suizid allein begangen hatte. Oder, ob ihn jemand dazu gedrängt hätte. Wolf schwor, dass er ganz allein die Tat begangen hatte. Ihn packte eine panische Angst, denn plötzlich sah er das Gesicht des Kommissars nur noch verschwommen und verzerrt. Und hinter ihm sah er die frohlockende Fratze Luzifers. Wolf zeigte mit dem Finger in Richtung des Kommissars und fantasierte: „Da ist er! Da! Diese Fratze! Er will mich holen! Aus Rache! Verschwinde!" Sein Körper wurde von einem fiebrigen Schütteln erfasst. Der Kommissar war bestürzt: „Was ist mit dem Jungen?", fragte er entsetzt die Krankenschwester. Sie schob den Kommissar rasch aus dem Zimmer: „Das ist zu viel für den Jungen. Ich muss den Doktor rufen. Warten sie bitte auf dem Flur!"
Indessen wälzte sich eine Last auf Wolfs Brust, die aus Furcht und Bangen bestand. In seinen Bildern sauste Satan mit Feuer und Schwefel durch den Kosmos. Überall, wo er mit Feuerschweif vorbeizog, hinterließ er verbrannte Städte und Dörfer, eine verbrannte Erde. Und er mittendrin, der vergeblich zu flüchten versuchte. Wolf schlug heftig um sich. Kalter Schweiß trat aus allen Poren. Erst, nachdem man ihm ein Beruhigungsmittel gespritzt hatte, entspannte sich allmählich sein Körper. Die Zuckungen ließen nach. Die Arme ruhten auf dem Bett. Die wilden Halluzinationen

verschwanden und mit ihnen Satan. Gleichmäßig atmend, sank Wolf in einen tiefen Schlaf.

Nach drei Tagen ging es Wolf besser, und er durfte Besuch empfangen. Es klopfte zaghaft an der Tür. Wolf richtete sich ein wenig auf und sagte mit schwacher Stimme: „Herein!" Die Tür ging auf. Sein Herz begann vor Freude schneller zu schlagen, als er Sylvi hereinkommen sah. Mit einem reizvollen Lächeln reichte sie Wolf die Hand und fragte: „Na, wie geht es dir? Hast du dich ein wenig erholt?" Dann fügte sie etwas vorwurfsvoll hinzu: „Ist dir überhaupt klar, dass du dem Tod gerade noch von der Schippe gehopst bist?"
„Woher weißt'n du das?", fragte Wolf leise und setzte eine schuldbewusste Miene auf.
„Na, das hat sich in der Schule schnell rumgesprochen. Wie bist du denn auf solche dumme Idee gekommen? Sich umbringen! Pulsader aufschneiden! Das ist doch ziemlich blöd! Oder?" Sie verpasste ihm unverblümt Schelte. Wolf reagierte, indem er sich beleidigt von ihr abwandte. Seine spontane Freude war plötzlich dahin. Er dachte bei sich: *Ich liege als Halbtoter da, und die meckert mich nur aus.* Dabei war er seit gestern so überglücklich, von keinem bösen Gedanken verfolgt worden zu sein. Als Sylvi dann noch Grüße von ihrer Mutter bestellte, da sah er rot, sank in sein Kissen, verstummte und wäre am liebsten unter die Bettdecke gekrochen. Die Erinnerungen an diese Grillparty drohten, ihn noch kranker zu machen. Demonstrativ schloß er die Augen und bekam zunächst nicht mit, dass ihm Sylvi eine Tafel Schokolade auf den Nachtschrank legte. Erst als Sylvi sagte: „Die Tafel Schokolade schickt dir meine Mutter mit", öffnete er wieder die noch geröteten Augen, guckte zuerst die Tafel und dann mit entgeistertem Blick Sylvi an. Auf seinen Lippen lagen schon die Worte: *Nimm die wieder mit! Ich will nichts von deiner Mutter!* Aber er schluckte die

Worte klugerweise runter und meinte nur schnippisch: „Deine Mutter will wohl wieder was gutmachen? Die hat mich ganz schön genervt beim Grillen. Ich habe mich sehr geschämt, denn die hat mich ja vor den fremden Leuten ausgequetscht wie eine Zitrone!" Jetzt war es die coole Sylvi, die vor Pein errötete. Sie stammelte sich eine Entschuldigung ab: „Du hast ja recht. Sie war zu neugierig und verdammt aufdringlich. Aber, ich hatte sie deswegen gleich angemotzt. Stimmt's? Sie hat sich auch schon bei mir dafür entschuldigt, dass sie dich mit Fragen gelöchert hat. Bei dir will sie sich selbst noch entschuldigen." Wolf gab sich mit ihren Worten zufrieden und griente versöhnlich vor sich hin.

Sylvi erzählte ihm noch einige belanglose Vorkommnisse aus der Schule. Wolf hörte sich alles gelangweilt an, bis ihm die Augen vor Ermattung zufielen. Plötzlich fragte sie: „Sag mal, und was war da mit einem mysteriösen Brief, den sie aber nicht gefunden haben?" Wolf riss die Augen auf, stemmte sich mit den Ellenbogen hoch. Erregt fragte er: „Was, die suchen einen Brief? Da war kein Brief! Da muss jemand rumspinnen! Ich bekam keinen Brief!" Wolf wurde zunehmend ungehaltener, so dass Sylvi zusammenfuhr und beschwichtigend sagte: „Ich habe das nur gehört. Der Waldi soll dich mit einem Brief gesehen haben. War ja nur mal eine Frage. Außerdem hat mich die Kripo gefragt, ob ich dir vielleicht einen Abschiedsbrief geschrieben hätte. Solch kompletter Unsinn! Aber, du darfst dich nicht so doll aufregen. Ich gehe dann mal lieber." Unwirsch sagte Wolf: „Na, dann tschüss!"

„Soll ich wiederkommen?" ‚fragte Sylvi verunsichert.

„Mir egal!" , erwiderte Wolf kurz.

Enttäuscht und nachdenklich verließ Sylvi das Zimmer. Sie fragte sich: *Wieso reagierte Wolf so schroff, weil ich nur mal nach dem Brief fragte? Waldi hatte den Brief doch selbst gesehen. Und wo hatte Wolf den Brief gelassen? Denn man hatte alles abgesucht.* Sie war sich sicher, dieser Brief war der Schlüssel für seinen Selbstmordversuch.

Ziemlich zerknirscht kam Sylvi zu Hause an. Dort traf sie auf ihre Mutter, die sich für den Gesundheitszustand Wolfs interessierte: „Hat dein Schulfreund das Schlimmste schon überstanden?" Sylvi fuhr ein heißer Strahl wilder Wut ins Herz. Sie warf ihrer Mutter herausfordernde Blicke zu und keifte sie an: „Was soll dieses altmodische Gefasel? Schulfreund! Der Wolf ist mehr für mich! Ich mag ihn - echt!" Sie machte auf dem Absatz kehrt und lief in ihr Zimmer. Die Mutter stand wie versteinert. Solche heftige Reaktion ihrer Tochter hatte sie nicht erwartet. Sie verfluchte sich, so taktlos gewesen zu sein. In diesem Moment wurde ihr bewusst, dass ihre Tochter im Alter war, in dem sich schon zarte Liebesgefühle regten. Ihr Herz verkrampfte sich, als sie einsah, dass sie Sylvi in solch dummer Weise provoziert hatte. Sie befürchtete einen Bruch ihrer Beziehungen. So ging sie an Sylvis Tür und klopfte: „Liebes Sylvichen, lass uns miteinander reden! Ich war eine Eselin." Sylvi erwiderte aufgebracht: Nicht wie eine Eselin, sondern wie ein Elefant im Porzellanladen hast du bei der Grillparty auf den Gefühlen von Wolf rumgetrampelt. Darunter muss ich heute noch leiden." Ihre Stimme erstickte in Tränen. Die Mutter beteuerte verzweifelt: „Sylvi, es tut mir schrecklich leid." Sie drückte die Klinke. Aber die Tür war verschlossen. „Bitte, lass mich doch rein! Ich werde künftig sensibler mit euren Gefühlen umgehen."
Der Schlüssel drehte sich im Schloss. Sylvi öffnete die Tür, rieb sich die Tränen aus dem Gesicht und fiel ihrer Mutter um den Hals. „Mein Liebes", sagte die Mutter, „ich weiß, mit sechzehn kann das Leben schon ganz schön schwer sein, vor allem, wenn die Hormone verrückt spielen. Ich kenne das aus eigenen Erfahrungen. Die erste Liebe ist die

schönste, aber oftmals die, die tiefe Wunden im Herzen hinterlässt."

Sylvi gab ihrer Mutter zu verstehen, dass sie sich um ihren Freund sorgte: „Der Wolf hat eindeutig Kummer, der ihn sehr belastet. Und ich möchte ihm so gern helfen. Aber, jetzt will er von mir nichts mehr wissen. Und das tut verdammt weh. Ich glaube, er trägt ein Geheimnis mit sich rum. Er ist immer so komisch, hat einen düsteren Blick. Und seine gequälten Gesichtszüge verraten, dass er Sorgen hat. Warum lügt er, er habe keinen Brief bekommen?" Sie setzten sich auf die Couch. Die Mutter fragte: „Um was für einen Brief geht es denn?" „Das weiß eben keiner. Der Inhalt ist genauso unbekannt wie der Ort, wo er den Brief versteckt hat. Auch die Kripo forschte ja schon danach."

„Kindchen, weißt du was? Morgen besuchen wir beide den Wolf. Einverstanden?"

Sylvi wiegte nachdenklich den Kopf: „Also, ich weiß nicht, ob Wolf sich darüber freut."

„Ach, ich werde mich entschuldigen für meine Neugier und ihm die Hand zur Versöhnung reichen. Wart´ ab! Ihm wird das gefallen."

Wolf starrte mit verschleiertem Blick gegen die Decke. Es tat ihm leid, dass er zur Sylvi so abweisend war, dass er sie unbegründet davongejagt hatte. Er gestand sich ein, dass er sie liebte. Er befürchtete, sich bei ihr alles verdorben zu haben. Seine Liebe war gescheitert. Er murmelte vor sich hin: „Warum bin ich nicht gestorben? Ich hatte es doch so gut geplant. Pulsader auf – und Schluss! Satan wird sich über mich amüsieren. Zu blöd, sich umzubringen! Dieser ekelhafte Brief. Diese Satanisten haben mich nun doch gefunden. Auch weit von zu Hause entfernt. Aus ihren Klauen komme ich nie mehr raus." Sein von Unruhe, Liebeskummer, Zweifel und Furcht zerrissenes Herz schlug heftig gegen die Brust. Bis um Mitternacht lag er hellwach.

Dämonen schlichen sich in sein Gemüt. Erst nach einer Schlaftablette fiel er in einen fieberhaften Albtraum. Er befand sich in der Folterkammer einer uralten Burg, die er vor Wochen mit der Klasse besichtigt hatte. Und Luzifers Häscher massakrierten ihn. Er fantasierte, wie sie ihm Daumenschrauben ansetzten, wie sie in seinen Körper glühende Eisenstangen bohrten, wie sie seine Glieder an Ketten auseinanderrissen..

Völlig zermürbt wachte Wolf am anderen Nachmittag auf. Wie geistig abwesend stierte er die Krankenschwester an, die seine Körperpflege besorgen wollte. Sie war gut gelaunt und unkte: „Na Wolf, hast wohl heute Nacht gegen ein Heer von Riesen und Geistern gekämpft. Junge, du siehst ja elendig und fürchterlich ramponiert aus. Dein Schlafzeug ist ja klitschnass! Also, das schweißnasse Zeug musst Du sofort wechseln! Nun werde mal munter! Es ist mittlerweile Nachmittag drei Uhr." Sie half ihm, im Bett aufrecht zu sitzen. Dann zog sie ihm das Nachthemd, das förmlich am Körper klebte, aus und wusch ihn. Anschließend ging sie auf den Flur und holte von einem Wagen ein trockenes Hemd und streifte es ihm über. Während sie hantierte, lächelte sie verschmitzt vor sich hin, was Wolf verwunderte. Als sie mit der Morgenwäsche fertig war, sagte sie: „So, jetzt siehst du wieder manierlich aus. Richtig schick sogar. Draußen warten zwei Damen. Kann ich sie reinschicken?" Wolf stöhnte: „Na ja, wenn sie schon mal da sind. Sehe ich wenigstens okay aus?"
„Na, aber klar! Du bist doch ein Mädchentyp!" sagte sie augenzwinkernd und fuhr noch zweimal mit dem Kamm über sein Haar. Sie ging zur Tür, öffnete sie weit und bat Sylvi mit ihrer Mutter herein. Wolf zog den Kopf zwischen die Schultern, ergriff das Bettdeck und hätte sich am liebsten darunter verkrümelt. Aber die beiden lächelten ihn so zuckersüß an, dass er brav dalag und sich ihrem Liebreiz unterwarf: „Hallo! Schön, dass sie mich besuchen",

wandte er seinen Blick zuerst auf Sylvis Mutter. Die reichte ihm, noch süßer lächelnd als er, ihre Hand und legte ohne Umschweife gleich los: „Na, wie geht es dir? Zum Glück hat es ja mit dem Suizid nicht geklappt. Du bist aber auch ein Kindskopf! Junge!" Sie strich Wolf über das Haar, was er einerseits genoss, andererseits war es ihm peinlich, wie ein kleiner Junge behandelt zu werden. Sie fuhr fort: „Ach, übrigens, es tut mir sehr leid, neulich, als ich meine Neugier nicht zügeln konnte. Das soll nicht wieder vorkommen. War denn schon jemand von deiner Familie hier? Die wissen doch Bescheid? Oder? Na ja, vielleicht kommen sie noch. Also meine Sylvi..." Sie bekam von hinten einen Puffer in den Rücken. Sie drehte sich um und empfing einen zornigen Blick ihrer Tochter. Verlegen sagte sie: „Ja, ja, schon gut. Ich rede wieder zu viel." Sie machte Platz und ließ Sylvi ans Bett, schob Sylvi aber kurz wieder zur Seite und legte eine Schachtel Mozartkugeln auf den Nachtschrank und bemerkte mit einem Augenzwinkern: „Die isst du doch so gerne? Das hat mir Sylvi verraten."
„Mutti", fuhr Sylvi ihre Mutter an, „jetzt lass mich doch erst mal Tag sagen! Du verwirrst den Wolf ja total. Und mich nervst du!"
„Kindchen, ich meine es doch nur gut mit Wolf. Der ist doch jetzt so hilflos und allein. Da muss man sich doch um ihn kümmern!"
Sylvi winkte nur ab, verdrehte die Augen, holte tief Luft und bemerkte etwas bissig: „Du kannst schon Menschen in die Flucht jagen, mit deiner Fürsorge."
Die Mutter tat etwas beleidigt und meinte: „Dann lass ich euch mal lieber allein. Ich gehe in die Cafe-Teria, denn ich brauche jetzt einen starken Kaffee."
„Geh nur!" sagte Sylvi, „ich hole dich nachher dort ab."
Sylvi setzte sich auf den Bettrand, rückte dicht an Wolf heran. Sie vernahm den typisch warmen Bettgeruch eines Krankenhauses. Auch Wolfs Körperausdünstungen stiegen

ihr in die Nase. Das war ihr nicht unangenehm. Lebhaft berichtete sie vom Tag in der Schule und richtete Grüße von Lehrern und Mitschülern aus. Plötzlich rutschte ihre rechte Hand auf Wolfs mit Binden verbundene linke Hand. Seine verkniffene Miene erhellte sich. Sein dankbarer Blick war auf sie gerichtet. Sie beugte sich vor und hauchte ihm ins Ohr: „Werde bald gesund! Ich will mit dir oft zusammen sein. Ich glaube", sie stockte, um dann mit strahlenden Augen hinzuzufügen „ich, ich hab dich sehr, sehr gern. Du fehlst mir."

Wolf musste sich mehrmals räuspern, ehe seine dünne Stimme hervorbrachte: „Du, ich, äh, ich bin auch mächtig verknallt in dich." Sie schwiegen sich eine Weile an, in der sie spürten, dass irgendetwas mit ihnen passierte, etwas Unerklärliches, aber etwas Angenehmes. Wolf schwelgte in einer Seligkeit, die ihn alles vergessen ließ; den Tod seines Bruders, die geschiedenen Eltern, Luzifer, die Satansbrüder. Er kam sich wie in einer anderen Welt vor. Und so war er letztlich doch sehr froh, dass sein dummer Selbstmordversuch missglückt war.

Es klopfte an der Tür. Frau Plöntke, Waldi und zwei Jungen aus dem Heim traten fröhlich ein und verbreiteten ungebremste, jugendliche Lebensfreude. Wolf freute sich über den Besuch. Aber viel lieber hätte er mit Sylvi, die sich leise verabschiedete, noch Händchen gehalten.

Zuerst redeten alle durcheinander, bis sich die Erzieherin einmischte: „So, nun überfallt mal den armen Wolf nicht! Der versteht ja gar nicht, was ihr ihm sagen wollt, wenn ihr alle durcheinander redet."

Während nun jeder eine Story aus dem Heim erzählte, fürchtete sich Wolf vor der Frage nach dem besagten Brief, der ihn zu seiner Tat getrieben hatte. Niemand erkundigte sich nach dem Brief. Und so atmete er erleichtert auf, als sich der Besuch wieder verabschiedete.

Als sie gegangen waren, trat der ihm bereits bekannte Kriminalkommissar ins Zimmmer. Der Mann schüttelte Wolf die gesunde Hand und kam gleich zur Sache: „Also Junge, wenn sich einer in deinem Alter das Leben nehmen will, dann stecken aber triftige Gründe dahinter. Und wir wollen doch vermeiden, dass du noch einmal auf solche irrsinnige Idee kommst. Wir wollen dir schließlich helfen. Aber dafür musst du mir alles anvertrauen, was dich belastet. Hast du Ärger mit deinen Kumpeln? Mobben sie dich? Oder hast du großen Liebeskummer? Oder hast du Zoff mit deinem Elternhaus? In deinem Alter kommt es oft vor, dass die Eltern kein Verständnis für die Lebenseinstellungen ihrer Kinder haben. Sag mir, was ist es, was dich bedrückt!"

Wolf spürte eine innere Schwäche. So, als sei er mit seinen Sinnen weit von der Wirklichkeit entfernt, sagte er mit matter Stimme: „Der Tod meines Buders belastet mich immer noch, weil ich Schuld daran trage. Ich werde die Bilder nicht los. Sie treiben mich in den Wahnsinn!" Wolf steigerte sich derart in seine Worte und Gefühle hinein, um seine tatsächlichen Ängste zu verbergen. Das Treffen der Satansbrüder darf er nicht preisgeben! Es beunruhigte ihn sowieso schon sehr, dass sie seinen Aufenthaltsort ausgekundschaftet hatten. In zwei Tagen müsste er sich am geheimen Ort einfinden. Nun lag er hier, hilflos am Krankenbett gefesselt. Der Kriminalkommissar hatte auf Grund seiner langjährigen Berufserfahrung schon einen geschulten Blick für Menschen, die in einer seelischen Notlage steckten. Und bei Wolf war er sich sicher, dass er etwas verbarg, das ihn in panische Unruhe versetzt hatte. Mit psychologischem Gespür bohrte er nach einer Pause geschickt weiter: „Also Junge, irgendetwas bedrückt dich doch zusätzlich. Das Unglück mit deinem Bruder liegt doch schon lange Zeit zurück. Er wird auch nicht mehr lebendig, wenn du durch deinen Suizid deine Schuld sühnen willst.

Du hast doch das Leben noch vor dir. Was ist es, was dich so sehr verzweifeln lässt? Bitte, erklär' es mir!"

Wolf hielt den Mund fest verschlossen, starrte an die Decke und drehte sich schließlich abweisend auf die Seite. Der Kommissar sah ratlos auf Wolfs Rücken, der zu zucken begann. Mitfühlend berührte seine Hand Wolfs Schulter. Er stand vom Stuhl auf und sagte: „Ist schon gut, Wolf. Ich will dich nicht länger behelligen. Aber wenn du noch mal mit mir reden möchtest? Hier, ich lege dir meine Karte mit meiner Telefonnummer auf den Nachtschrank. Erhol dich gut! Und sorge dich nicht!" Wolf zeigte keinerlei Regung. Der Mann verließ lautlos das Zimmer.

Die Nacht war für Wolf wieder unerträglich. Satan quälte ihn mit seinem üblichen Erscheinen. In blutrünstigen Bildern spielte er Wolf dessen Folter und Hinrichtung vor. Sein abstoßendes, garstiges Lachen drang Wolf ins Mark und Gebein und trieb ihm den Schweiß aus den Poren. Die Schwester, die ihm das Bett herrichten wollte, erschrak, als sie Wolf derart konfus in seinem schweißdurchtränkten Nachthemd vorfand: „Junge, du siehst ja aus, wie aus dem Wasser gezogen!" Sie legte ihre Hand auf seine Stirn: „Aber Fieber hast du keins. Warum schwitzt du denn so?"

Wolf ruckte mit den Schultern: „Ich weiß nicht. Habe nur schlecht geträumt."

„Na, das muss ja ein richtiger Horrortraum gewesen sein", entgegnete die Schwester im schelmischen Ton. Wolf musste ein neues Nachthemd überziehen. Die Schwester wechselte die Bettwäsche. Während sie ihre morgendlichen Handgriffe tat, wünschte sich Wolf, sie möge den Raum so schnell nicht wieder verlassen. Wolf sehnte sich Sylvi oder wenigstens Waldi herbei.

Erst am späten Nachmittag erschien Sylvi. Sie war in aufgeräumter Stimmung und munterte Wolf mit ihrem Redeschwall auf. Die kleinste Kleinigkeit, die sich in der

Schule ereignet hatte, teilte sie ihm mit. Dabei saß sie auf dem Bettrand und streichelte seine verbundene Hand, was Wolf sehr genoss. Zwischendurch erwähnte sie die herzlichen Genesungswünsche ihrer Eltern, die er mit Genugtuung entgegennahm. Sylvi verstand es, Wolfs depressive Stimmung aufzuhellen, indem sie von einem gelungenen Streich der Schüler berichtete: „Stell dir vor, was wir mit dem Mathepauker angestellt haben. Der geht doch in Rente. Zur Verabschiedung haben wir seinen Opel total mit ALDI-Toilettenpapier umwickelt. Er hatte davon nichts mitbekommen. Nach Schulschluss standen wir alle um sein Auto herum und sahen belustigt zu, wie er die vielen Rollen Klopapier wieder aufwickelte. Das war ein Gaudium. Na, und ein paar ganz große Ferkel haben ihm was in roter Tinte Eingtauchtes an die Spiegel gehängt. Das war natürlich eklig und ging unter die Gürtellinie. Aber alle haben sich bekugelt vor Lachen, als sie die Dinger sahen. Kannst dir ja besimmt denken, was mit den Dingern gemeint war?" Wolf überlegte eine Weile und meinte: „Ja, na ja, ich denke, da hat vielleicht mal einer eins auf die Nase bekommen, die dann mächtig geblutet hat." Sylvi kicherte: „Mensch, du bist aber noch naiv. Das waren solche Tampons. Natürlich solche, die schon benutzt sein sollten. Verstehste? Das war der Gag." Wolf verstand natürlich nichts, hob seine Schultern und antwortete wie ein Unschuldslämmchen: „Ich weiß nicht, was du meinst. Da kenne ich mich nicht aus! Ist es was Schlimmes?" Da legte Sylvi los. Sie führte mit dem noch ahnungslosen Wolf ein Aufklärungsgespräch. Zuerst fragte sie: „Na, du hast wohl im Biounterricht gefehlt, als es um das Thema Menstruation ging?" Wolf lächelte verlegen und spannte seine Ohren auf, als Sylvi wissenschaftlich und ohne Scheu die biologischen Vorgänge bei der Frau erklärte.
Sylvi schilderte alles so lebendig und bildhaft, dass sie Wolf sogar mehrmals ein herzhaftes Lachen entlocken konnte.

Mit einem begeisterten Blick sagte Wolf: „Schade, da wär´ ich gern dabei gewesen. Der Pauker hat bestimmt dumm aus der Wäsche geguckt?"

„Na und wie!" prustete Sylvi vor lauter Lachen. „Und weißt du was? Wenn du wieder gesund bist, dann unternehmen wir ganz was Tolles, ja?"

Wolf richtete sich ein wenig auf, um Sylvis Gesicht näher zu sein. Er schaute ihr mit verliebtem und seligem Blick in die Augen. Er war neuigierig geworden und fragte: „Was planst du denn so Tolles?"

„Ach, wir könnten beide eine schöne Radtour machen, mit Picknick und so. Du kannst das flotte, moderne Fahrrad von meinem Vater nehmen. Alles schon besprochen. Ich freu mich riesig. Und du?"

Wolf spürte erstmals wieder einen Ansturm von Freude. Mit sanftem Händedruck bekundete er seine große Zuneigung zu ihr. Er flüsterte: „Mit dir mache ich alles, was du willst." Ihre Lippen näherten sich. Kurz bevor sie sich berührten, klopfte es an der Tür. Und Waldi trat beschwingt ein: „Hallo Wolle, wie geht es dem lebensmüden Krieger?" Er trat an der anderen Seite ans Bett, streckte Wolf seine Hand hin, die Wolf mit seiner gesunden Hand ergriff. Das hätte er lieber nicht tun sollen, denn Waldi schüttelte übermütig kräftig Wolfs Hand. Eigentlich wollte er damit nur seine Freundschaft zu Wolf bezeugen. Aber Wolf stöhnte unter dem Händeschütteln: „Mann, du reißt mir ja den Arm aus!"

„Nun sei mal keine Mimose!", lachte Waldi, „een richtiger Kerl verträgt einen männlichen Händedruck! Oder?" Er wandte sich an Sylvi, die ihn vorwurfsvoll anschaute, was er überhaupt nicht begreifen konnte.

„Dann werde ich mal die starken Männer unter sich lassen", sagte Sylvi, verabschiedete sich, indem sie Wolf einen zärtlichen Blick zuwarf und verließ das Zimmer.

Kaum war sie draußen, verfinsterte sich Waldis Miene. Seine burschikose Art war genauso verschwunden wie sein

Lachen. Wolf sah ihn zerknirscht an, denn er ahnte, etwas Unangenehmes zu erfahren. Waldi überlegte. Wolf wollte nun wissen: „Was ist los? Red´ schon!"

Waldi erzählte: „Die Kripo hat den Platz am See bei der Bank abgesucht, wo du dir die Pulsader aufgritzt hast. Sie fanden verkohlte Papierreste und vermuten, dass sie von dem Brief stammen, den du bekommen hast."

„Unsinn! Totaler Quatsch! Was denn für Brief?", erhitzte sich Wolfs Gemüt.

„Ich hab doch den Brief auch in deiner Hand gesehen", ereiferte sich Waldi. „Mann, was ist denn das für ein Brief?"

„Also hast du doch bei den Bullen darüber gequatscht?", fuhr Wolf Waldi wütend an.

„Ich? Kein Wort habe ich gesagt."

„Und woher wissen die das dann?"

„Pah! Na ja, das hat sich im Heim so rumgesprochen."

„Nur so rumgesprochen, ja? Du bist mir ein Freund! Noch nie was vom Briefgeheimnis gehört?", grollte Wolf ihn an, „hau bloß ab! Verdirbst mir meine gute Laune!" Er schloss die Augen, drehte seinen Körper auf die Seite, lüftete sein Hinterteil und knurrte: „Du kannst mir mal am…!"

Waldi konnte sich den plötzlichen Wutausbruch seines sonst so ruhigen Zimmergenossen nicht erklären, stand bedeppert auf und verließ, dabei kleinlaut murmelnd, „dann mach´s gut", das Zimmer. Wolf blieb völlig verzagt zurück. Er zermarterte sich das Gehirn: *Was wissen die? Was planen die? Wie komme ich aus der Sache raus? Wie komme ich überhaupt aus dem Schlamassel mit Luzifer raus? Und morgen ist die nächste geheime Sitzung! Wenn ich fehle, bestraft mich der Herr und Gebieter! Dass ich hier liege, wissen die ja nicht! Also, was bleibt mir anderes übrig? Ich muss raus hier! Unbedingt!*

Die ganze Nacht verbrachte Wolf mit der Planung seines Ausbruchs aus dem Krankenhaus. Er durchdachte mehrere

Varianten. Gegen vier Uhr stand sein Entschluss fest. Er entfernte sämtliche Schläuche, stieg aus dem Bett, zog sich etwas torklig seine Kleidung an, schlich durch den spärlich beleuchteten Flur, kroch gebückt am Schwesternzimmer vorbei. Da er noch nicht wieder voll bei Kräften war, kam er nur schleppend voran. Hin und wieder wurde ihm schwindlig. Er musste für einen Moment stehen bleiben. Dann trat er auf die Straße hinaus und wankte etwa hundert Meter die Straße hinunter. Allmählich belebte sich der Berufsverkehr. Vereinzelnd fuhren Autos an ihm vorbei. Erst das vierte Auto hielt auf sein Winken an. Der Fahrer ließ ihn einsteigen. Er gähnte und fragte Wolf: „Na, du Frühaufsteher, wohin soll ich dich mitnehmen?"

„Bis zur nächsten größeren Stadt", antwortete Wolf.

Der Fahrer wunderte sich über die ungenaue Zielangabe genauso, wie darüber, dass der Bursche ohne jegliches Gepäck unterwegs war. Aber er war noch zu müde für ein ausgiebiges Gespräch. Deshalb begnügte er sich mit der knappen Auskunft seines Fahrgastes.

Wolf kauerte sich in den Sitz. Durch das eintönige Summen des Motors, sank sein Kinn immer wieder auf die Brust. Wenn Scheinwerfer vom Gegenverkehr das Autoinnere für ein paar Augenblicke erleuchteten, versuchte der Fahrer mit Seitenblicken, das Gesicht von Wolf zu erfassen. Es kam ihm nicht ganz geheuer vor, einen Tramper früh in der Dunkelheit auf der Straße anzutreffen, der sich auch noch so schweigsam verhielt, kein genaues Ziel angab und in der Morgenkühle nur mit Hose und Pullover bekleidet war. So brach er abrupt das Schweigen und fragte spontan: „Wo kommst'n her? Wo willst'n hin? Um die Zeit müßtest du doch schlafen. Die Schule beginnt doch meist erst um acht. Oder bist du schon Azubi?" Wolf war richtig eingenickt und fuhr erschrocken zusammen. Verdattert fragte er: „Was ist? Wo ich herkomme? Na aus dem Ort, wo ich eingestiegen bin. Und ich will mal meine Großeltern überraschen, also besuchen, mal so´n kurzen Abstecher machen."

„Und dann haste kein Gepäck dabei, kein Campingbeutel, keine Reisetasche? Das ist aber komisch."

„Ich will ja heute Abend wieder zurück", schwindelte Wolf.

„Und wo wohnen deine Großeltern?"

„Ach, na ja, im Dorf bei Nauen. Ist solch kleines Nest." Diesmal war es nur eine halbe Lüge, denn die Sitzung der Satansbrüder fand ja auch wirklich in einem kleinen Dorf bei Nauen statt.

„Da hast du ja noch etliche Kilometer vor dir", bemerkte der Fahrer. Zunächst begnügte er sich wieder mit der knappen Auskunft. Wolf war heilfroh, dass der ihn nicht noch mehr mit Fragen löcherte. Er sank wieder in einen leichten Schlaf. Der Fahrer war sich auf einmal arg im Zweifel, was er tun sollte. Er sagte sich: *Der Bursche ist nicht ganz koscher! Vielleicht hat der was auf dem Kerbholz und ist auf der Flucht?* Noch einmal musterte er Wolf genauer. Erst jetzt nahm er die verbundene Hand wahr. Und er sinnierte über Wolfs Verletzung nach: *Der hat sich vielleicht bei einem Einbruch die Hand verletzt? Vielleicht hat er eine Scheibe eingeschlagen? Also, mit dem Burschen stimmt was nicht.*

Nach dreißig Kilometern erreichten sie die nächste Stadt. Der Fahrer weckte Wolf: „Wo soll ich dich denn absetzen?" Wolf rekelte sich: „Einfach am Ortsausgang. Von da trampe ich dann weiter."

Der Mann am Lenkrad hatte längst schon einen Entschluss gefasst. Er steuerte sein Auto durch die Straßen und hielt vor einer Polizeiwache. Als Wolf die Leuchtschrift **POLIZEI** sah, öffnete er die Tür, quälte sich aus dem Auto und lief taumelnd davon. In seinem Kopf drehte sich alles. Er hatte Mühe, sich auf den Beinen zu halten, geschweige, ein Fluchttempo vorzulegen.

Der Fahrer rief ihm nach: „Junge, warte doch! Du brauchst bestimmt Hilfe!" Die Worte gingen an Wolfs rauschenden Ohren vorbei. Eine Ohnmacht rang ihn letztlich zu Boden. Der Fahrer war herbeigeeilt und konnte Wolfs Oberkörper gerade noch vor dem Aufprall abfangen. Er richetete ihn auf und versuchte, ihn auf die wackligen Beine zu stellen, die in den Kniegelenken immer wieder kraftlos einknickten. Passanten kamen herbeigeeilt, packten zu und bugsierten Wolf in die Polizeiwache. Dort wurde er auf einen Stuhl gesetzt. Sein Gesicht war weiß wie eine gekalkte Wand. Sein verstörter Blick ging herum. Seine Stimme war total blockiert. *Vielleicht sterbe ich nun doch!* sehnte er den Tod, als die Erlösung von allem Übel, herbei. Man reichte ihm ein Glas Wasser. In kleinen Schlucken trank er das Wasser. Er spürte, wie das Leben in ihm wieder zurückkehrte. Auch die ausgetrocknete Mundhöhle füllte sich wieder mit Speichel, so dass er jetzt imstande war, auf Fragen der Polizisten zu antworten. Aber er hielt sich mit Informationen über sich bedeckt. So gab er an, dass er im Jugendheim lebe, dass er im Krankenhaus lag. Ein Polizist nahm gleich den Hörer, wählte die Nummer vom besagten Krankenhaus, schaltete den Lautsprecher ein. Am anderen Ende meldete sich Schwester Irene. Der Polizist erkundigte sich: „Schwester, ist bei ihnen der Patient Wolf Polt verschwunden?"

„Warten sie einen Moment!" Man vernahm hastige Schritte. Die diensthabende Schwester eilte in Wolfs Zimmer. Die Tür klappte zum zweiten Mal. Im noch hastigeren Tempo tappten die Schritte zurück. Völlig erregt und außer Atem sagte Schwester Irene: „Das Bett ist wirklich leer! Ich weiß nicht, was das soll! Ist der Patient ausgerückt?"

Der Polizist besänftigte sie: „Der Bursche sitzt auf unserer Wache. Er wollte zu seinen Großeltern."

„Der Junge ist suizidgefährdet", sagte Schwester Irene mit immer noch bebender Stimme: „Sollen wir ihn abholen?"

„Nicht nötig. Wir bringen den Ausreißer ins Krankenhaus." Dann wandte sich der Polizist an Wolf: „Was hast du dir dabei gedacht? Einfach auszurücken. In deinem Zustand. Und warum wolltest du dir das Leben nehmen, he? Bist doch noch solch junger Kerl!"

Wolf knetete aufgeregt seine Hände und schwieg. Der Polizist bedankte sich bei dem Fahrer, der Wolf abgeliefert hatte. Der verließ die Wache und setzte seine Fahrt fort.

Nachdem ein Protokoll aufgenommen worden war, das Wolf zu unterschreiben hatte, führte man ihn hinaus zu einem Streifenwagen.

Sie fuhren Wolf zum Krankenhaus, wo ihn am Eingang bereits zwei stramme Pfleger und die Schwester Irene erwarteten. Schwester Irene riss ungeduldig die Autotür auf und fuhr Wolf ungehalten an: „Also, so etwas habe ich noch nicht erlebt! Einfach aus dem Bett steigen und abhauen! Wo wolltest du denn in deinem Zustand hin? Hättest ja sterben können! Du bist doch noch nicht gesund! Wenn du Pech hast, dann stecken sie dich sofort in die Psychatrie. Suizidgefährdete kommen meist dort hin. Willst du das? Du Schafskopf!" Sie packte Wolf am Oberarm und zog ihn regelrecht aus dem Auto, denn er war viel zu schwach, allein auszusteigen. Die beiden Pfleger nahmen ihn sofort in ihre Mitte, schoben jeweils einen Arm unter Wolfs Achsel und führten ihn vorsichtig ins Gebäude. Wolf musste feststellen, dass er kaum allein gehen konnte. So sehr war sein Körper durch seine unbedachte Aktion geschwächt. Mit langsamen Schritten schlurfte er wie ein alter Mann in sein Zimmer. Die Reue hatte ihn gepackt. Und er wandte sich an Schwester Irene: „Es tut mir sehr leid, dass ich durchgedreht und abgehauen bin. Ich schäme mich. Das kommt nie wieder vor, dass ich ihnen Ärger mache! Ehrlich! Bitte! Bloß nichts davon dem Heim melden! Und keine Psychiatrie!" Seine letzten Worte klangen so flehentlich, dass sich Schwester Irenes Herz verengte. Trotzdem sagte sie streng: „Ja, ja, alles nur Lippenbekenntnisse! Nur um deine Haut zu retten und nicht in die psychiatrische Klinik zu müssen, versprichst du mir jetzt das Blaue vom Himmel!"

Als Wolf wieder im Bett lag und alle notwendigen Geräte angeschlossen waren, sagte Schwester Irene mit einem schelmischen Grinsen im Gesicht: „Da müssen wir wohl einen Wachposten vor deine Tür stellen? Sonst brennst du uns bald wieder durch und landest womöglich noch in Afrika!" Ihr Grinsen entging Wolf nicht. Und so hoffte er, dass sein unerlaubtes Türmen kein allzu übles Nachspiel für ihn haben würde.

Bald begann auf der Station der Krankenhausbetrieb. Zu Wolfs Erstaunen hörte er niemanden über sein Türmen aus dem Krankenhaus reden. Keiner sprach ihn darauf an. Weil alle schwiegen, kam es ihm schon unheimlich vor.

Sylvi fand bei ihrem Besuch Wolf fast so vor, wie sie ihn am Tag zuvor verlassen hatte. Ihr fiel nur auf, dass er so sonderbar herumdruckste. Sylvi bemerkte etwas scherzhaft: „Also, sehr gesprächig bist du heute nicht. Ist dir eine Laus über die Leber gelaufen? Oder hat man dir deine Zunge angenagelt? "

Wolf reagierte auf den Seitenhieb: „Nö, nö, ist alles in Ordnung. Bin ein bisschen müde. Schlecht geschlafen. Wie geht's deiner Mutter?"

Sylvi schaute ihn entgeistert an: „Wie soll's ihr gehen? Gut! Wie es mir geht, fragst du gar nicht", mokierte sie sich.

Da betrat Schwester Irene das Zimmer. Sie hatte heute Vierundzwanzig-Stunden-Dienst. In dem Moment, als sich Sylvi ihr zudrehte, gab Wolf der Schwester ein Zeichen. Er legte seinen Zeigefinger auf den Mund und schüttelte den Kopf. Als sich Sylvi wieder ihm zuwandte, nickte Irene und zwinkerte mit dem rechten Auge. Sie hatte ihn verstanden. Über ihre Lippen kam kein Wort darüber, was in der Nacht geschehen war. Wolf lächelte ihr dankbar zu.

Beim Temperatur- und Pulsmessen ließ Schwester Irene so nebenbei durchblicken, dass Wolf in drei Tagen entlassen werden könnte. Wolf und Sylvi sahen sich mit glückerfüllten Augen an. Sylvi wollte Genaueres wissen: „Wirklich, wird Wolf bald entlassen?"

„Ein bisschen ungeduldig, was Fräulein? Verstehe ja. Nur so am Krankenbett Händchen halten, ist ja auch nicht sehr romantisch. Der Chefarzt wird morgen bei der Visite konkret sagen, wann unser Sorgenkind entlassen wird." Wolf bekam einen Schock und befürchtete, Sylvi würde jetzt wegen dem „Sorgenkind" nachhaken. Aber sie sagte nur: „Ich werde schon richtig auf ihn aufpassen, dass er solche Dummheit nicht mehr macht! Ich meine, sich umbringen!" Sie schmiegte Wolfs Hand an ihre Wange. Wolf schwebte auf einer rosa Wolke. Alle Sorgen, jeglicher Kummer waren auf einmal verflogen.

An einem warmen Spätsommertag radelten Sylvi und Wolf durch eine leicht hügelige Landschaft.
Wolf hatte das Rad von Sylvis Vater bekommen. Beim Anblick des Fahrrads hatte er seinen Augen nicht getraut. Es war ein fast noch neues, modernes Rad mit technischen Raffinessen. Zuerst hatte sich Wolf geziert, unbeschwert aufzusteigen. Aber Sylvis Vater hatte ihn förmlich dazu gedrängt: „Nun hab dich nicht so! Wirst es schon nicht gleich zu Klump fahren. Es ist stabil, hält was aus. Nun raufgeschwungen und ab in die Natur! Und kräftig in die Pedalen getreten!" Mit einem kräftigen Anschubser hatte er Wolf noch den richtigen Schwung verpasst.
Während Wolf gleichmäßig, im mittleren Tempo die Pedalen trat, gingen ihm die Bilder und die letzten Worte von Sylvis Vater durch den Sinn. Er beneidete Sylvi für solch einen kumpelhaften Vater. Er war das Gegenteil von ihrer geschwätzigen Mutter, die ihm manchmal doch zu sehr affektiert erschien.

Um das Fahrtziel hatte Sylvi ein Geheimnis gemacht. „Lass dich überraschen!" hatte sie geheimnisvoll verkündet. Nun fuhren sie schon ein Weilchen durch den Wald, links und rechts standen Kiefern, Laubbäume und dichtes Gesträuch. Die reine Waldluft blähte ihre Lungenflügel auf. Der frische Duft nach Waldboden, nach Moos und anderen Waldgewächsen, belebte ihre Gefühle. Sie quälten sich einen Hügel hinauf. Schnaufend hielten sie an. Vor ihnen lag ein spiegelglatter, in der Sonne glitzernder See.

„Komm!", sagte Sylvi, „ich kenne da ein romantisches Plätzchen. Na los, wer zuerst am See ist!" Ohne Wolfs Reaktion abzuwarten, spurtete sie los. Wolf regte sich nicht. Seine Erinnerungen, seine Gefühle sperrten sich dagegen. Seit dem Tod seines Bruders war er in keinem See mehr baden. Inzwischen war Sylvi am kleinen Strand angelangt. Sie drehte sich um und war über Wolfs Zögern ein wenig verdrossen. Sie rief: „He Wolf, haste keine Puste mehr? Es geht doch bergab! Oder biste wasserscheu? Nun komm doch schon! Ich will baden!"

Wie sollte er nun Sylvi begreiflich machen, dass er sich davor scheute, im See zu baden. Schon der Aufenthalt am Ufer war für ihn eine Qual. Sie würde das nicht verstehen. Aber der Liebreiz seiner Sylvi siegte über seine Ängste. Er fuhr hinab zum See, wo Sylvi bereits eine Badedecke ausgebreitet hatte. Sie lag im Bikini vor ihm, streckte Wolf ihre Hand entgegen, die er zärtlich umschloss. Sylvi zog ihren Wolf zu sich hinunter auf die Decke. Widerstandslos fügte er sich, ging in die Knie, und ihre Arme umschlangen fest seinen Nacken. Er fühlte sich wie elektrisiert, als sie ihre heißen, feuchten Lippen auf seine Lippen presste, die sich sogleich vor Begehrlichkeit leicht öffneten. Sein erster Zungenkuss. Er spürte, wie Sylvis Körper vor heftiger Leidenschaft bebte. Sie lag auf dem Rücken und massierte Wolfs Schultern. Er durchwühlte in seiner Erregung ihr weiches Haar und stöhnte: „Du bist die Beste! Ich bin mächtig in dich verliebt! Ich könnte alles mit dir anstellen."

Sylvi unterbrach seinen Rausch der Gefühle: „Ich auch. Aber wir dürfen die Liebe noch nicht voll auskosten! Wir sind noch zu jung!" Ihre Worte, ihr heißer Atem, betörten ihn noch mehr und törnten ihn noch mehr an. Er presste sein Becken gegen ihr Becken. Sie spürte sein Glied und erschrak. Ernüchtert stemmte sie ihre Hände gegen Wolfs Schultern und hob ruckartig ihr Becken, so dass Wolf von ihr herab auf die Seite fiel. Sylivi sprang auf: „Komm, wir gehen baden!" Wolf rappelte sich auf, saß mit gesenktem Blick im Schneidersitz. Seine ungestüme Aufdringlichkeit war ihm jetzt peinlich.

Sylvi bemerkte, dass ihm sein anzüglicher Versuch fatal war und so bemühte sie sich, die Situation zu retten, indem sie vorschlug: „Na los, komm, wir rennen in den See!"

Wolf wollte sich drücken und redete sich raus: „Ich habe ja gar keine Badehose dabei!"

Sylvi lachte siegesbewusst: „Du, Sylvi hat an alles gedacht. Hier, eine Badehose meines Vaters aus früheren Zeiten!" Sie stülpte Wolf eine bunte Badehose über den Kopf und amüsierte sich: „Sieht aus wie ein Turban. Bist jetzt Ali, der Scheich! Ha, ha, ha!"

Wolf verzögerte für ein Weilchen aus gewissen Gründen das Umziehen. Als er sich sicher war, dass nichts mehr auf seine starken Gefühle hindeutete, zog er sich hinter einem Gebüsch die Kleidung aus und schlüpfte in die etwas weite Badehose. Sylvi plätscherte schon ausgelassen im See. Sie rief ihm zu: „Du bist wohl doch wasserscheu?" Damit kratzte sie an Wolfs Ehre. Er nahm Anlauf und rannte in den See. Das Wasser spritzte weit um sich. Sylvi juchte: „He, bist ja ein ganz Mutiger!" Ihre Augen waren auf seinen gut gebauten Körper gerichtet. „Siehst athletisch aus!" Sie machte kein Hehl aus ihrer Bewunderung. Wolf antwortete kurz und nicht ohne Stolz: „Spinne!" Dann veranstalteten beide eine zünftige Wasserschlacht, wobei Wolf versuchte, Sylvi unterzutauchen. Aber Sylvi war ihm in körperlicher Fitness fast ebenbürtig. Und so japste Wolf bald nach Luft. „Frieden!", keuchte er. Und Sylvi keuchte zurück: „Pause! Ich kann nicht mehr!" Sie schwamm zu Wolf, schlang ihre Arme um seinen Hals und säuselte ihm ins Ohr: „Du bist süß!" „Du bist aber noch süßer", entgegnete Wolf. Und er war froh, dass kaltes Seewasser seine Lenden umspülte. Ihre glühenden Lippen verfingen sich abermals in einem leidenschaftlichen Kuss. Während sie sich im Wasser tummelten, blitzten in Wolfs Gehirn immer wieder Bilder auf, die seinen Bruder zeigten, wie er um sein Leben kämpfte. Einmal glaubte er sogar, die verzerrte Fratze Luzifers durch das trübe Wasser am Seegrund zu entdecken. Doch die ausgelassene Fröhlichkeit seiner Sylvi verscheuchte bald all seine Hirngespinste.

Nachdem sie sich noch eine Zeit lang gesonnt hatten, riet Sylvi zum Aufbruch: „Meine Eltern erwarten uns noch zum Abendbrot. Brauchst keine Angst haben! Kein Grillen mit ′ner neugierigen Meute. Nur wir, so ganz gemütlich unter uns. Und meine liebe Mama wird heute schweigen wie eine Taubstumme. Das hat sie mir versprochen."

„Na, wer das glaubt", meldete Wolf leichte Zweifel an. Sie packten ihre Sachen zusammen und traten tüchtig in die Pedalen.

Als sie bei Sylvi ankamen, war der Tisch schon gedeckt. Man erwartete die beiden bereits und empfing sie mit den Worten: „Na, hat es Spaß gemacht?", fragte die Mutter und fügte hinzu: „Habt ihr tüchtig gebadet? Ist das Wasser noch warm genug? Und wie war denn dem Wolf so zumute, am See?" Schließlich wollte sie noch wissen: „Habt ihr zwei wenigstens großen Hunger mitgebracht?"

„Verliebte leben von Luft und Liebe", unterbrach sie der Vater etwas energisch, denn er hatte mitbekommen, wie sich Sylvi und Wolf angeguckt hatten, grinsten und die

Augen verdrehten. Wolf flüsterte seiner Sylvi zu: „Bei dem Gerede deiner Mutter wäre jede Taubstumme neidisch!" Sylvi brach in ein schallendes Gelächter aus: „Den Witz erzähl ihr mal!" Wolf winkte ab: „Um Himmels Willen! Da verpatze ich mir ja meine ganzen Chancen bei ihr!"
Beide setzten sich erheitert an den Tisch. Beim Essen entging es Wolf nicht, wie Sylvis Eltern ihn musterten, um ihn einzuordnen in eine bestimmte Gruppe von Menschen. Anfangs störte ihn das. Aber dann langte er mit offenem Gesicht zu und genoss das üppige Abendbrot.

Nach dem Abendessen spielten die vier noch einige Runden Karten. Auch hierbei beäugte hauptsächlich die Mutter Wolf. Sie studierte seine äußeren Regungen, wenn er verlor oder gewann. So glaubte sie, sich heimlich ein Bild von seinem Charakter entwerfen zu können.

Gegen neun Uhr, es dunkelte bereits, fuhr Sylvis Vater Wolf im Auto ins Heim. Sylvi begleitete ihn. Sie saßen Hand in Hand auf der Rückbank und schmusten ein wenig. Der Vater, der den Rückspiegel in eine entsprechende Stellung gedreht hatte, schaute hin und wieder in den Spiegel und schmunzelte vor sich hin. Bilder seiner ersten Liebe traten in seine Erinnerung.
Am Eingang zum Heim verabschiedeten sich Wolf und Sylvi wie ein langjähriges Ehepaar. Sylvis Vater drückte Wolf fest die Hand: „Mach´s gut Junge! Bis zum nächsten Mal! Bist ein netter Kerl! Und immer Kopf hoch!"
In der Erwartung auf ein baldiges Wiedersehen, winkte Wolf dem Auto noch lange hinterher.

Seine Kameraden saßen im Klubraum. Manche guckten Fernseh, manche spielten Karten, andere schrieben Briefe. Von dem ereignisreichen Tag völlig aufgekratzt, platzte Wolf ungestüm in die beschauliche Atmosphäre. Vor Glück posaunte er seine gute Laune heraus: „Kinnings, ich hab´ ne richtig nette, scharfe Mieze! Und ihre Eltern sind auch ganz dufte zu mir!"

Die Fernsehgucker murrten: „Pst! Sei leise!"

Die Spieler knurrten: „Stör' uns nicht! Wir müssen uns doch konzentrieren!"

Nur einige Briefschreiber winkten ihn zu sich an den Tisch, spannten neugierig ihre Lauscher auf und forderten: „Los, red' mal! Warste richtig zur Sache gegangen?"

Nachdem man Wolf genug ausgequetscht hatte, und er sehr farbig und manches übertrieben beschrieben hatte, zog es ihn ins Bett, um noch wundervolle Träume mit seiner Sylvi zu erleben. Doch Waldi ließ ihn noch lange nicht einschlafen. Ihm musste Wolf alles noch einmal ganz genau berichten, bis beiden die Augenlider zuklappten.

Die Wochen vergingen. Fast jeden Nachmittag trafen sich Wolf und Sylvi. Sie erledigten die Hausaufgaben, gingen am See baden oder spielten im Garten mit Sylvis Vater Tischtennis. Einmal gewann auch Wolf ein Match gegen Sylis Vater, der nach seiner Niederlage mächtig schwitzte und für Wolf anerkennende Worte fand: „Also, du bist ja fast schon ein Profi! Hast ganz schön dazugelernt. Hut ab!" Dabei klopfte er ihm auf die Schulter. Diese Geste machte Wolf nicht nur stolz, sondern er genoss sie deshalb, weil sein Stiefvater nie so vertraulich zu ihm war. Und er sagte sich: *Für meinen Alten war ich ja bloß der Prügelknabe.* Immer, wenn ihm solche Gedanken in den Kopf kamen, stellte er fest: *Eigentlich fehlen mir die Alten gar nicht. Mutter hat sowieso schon ihren Verstand versoffen.*

Als sich Wolf verabschieden wollte, fragte der Vater: „Wolf, wohin würdest du gern mal fahren? Was möchtest du gern mal sehen? Wir möchten eine Autotour unternehmen. Was hältst du davon?"

Wie auf Kommando schoss Wolf die Röte ins Gesicht. Und seine Hände massierten sich kräftig. So sehr war er von der Frage überrascht. Natürlich war das eine wunderbare Idee, denn Wolf hatte noch viele Wünsche, fremde Städte kennenzulernen. Verlegen stammelte er: „Na ja, ich war noch nie in Berlin. Auf den Fernsehturm würde ich gern mal rauf. Vor dem Brandenburger Tor würde ich auch gern mal stehen. Oder den Reichstag angucken. Darüber würde ich mich schon freuen."

Sylvis Vater streckte ihm die Hand hin: „Gut, abgemacht! Am Sonnabend holen wir dich gegen zehn im Heim ab. Einverstanden?"

Und ob Wolf einverstanden war? Sein Herz jauchzte. Aber er unterdrückte lieber seine riesige Freude. Einen ganzen Tag mit Sylvi zusammen sein können. Das konnte er kaum glauben.

Das Wetter spielte mit. Alle vier saßen vergnügt und erlebnishungrig im Auto und fuhren über die Autobahn. Auf der hinteren Sitzbank schmiegten sich Wolf und Sylvi, sich bei den Händen haltend, aneinander. Sylvis Vater lenkte das Auto, ihre Mutter war der Navi-Ersatz. Sie hatte die Stadtkarte von Berlin auf dem Schoß und lotste den Fahrer zum Alex und zu einem nahen Parkhaus.

Erstes Ziel: Der Fernsehturm. Staunend reckte Wolf seinen Hals, schaute hinauf zur Spitze und stellte fest: „Mann, der ist ja mächtig hoch, der Spargel!" Den Ausdruck hatte er mal bei jemandem aufgeschnappt. Noch verblüffter war er, als er von oben hinunterschaute und die Menschen, die er kaum als Menschen ausmachen konnte, sah: „Guck mal!" er stupste Sylvi in die Seite, „die Leute sind ja so klein wie Ameisen. Die wetzen kreuz und quer. Und die Autos! Die sehen aus wie Spielzeugautos!" Wolf stand da, wie ein kleiner Junge, der zum ersten Mal ein Wunder erlebte. Im Cafe drehten sie eine Runde bei Pommes und Cola.

Der Fußmarsch Unter den Linden führte sie direkt auf das Brandenburger Tor zu. „Das Brandenburger Tor kenne ich aus dem Geschichtsunterricht. Da war doch die Grenze zum Westen. An der Mauer wurden Menschen erschossen.

Gorbatschow…" Wolf lieferte seinen Begleitern einen Abriss über sein solides Geschichtswissen, was seine Zuhörer beeindruckte. Und sie honorierten seine Geschichtsstunde mit Aussagen wie:

„Mensch Junge, im Geschichtsunterricht hast du wohl besonders gut aufgepasst!"

„Du könntest dich ja als Fremdenführer bewerben!"

„Geschichte war wohl dein Lieblingsfach?"

„Ein Studium als Geschichtslehrer wäre doch eine feine Sache!"

Sylvis Vater ulkte: „Na, du hattest wohl eine junge, hübsche Geschichtslehrerin mit knackiger Figur?" Seine Frau boxte ihm leicht in den Rücken: „Du Schwerenöter! Du denkst wohl nur an knackige Mädchen!" Nun brachen alle vier in ein Gelächter aus. Wolf fühlte sich längst schon zur Familie zugehörig. Er war akzeptiert. Ihre Lobe ermunterten ihn, weiter den Geschichtskenner nach außen zu kehren.

Dann suchten sie das Reichstagsgebäude auf. Auch hier hatte Wolf Gelegenheit, mit seinem Geschichtswissen zu glänzen: „Der Reichstag wurde ja von den Nazis selbst angesteckt, was man dann aber den Kommunisten in die Schuhe schob. Es ging um die Reichstagswahlen. Hitler wollte gewinnen. Dadurch kamen dann die Faschisten an die Macht."

Sylvis Mutter hob die Augenbrauen, sah Wolf bewundernd an und meinte: „Also Hochachtung! Du kennst dich ja gut aus in der Geschichte. So, jetzt fahren wir mal noch zum Jüdischen Museum."

Wolf wusste auch hier Bescheid und bemerkte: „Über sechs Millionen Juden wurden durch Hitlers Schergen ermordet. Sie wurden in Konzentrationslagern vergast, erschossen oder durch Giftspritzen umgebracht. Hitler mit seinem unmenschlichen Regime war eine faschistische Diktatur."

In stiller Andacht betraten sie den Holocaust-Turm. In dem dunklen, hohen, kalten Gedenkraum begann Wolf zu

frösteln. Er bekam ein beklemmendes Gefühl. Die Verbrechen der Nazis waren für ihn unfassbar. Und er dachte bei sich: *Das kann doch nur Satans Werk gewesen sein. Wie scheußlich!*
Aber er behielt seine Gedanken und Gefühle für sich, um Luzifer nicht zu zürnen.
Danach besichtigten sie noch das Sony-Center, das auch einen grandiosen Eindruck auf Wolf machte.
Vom vielen Laufen ermüdet, aber sehr zufrieden, stiegen sie ins Auto und traten die Heimreise an. Wolf dachte sich: *Solch einen schönen Tag hatte ich mit meinen Eltern schon lange nicht mehr erlebt!*
Wieder vor dem Jugendheim angekommen, fiel allen der Abschied schwer. Wolf bedankte sich überschwänglich mit Diener und Kratzfuß.
Als Sylvis Mutter den winkenden Wolf im Rückspiegel sah, gab sie ihr mütterliches Urteil ab: „Der Wolf ist doch ein ganz netter, anständiger Junge! Also, in Geschichte hat er was drauf!" Einhellig stimmten ihr der Mann und die Tochter zu.
Wolf schwebte im siebten Himmel, als er, wie immer nach einem schönen Erlebnis, vergnügt vor sich pfeifend, ins Zimmer trat, wo Waldi, vor Neugier gespannt, auf ihn schon sehnsüchtig gewartet hatte. Waldi empfing ihn mit einem neidischen Unterton: „Na, dich ham´se wohl wie ´n King verwöhnt, was? Trällerst ja wie ´ne verliebte Lerche! Los, erzähl schon! Wie war´s?" Wolf warf sich rücklings aufs Bett. Mit glühendem Eifer berichtete er vom Tag und ließ seinen Stubenkameraden an seiner Glückseligkeit teilhaben.
Für Wolf war das Leben seit Wochen rundum lebenswert. Die Bilder von Luzifer tauchten nur noch selten - und wenn, dann nur schemenhaft auf.

Nach einem ereignisreichen Wochenende wachte Wolf nach einer Nacht mit wirren Träumen sehr zerschlagen auf. Er begann den Montag, ohne zu ahnen, dass eine neue Katastrophe auf ihn zurollte. Gemächlich und gähnend machte er sich für die Schule fertig. Er biss ohne Appetit von der Marmeladenstulle ab.

In der Schule kreisten seine Gedanken immerzu nur um die Berlinfahrt mit Sylvi und ihren Eltern. Die ersten Unterrichtsstunden rauschten anteilnahmslos an seinen Sinnen vorbei. Immer wieder fielen ihm die Augen zu.

In der vierten Unterrichtsstunde klopfte die Sekretärin an der Tür, steckte ihren Kopf herein und sagte: „Der Schüler Wolf Polt möchte bitte gleich zum Rektor kommen!" Wolf schreckte auf. Alle starrten ihn fragend an. Als er aufstand fiel sein trüber Blick auf Sylvi, die ihm mit einer Geste bedeutete, dass sie nicht verstand, warum er zum Rektor gerufen wurde. Mit heftigem Herzklopfen folgte er der Sekretärin ins Rektorenzimmer. Dort gewahrte er neben dem Rektor seine Erzieherin Plöntke. Beide hatten ein ernstes Gesicht. Der Rektor bat Wolf, am Tisch Platz zu nehmen. Er setzte sich ihnen gegenüber. In seinem Hirn hämmerte es: *Was wollen die von mir? Was ist passiert? Warum ist die Plöntke in der Schule? Habe ich was ausgefressen? Warum gucken die so verdammt ernst? Sind die etwa hinter mein Briefgeheimnis gekommen?*

Die Erzieherin räusperte sich mehrmals, ehe sie mit gedämpfter Stimme zu reden begann: „Wolf", sie machte eine Pause, schluckte zweimal, „ich habe eine schlimme Nachricht...", wieder musste sie sich sammeln, „es tut mir sehr leid, dir das mitteilen zu müssen..."
In diesen langen Sekunden der Unwissenheit wurde Wolf zusehends nervös. Seine Backenknochen bewegten sich. Seine Hände kneteten sich durch die aufreibende Situation. Er wollte endlich Gewissheit. Die Worte: *Was ist passiert?*

steckten in seinem Hals fest, schafften es aber nicht mal bis zu den zuckenden Lippen.

Die Erzieherin löste die unerträgliche Spannung: „Wolf, deine Mutter ist verstorben. Der Krebs hat sie besiegt. Es ist schrecklich für dich. Ich weiß." Ihre Hände rutschten über die Tischplatte und ergriffen Wolfs Hände, die heiß und schweißig waren. Wolf wollte männlich erscheinen, konnte aber nicht verhindern, dass ihm die Tränen in die Augen schossen. Auch der Rektor drückte ihm gegenüber sein Mitgefühl aus, indem er sich erhob, um den Tisch herumkam und von hinten seine Hände auf Wolfs Schultern legte, die er mit festem, männlichem Griff drückte. Wie aus weiter Ferne hörte Wolf die Stimme des Mannes hinter sich: „Mein Beileid! In solchen Minuten soll man nicht unbedingt ein harter Mann sein wollen. Lass deinen Gefühlen freien Lauf, mein Junge!" Er holte ein Tempotaschentuch hervor und reichte es Wolf, der kräftig hineinschnäuzte und dann wie geistesabwesend sagte: „Danke! Ja, Dankeschön!"

Der Rektor sagte: „Du kannst jetzt mit deiner Erzieherin ins Heim fahren. Und die nächsten zwei, drei Tage brauchst du nicht zur Schule kommen. Verkrafte diese schlimme Nachricht und den Verlust deiner Mutter erst einmal!"

Wolf hatte sich bald wieder gefangen. Er fragte sich im Stillen: *Was für schwerer Verlust? Für meine Mutter war ich auch kein schwerer Verlust, als sie mich ins Heim abschob. Nicht einmal hat sie mich besucht oder dafür gesorgt, dass ich mal am Wochenende nach Hause fahren durfte.*

Auf der Fahrt ins Heim saß Wolf, völlig in sich gesunken, neben seiner Erzieherin. Im Wagen herrschte Grabesstille. Nur das gleichmäßige Surren des Motors erfüllte das Wageninnere. Noch gab sich Wolf einer tiefen Traurigkeit hin. In unscharfen Bildern erschien ihm die Mutter. Diese Erinnerungen spukten ihm durch den Kopf und vermischten sich zunehmend mit Abbildungen von hässlichen Kreaturen aus der Unterwelt. Da erschien ihm Luzifer. Im bedrohlichen

Tonfall schüchterte er Wolf ein: „Du Untreuer! Du Verräter! Das ist meine Rache! Ich habe deine Mutter in mein Reich der Unterwelt geholt", er hob seine Stimme an, „und du wirst ihr bald folgen!" Es klang bedrohlich. Wolf wurde von einer inneren Unruhe erfasst. Er bekannte sich dazu, am Tod seiner Mutter schuldig zu sein und versuchte, diese Schuldlast mit seinen Händen emsig fortzukneten. Er steigerte sich immer mehr in den seelischen Kollaps hinein. Ungewollt entfuhr es ihm: „Das ist Satans Rache!"

Kaum hatte er seine eigenen Worte selbst vernommen, fuhr er erschrocken zusammen. Aber zu spät. Seine Erzieherin hatte bereits seine seltsamen Worte aufgeschnappt. Sie warf ihm einen kurzen Seitenblick zu und fragte ungläubig: „Was redest du da von Satan? Du bist doch nicht etwa religiös angehaucht?" Wolf war bemüht, ihren Argwohn rasch zu zerstreuen und erklärte sich: „Das war nur solch dummer Gedanke. Irgendwie bin ich völlig durcheinander – wegen der Nachricht vom Tod meiner Mutter."

„Das ist ja verständlich, dass du verwirrt bist. Es ist schon schlimm, wenn die Mutter stirbt. Hattest du ein gutes Verhältnis zu deiner Mutter?"

Wolf schwieg und überlegte eine Weile. Das verwunderte die Erzieherin nicht sonderlich, denn durch ihren Beruf hatte sie schon viele zerbrochene Beziehungen zwischen Kind und Eltern erlebt. So drängte sie ihn auch nicht zu einer Antwort und wartete geduldig eine Antwort ab. Wolf seufzte, holte tief Luft und begann zu erzählen: „Mein jüngerer Bruder war ihr immer der Liebste von uns. Ich war aber nie neidisch oder eifersüchtig, na ja, doch, vielleicht, ein bisschen. Als er aber wegen meiner Schuld ertrank, da war ich der Bösewicht, der Verstoßene. Sie begann zu trinken, genauso wie der Vater. Deshalb ließen sie sich ja auch scheiden. Und ich verkroch mich wie die Schnecke in ihr Häuschen. Und ich parierte ihr nicht mehr. Drum bin ich im Heim gelandet. Aber, dass ich sie nie wiedersehen soll, kann ich nicht begreifen. Ich hoffte immer auf Versöhnung. Nun hat sie der...", ihm wollte schon wieder das Wort *Satan* rausrutschen. Doch er besann sich noch rechtzeitig und fügte hinzu: „Vielleicht ist sie jetzt im Himmel beim lieben Gott?" Als ihm das Wort *Gott* herausrutschte, bildete er sich ein, dass es auf seinen Lippen brannte. Und Luzifer tauchte in seiner Fantasie aus der Feuersbrunst auf und grollte vor Wut. Wolf fühlte sich mit Haut und Haaren wieder den Satansbrüdern zugehörig. Resignierend sagte er sich: *Da komme ich nie wieder raus! Einmal in Satans Fängen, einmal ihm die Seele verschrieben, da gibt es nie mehr ein Entkommen!*

Die Erzieherin spürte, wie sich ihr Schützling mit quälenden Gedanken herumschlug. Sie nahm den Gesprächsfaden wieder auf: „Nun müssen wir uns mal erkundigen, wann die Beerdigung deiner Mutter ist. Du möchtest dich bestimmt von deiner Mutter verabschieden?"

Für sie kam Wolfs Reaktion völlig unerwartet. Deshalb war sie schockiert, als Wolf in ungnädiger Weise entgegnete: „Da will ich nicht hin! Ich geh nie wieder auf einen Friedhof!"

„Aber, das ist doch deine Mama! Die hat dich geboren und groß gezogen! Sie hat sich doch auch für dich aufgeopfert!"

„Die Friedhofsatmosphäre widert mich an! Ich kann da nicht hin! Mir ist das dort zwischen den Gräbern zu gruselig!"

Seine augenblickliche Aggressivität verstand die Erzieherin nicht. So lenkte sie ein: „Ist ja auch deine Sache. Du wirst schon deine Gründe haben, den Friedhof zu meiden."

Schweigend setzten sie die Fahrt fort. Wolf versank wieder in eine düstere Grübelei.

Für Wolf brach eine schicksalhafte, unheilvolle Zeit an. Die Nächte brachten ihm keinen erholsamen Schlaf mehr. Er fühlte sich wieder stärker von seinem Herrn, dem Satan in dessen Bann gezogen. Er holte die satanischen Schriften aus dem Versteck und las sie heimlich auf der Toilette oder nachts mit der Taschenlampe unter der Bettdecke. Von Tag zu Tag wurde er mürrischer. Sylvi respektierte seine Trauer, sein Schweigen und seine aggressiven Ausbrüche, wenn er sie derb wegen Kleinigkeiten anfuhr.

Obwohl er mit Sylvi kaum noch ein Wort sprach, stierte er in letzter Zeit lustvoll auf ihren weißen, schlanken Nacken. Mehr und mehr verspürte er ein heißes Begehren nach ihrem nackten Körper. Immer stärker wurde er von Satan in dessen Bann gezogen. Worte des Oberpriesters hatten von seinem Denken und Fühlen Besitz ergriffen: *Satan bedeutet Sinnesfreude und Befriedigung sexueller Begehren!*

In der Nacht beschäftigte er sich unter der Bettdecke mit dem Kapitel „Beschwörung der Lust". Jedes Wort sog er in sich auf, denn er wollte gut vorbereitet sein, wenn er sich seiner Sylvi in einer bestimmten Absicht näherte. Er las: *Als Mann: Ich habe meine Rute ausgeworfen! Die alles durchdringende Kraft meines Giftes soll den Widerstand des Geistes, der keine Lust verspürt, erschüttern. Und die Dämpfe sollen sich in dem Hirn ausbreiten und es lähmen, auf dass es mir zu Willen sei! Im Namen des großes Gottes Pan, mögen meine geheimen Gedanken sich verwirklichen in all den Regungen des Körpers, den ich begehre! Shemhamforash! Heil Satan!*

Er blätterte weiter. Da stand: *Als Frau: Meine Lenden sind entflammt. Der Nektar, der aus meiner sehnsuchtsvollen…*

Als Wolf in dem Text vertieft war, um sich jenen Ratschlag einzuprägen, wurde seine Bettdecke weggerissen. Waldi fragte: „Was machst'n da? Kannste nicht penn'n?"

Wolf hatte reaktionschnell die Taschenlampe ausgeknipst, so dass Waldi die Zettel nicht mehr entdecken konnte.

„Wat geisterste denn nachts hier rum?", schnauzte Wolf verärgert den verdutzten Waldi an, denn ein panischer Schreck war ihm durch den Körper gefahren. Einlenkend sagte Wolf: „Ach, ich schmöker noch ein bisschen im Geschichtsbuch."

„Und ich dachte, du hast ein Pornoheft", kicherte Waldi und begab sich zur Toilette.

Das war knapp, dachte Wolf, sprang aus dem Bett und versteckte die satanischen Schriften unter einem Stoß Wäsche in seinem Schrank. Bald kehrte Waldi zurück. Wolf hatte sich zur Wand gedreht und die Decke über den Kopf gezogen. Er maulte noch Waldi an: „Nun hau dich in die Koje! Und grunze eenen weg. Nacht!"

„Ja, Nacht! Ist ja gut! Werde schon wieder einschlafen", murrte Waldi.

Wolf betete noch eine Weile still den Text vor sich hin. Kurz vor dem Einschlafen, in der Phase zwischen Wachsein und Entschwinden der Sinne in die Sphären einer Traumwelt, erschien ihm Luzifers Gesicht mit einem feixenden Lachen.

Vor Unterrichtsbeginn fiel Sylvis mitleidsvoller Blick auf Wolf. Er gab in letzter Zeit eine jämmerliche Figur ab. Sein blasses Gesicht wirkte noch schmaler und ziemlich verhärmt. Seine Augen lagen in tiefen, dunklen Höhlen. Sein ganzer Körper schien wie Espenlaub zu zittern. Vor allem seine Hände konnte er nicht ruhig halten. Mal kneteten sie sich durch, mal rutschten sie für einen kurzen Moment in die Hosentaschen. Dann durchfuhren sie Wolfs Haar. Was Sylvi sehr beunruhigte war, dass er sich so still abseits stellte. Forsch ging sie auf ihn zu: „Hallo Wolf! Was hältst du davon, wenn wir heute den Nachmittag bei mir verbringen? Du hast dich so zurückgezogen. Ich nehme an, wegen dem Tod deiner Mutter. Es tut mir auch leid für dich. Meine Eltern sind heute bis abends zu einer Versammlung. Was ist? Haste Lust? Wir könnten uns ausquatschen und mal wieder Tischtennis spielen."

In Wolf war indessen eine teuflische Idee gereift. Er wollte die Beschwörung der Lust nun endlich mal in die Tat umsetzen und dadurch seinem Gebieter gefallen. So willigte er sofort begeistert ein. In seinen Augen war ein seltsam glühendes Funkeln, das Sylvi seine Gedanken und Gefühle verraten hätte, wenn sie es nur wahrgenommen hätte. Aber sie befand sich im Rausche des Mitgefühls für ihren Wolf. Es war auch nicht ihre Art, misstrauisch oder argwöhnisch zu sein. Außerdem war sie froh, ihren Wolf endlich mal wieder zu einer Unternehmung bewegt zu haben.

Nach dem Unterricht schlenderten beide, jeder in seinen Gedanken versunken, zu Sylvi nach Hause. Auf dem Weg war Wolf auch nicht sehr gesprächig. Während der letzten drei Unterrichtsstunden hatte sich in ihm alles nur um die Befriedigung seiner Lust nach der Vorlage der „Satanischen Beschwörung der Lust" gedreht. Von Stunde zu Stunde hatte sich in ihm eine Spannung gesteigert, die ihn noch mehr vom Unterrichtsgeschehen abgelenkt hatte. Oft war eine seiner Hände in der Hosentasche verschwunden. Dort aktivierte sie seine lustvollen Gefühle.

Wolf fläzte sich in einer für ihn ungewohnten Weise gleich auf die Couch und knurrte: „Also, auf Hausaufgaben hab´ ich keenen Bock! Lass uns det gemütlich machen!" Seine rechte Hand hangelte begierig nach Sylvi. Sie schrieb seine komische Art seiner momentanen Gefühlslage zu und reichte ihm ihre Hand. So schnell und sicher, wie ein Raubtier nach seinem Opfer schnappt, hatte er ihr linkes Handgelenk gepackt und zog sie mit einem Ruck auf die Couch. Diese Attacke hatte Sylvi überrumpelt. Sie wurde von den Füßen gerissen und landete auf Wolfs Schoß. Ungestüm, nicht so zurückhaltend wie sonst, presste Wolf seine Lippen auf ihren Mund. Blitzschnell schob er seine rechte Hand unter ihren Pulli und griff derart fest nach ihren Brüsten, dass sie vor Schmerz aufschrie: „Aua! Mensch, du zerquetschst meine Brust!" Sie Schlug auf seine Hand. Das machte Wolf noch wilder. Schließlich fuhr seine andere Hand unter ihren Rock in den Schlüpfer. Sylvi bekam

plötzlich Angst und wehrte sich: „Wolf, was machst du da? Lass das! ich will das nicht!" Sie schlug energisch auf seine Hand, die schon zwischen ihren Beinen steckte. Sie presste die Schenkel fest zusammen und begann, ihn laut anzuschreien: „Bist du irre? Was machst du mit mir? Ich will noch keinen Sex! Wir sind doch noch zu jung! Komm, lass mich los!" Aber Wolf war schon so sehr in sexueller Rage, dass er kurz vor dem Höhepunkt war. Er keuchte mit Schaum vor dem Mund: „Ich will…ich will…dich entjungfern! Zick nicht so rum! Hab dich nicht so! Wir lieben uns doch!"
Je mehr sich Sylvi sträubte, desto größer wurde seine Gier nach ihr. Im Handgemenge rutschten beide von der Couch. Sylvi lag hilflos rücklings auf dem Teppich. Wolf kniete mit gespreizten Beinen über ihr. Sylvi streckte vergeblich ihr Becken nach oben, um ihn abzuschütteln. Da beugte sich Wolf vor, umschlang mit seinen Händen ihren Hals und begann sanft zuzudrücken. Seine Daumenkuppen spielten mit dem Knorpel ihres Kehlkopfs. Er spielte auch mit ihrer Angst. Mal drückte er fester zu, mal löste er seinen Griff gerade so, dass Sylvi für den Bruchteil einer Sekunde nach Luft schnappen konnte. Dabei bewegte er seinen Unterleib, als wollte er ein Pferd zum Galopp antreiben. In seinen Augen flackerte ungestüme, heiße Begierde. Sein irrer Blick durchbohrte geradezu ihre angsterfüllte Seele. Er stöhnte laut auf. Endlich explodierte seine innere Spannung. Und er sank ermattet nach vorn. Sylvi stieß ihn von sich: „Du bist wahnsinnig! Du bist doch vom Teufel besessen!", brachte Sylvi röchelnd hervor. Plötzlich erstarrte Wolfs Körper. Reglos hielt er die Hände vor´s Gesicht. Mit letzter Kraft gelang es Sylvi, sich unter seinem Körper herauszuwinden. Sie schlug auf seine Hand und begann, ihn im Gesicht zu kratzen. Mit schneidender Stimme drohte sie: „Wenn du nicht sofort aufhörst, ist unsere Freundschaft aus! Und ich sage es meinen Eltern!" Ihre Drohung riss Wolf aus der Umneblung seiner Sinne. Er ließ Sylvi frei, sprang auf und

stürmte aus dem Haus. Er rannte in irgendeine Richtung. Dabei trieb er sich selbst an und redete vor sich hin: „Nur weg hier! Was hab ich getan? Ich bin wahnsinnig! Ich bin irre! Ja, ich bin vom Teufel bessen! Ich bin ein Schuft, ein Vergewaltiger! Ich gehöre in den Knast!"

Sylvi eilte ihm mit zerzausten Haaren und mit zerknitterter Kleidung ein paar Meter hinterher und rief: „Wolf, bleib doch stehen! Es ist alles okay! Komm zurück!" Aber in seiner Raserei hörte er ihr Rufen nicht mehr. Über sich und hinter sich fühlte er indessen nur den Satan mit seinem Gefolge. In seinen Ohren dröhnte sein schadenfrohes, ekelhaftes Gelächter. Die tiefe Scham und seine Wahnvorstellungen hetzten Wolf von Sylvi fort. Er floh in den nahegelegenen Wald. Wie von Wölfen gehetzt rannte er, über Baumwurzeln stolpernd, tiefer und tiefer in den Wald hinein.

In böser Vorahnung eilte Sylvi in den Schuppen, griff sich ein Fahrrad und folgte Wolf. Sie machte sich Sorgen um seinen Gemütszustand. Sie wollte nicht schuld an einem Suizid sein, denn seine wilden Augen ließen auf derlei Entschlossenheit schließen. Sie hastete zum Waldrand, bog in den etwas breiteren Waldweg ein und holperte mit dem Rad über die Unebenheiten des Waldbodens. Unsanft flog ihr Gesäß immer wieder aus dem Sattel. Aber sie strampelte, trotz der Schmerzen, verbissen weiter. Dabei sprach sie, völlig zerfahren, vor sich hin: „So ein Dummkopf! Warum musste er mich so sehr bedrängen? Ich mag ihn doch! Der rastete ja förmlich aus! Der wollte unbedingt Sex! Aber ich doch noch nicht! Ich kann mich doch nicht jetzt schon hingeben! Na gut, andere in meinem Alter hatten schon das erste Mal! Aber, ich will das noch nicht! Hoffentlich tut er sich nichts an! Der war so brutal geworden! Sicherlich schämt er sich jetzt sehr? Oder er befürchtet, dass ich ihn anzeige, wegen, das hört sich schlimm an - Vergewaltigungsversuch. Das würde ich doch nie tun. Er ist doch mein Freund!"

Das Fahren strengte an, die Gedanken marterten sie. Sie musste mit Umsicht fahren und nebenbei Ausschau nach Wolf halten.

Inzwischen hatte Wolf einen querliegenden Baumstamm erreicht, auf dem er sich erschöpft niederließ. Völlig außer Puste raufte er sich die Haare und beschimpfte sich selbst: „Was hab ich Idiot getan? Ich bin ein Vergewaltiger, der seine Sexgefühle nicht zügeln kann! Diese Gemeinheit wird mir Sylvi nie verzeihen! Ihre Eltern werden mich anzeigen!" Dann setzte ein Sinneswandel bei ihm ein und er sagte trotzig: „Na und, sollen die doch zur Polizei gehen! Ist mir doch egal!""

Plötzlich schlugen seine Gefühle von Bedauern, Reue und Selbstmitleid in Hass auf Sylvi um. Ihm war, als würde ihm der böse Geist Satans infiltriert. Lückenhaft fielen ihm die Worte zur Beschwörung der Vernichtung ein, und er sprach sie wie ein Fluch: „Ich rufe die Schicksalsboten an, auf dass sie das Opfer, das ich ausgewählt habe, mit grimmiger Freude zerschmettern! Durchbohre ihre Lunge mit den Stacheln von Skorpionen, oh Sekhmet! Ich erhebe das Banner der Hölle und auf seinen Widerhaken sei prächtig aufgespießt das Opfer meiner Rache! Verflucht sei das Weib Sylvi! Shemhamforash! Heil Satan!"
Bei seiner Huldigung Satans zog er sich den Gürtel aus der Hose, legt sich diesen wie eine Schlinge um den Hals und erhob sich. Da hörte er hinter sich Sylvis Stimme, die den Rest seines konfusen Geredes noch mitbekommen hatte: „He Wolf! Drehst du jetzt völlig durch? Was soll dieser Blödsinn? Ich liebe dich doch trotzdem noch! Ich verzeih dir alles!"
Wolf erschrak. Er war sehr überrascht, denn er hatte nicht mitbekommen, was hinter seinem Rücken geschehen war. Mit grimmiger Miene wandte sich Wolf um: „Geh, bevor es zu spät ist! Komm nicht näher! Tritt nicht in den Bannkreis meines Gebieters! Der vernichtet uns beide!"

Aber Sylvi konnte auch nicht der grauenhafteste Gebieter aufhalten. Sie stürzte auf Wolf zu, warf sich ihm an den Hals, küsste ihn und riss ihm dann den Gürtel vom Hals und warf ihn im hohen Bogen weit weg. All das geschah in einem solchen Tempo, dass Wolf nicht mehr reagieren konnte. Er stand sprachlos und beschämt vor Sylvi. Die Hirngespinnste, seine bösen Geister der Unterwelt waren auf einmal vertrieben. Sofort hatte sich Wolf wieder in der Gewalt und er versuchte, alles zu bagatellisieren: „Ich, ach, ich...ich habe mal ein bisschen gesponnen, mal fantasiert, so ohne...so ohne...na ja, du weißt schon, wenn man mal am Boden zerstört ist. Einfach nur so! Da kommt man eben auf die blödesten Ideen! Es tut mir alles so leid! Ich wollte dich nicht verletzen. Ich wollte dir keine Angst einjagen! Ich dachte, du würdest es auch wollen, das erste Mal. Ich hatte die Kontrolle über mich verloren. Bitte, verzeih mir noch einmal!" Er griff nach ihren Händen und schaute sie mit einem treuen, bettelnden Hundeblick an. Bei seinem jämmerlichen Anblick, bei seinen Schwüren konnte Sylvi nicht anders. Sie musste grienen und meinte nur: „Na gut, einmal ist dir verziehen! Aber, du, noch mal darfst du nicht so rabiat durchdrehen! Klar?" Sie hatte ein bitteres Lächeln auf den Lippen.

„Na klar! Ich reiße mich jetzt zusammen. Ich warte, so lange du willst."

Sie gingen schweigend Hand in Hand durch den Wald. Wolf schob Sylvis´ Fahrrad. Jeder verarbeitete das soeben Geschehene für sich. Sylvi gestand sich ein, dass ihr Wolfs Verhalten doch sehr komisch vorkam, dass sie ihn sogar gefürchtet hatte. Wolf befand sich insgeheim schon wieder auf dem Weg in die Unterwelt. Eine Stimme flößte ihm erneut Furcht ein: *Polt! Du feiger Jammerlappen! Höre! Ich sage dir, im nächsten Monat hast du deinen siebzehnten Geburtstag! Und dann gehörst du mir! Der Platz für deine Seele in der Unterwelt ist noch leer! Meine Dienste für dich habe ich erfüllt. Noch einen Monat! Dann musst du den Vertrag mit mir, mit Luzifer, erfüllen!"*

Wolf legte einen Schritt zu, um Sylvi so schnell wie möglich in die Obhut ihrer Eltern zu geben. Er spürte bereits, dass sein Blut abermals in Wallungen geriet. Seine tiefe, innere Unruhe wirkte sich auf seinen ganzen Körper aus. An Stelle des Händeknetens bearbeitete jetzt seine rechte Hand den Fahrradlenker. Und Sylvi vernahm ein Zucken in seiner linken Hand. Sie maß dem aber keine besondere Bedeutung bei. Sie schob seine Nervosität der Tatsache zu, dass sie sich ihrem Elternhaus näherten. Als sie vor dem Tor ankamen, blieb Wolf stehen und bat Sylvi, seine Schulmappe rauszuholen. Etwas befremdet fragte sie: „Willst du nicht noch mit reinkommen? Wir haben doch noch gar keine Hausaufgaben gemacht. Komm schon!" Sie packte ihn am Unterarm. Wolf riss sich etwas grob los und sagte widerspenstig: „Ich will jetzt nicht mit reinkommen! Ich...", er seufzte, „ich muss erst alles verkraften. Ich fühle mich nicht gut! Tut mir leid!" Seine hartnäckige Weigerung, mit ihr ins Haus zu gehen, verstand Sylvi nicht so recht. Aber sie akzeptierte seinen Willen, ging ins Haus, um seine Mappe herauszuholen. Während Wolf draußen ungeduldig wartete, befielen ihn wieder satanische Hirngespinnste, die ihn fast doch noch ins Haus trieben, um die Vernichtung seines Opfers fortzusetzen. Er hatte gerade einen Schritt in Richtung Haus gesetzt, als Sylvi mit seiner Mappe erschien. Er nahm sie ihr abrupt aus der Hand, machte kehrt und ging ohne Abschied mit schnellen Schritten zum Heim, so, als müsste er vor der Hölle fliehen.

Die Tage flogen nur so dahin. Der siebzehnte Geburtstag nahte unabänderlich. Mit jeder schlaflosen Nacht zerbrach Wolfs Seele mehr und mehr. Sein Körper schien zusehends zu zerfallen. Das Denken bereitete ihm Schwierigkeiten.

Sein ausgelaugter Körper verweigerte sportliche Leistungen und war oft von einem eigentümlichen Zucken gepeinigt.

Eines Tages, als Wolf von der Schule gekommen war, bestellte ihn die Erzieherin Plöntke ins Erzieherzimmer. Völlig apathisch ging er schweren Schrittes zur Erzieherin. „Du hast Post," sagte sie und hielt ihm einen Brief hin.

„Ach, wer schreibt mir denn schon?", bemerkte Wolf lapidar, nahm den Brief, drehte ihn mehrmals um und fand keinen Absender. Sofort begann sein Herz zu rasen, denn die Erinnerung an den letzten unangenehmen Brief kam in ihm hoch. Die Erzieherin sah ihn erwartungsvoll an: „Na, willst du ihn nicht öffnen? Kann ja was Wichtiges sein!" Wolf nahm ihre Worte nicht mehr auf, denn er ging stumm aus dem Zimmer. In seiner Hand, die den Brief hielt, verspürte er eine brennende Glut. Er zog es vor, mit dem Brief gleich zur Toilette zu gehen, um sich dort dessen ungelesen zu entledigen. Doch seine Neugier war stärker. Hinter sich verriegelte er die Klotür, setzte sich auf den Klodeckel und riss erregt das Kuvert auf, nahm einen Zettel mit roten Buchstaben heraus und überflog die Zeilen: *Du bist bei unserem Meister in Ungnade gefallen. Beim letzten Treffen warst du nicht anwesend. Auch an der Beerdigung deiner Mutter hast du nicht teilgenommen. Wir haben dich auf dem Friedhof erwartet. Eine Schande! Und der Herr der Unterwelt hat festgelegt, dass deine Zeit abgelaufen ist. Zu deinem siebzehnten Geburtstag wird er dich in sein Reich holen. Den Franz hat er an Asthma sterben lassen. Ein anderer Verräter ist im Dunkeln die Treppe hinabgestürzt und hat sich das Genick gebrochen. Du bist der Nächste! Heil Satan! Der Oberpriester.*

Diese Drohung trieb Wolf fast zum Zusammenbruch. Es drängte ihn, diesen Brief seiner Erzieherin zu zeigen. Da für ihn aber alles so aussichtslos war, er sein Leben verwirkt hatte, resignierte er, zerriss zornig den Brief, warf die Schnipsel ins Klobecken und spülte sie hinunter. Danach taumelte er kreidebleich in sein Zimmer, wo ihn Waldi gerade noch auffangen konnte. Sonst wäre er kurz vor dem Bett ohnmächtig auf den Boden gestürzt. Noch bevor Waldi ihn auf das Bett legen konnte, kam Wolf wieder zu sich. Verdattert schaute er Waldi an, der vor Schreck heftiges Herzklopfen bekommen hatte. Ziemlich benommen fragte Wolf: „Was ist mit mir los? Mir war auf einmal so verdammt schwindlig." Waldi sagte: „Du bist einfach abgeklappt. Du bist auch völlig ausgepowert. Du isst nicht mehr ordentlich. Warum, weiß ich nicht. Etwas muss dich doch belasten? Spuck es aus! Ich bin doch dein Kumpel!" Mit ermatteter Stimme sagte Wolf: „Ach, es ist nichts. Bin bloß ′n bisschen schlapp. Gibt sich wieder." Innerlich fluchte er über das Geheimnis, das er nicht preisgeben durfte. *Warum aber nicht?* fragte er sich dann, *der Tod lauert ja sowieso schon auf mich in wenigen Tagen!*

Wolf konnte sich nicht überwinden, Waldi einzuweihen. In diesem Augenblick betrat die Erzieherin das Zimmer. Sie war entsetzt, als sie das leichenblasse Gesicht von Wolf wahrnahm und die Schweißperlen auf seiner Stirn. Sie setzte sich auf den Bettrand, legte ihre Hand auf Wolfs Stirn: „Wolf, was ist denn mit dir? Du siehst ja verdammt elendig aus. Aber Fieber hast du keins. Junge, du hast doch großen Kummer? Sprich darüber! Das erleichtert."
Wolf überwand sich, das zuzugeben, was andere schon längst wussten: „Ich kann nachts nicht schlafen. Ich denke viel über unsinniges Zeug nach. Und immer wieder sehe ich meinen toten Bruder und meine tote Mutter. Ich sehe nur Gräber und böse Geister. Ich werde noch irre!" Er packte seinen Kopf zwischen beide Hände und schüttelte ihn hin und her, als wollte er ihn gegen die Wand schlagen.
„Du musst unbedingt zu einem Arzt!", schlug die Erzieherin ernsthaft vor.

„Die können mir auch nicht helfen! Die wissen doch nicht, was in mir los ist", widersprach Wolf in einem Tonfall, der besagte, dass er sich schon aufgegeben hatte.

„Wolf, du darfst nicht resignieren! Das wissen wir erst, wenn sie dich gründlich untersucht haben. Ich denke, das hat bei dir tiefsitzende, psychische Ursachen. Du trägst ja auch allerhand Probleme mit dir herum. Und das schon über Jahre. Ich besorge dir jedenfalls einen Termin. Ich kenne da eine hervorragende Jugendpsychologin."

Wolf empörte sich: „Bin ich etwa bekloppt? Da geh ich nicht hin! In der Klapsmühle landen, ja? Nee! Nee! Was soll´n die anderen dann von mir denken? Für die bin ich dann ein Idiot! Ein, ein Irrer! Nee! Nee! Da kriegt mich keiner hin!"

„Unsinn! Das denkt niemand von dir. Die wissen doch alle, dass du Kummer zu bewältigen hast. Vertrau mir! Und vertrau dich dann der Psychologin an! Wolf, nur so kann dir geholfen werden!"

„Pah! Schlaftabletten würden mir schon reichen, damit ich wieder richtig pennen kann!"

Die Erzieherin blinzelte Waldi beim Verlassen des Zimmers zu. Der verstand sofort: Sie wird einen Termin für Wolf auch gegen seinen hartnäckigen Protest besorgen.

Nachdem Wolf seine Scheu vor dem Begriff Psychologin überwunden hatte, willigte er ein und ließ sich von seiner Erzieherin in die Sprechstunde der Jugendpsychologin Dr. Kranz fahren. Still saß er auf dem Beifahrersitz und sagte sich: *Ich muss in die Kapper, ab in die Klapsmühle! Da sind doch überall nur totale Idioten! Wie die im Gesicht schon aussehen! Denen sieht man die Blödheit schon an! Bald sehe ich dann genauso bescheuert aus!*

In seiner Fantasie malte er sich Gummizellen aus, wo man in Wut mit dem Schädel gegenrennt oder mit den Fäusten gegenbummert. Er hatte schon mal in einem Fernsehfilm solche, in seinen Augen, Verrücktenanstalt gesehen. Und er hatte eine Gänsehaut bekommen. Und nun war er selbst auf dem Weg dorthin. Aber Luzifers Attacken auf ihn waren immer unerträglicher geworden. Er hoffte auf Milderung seiner Alpträume durch Medikamente. Je näher sie der Klinik kamen, desto heftiger wurde seine Unruhe. Satan geißelte ihn mit Drohungen, denn er war durch seinen Schwur zur Treue zu seinem Herrn und zum Schweigen verurteilt. Keine Silbe über den Pakt mit Luzifer durfte über seine Lippen kommen.

Als sie auf das Klinikgelände fuhren, bereute er schon, seine Einwillgung zu diesem Besuch gegeben zu haben. Seine Erzieherin nahm seine inneren Gemütswallungen wahr, denn seine Hände schienen aus Knete viele Skulpturen zu formen. Sie versuchte, Wolf zu beruhigen: „Pass auf, ich versprech´ dir, wenn du nach einem netten Gespräch aus der Praxis kommst, fühlst du dich befreit. Die Frau Doktor Kranz hat überall einen ganz hervorragenden Ruf auf dem Gebiet der Jugendpsychologie. Sie wird dir helfen, dein Trauma bald zu überwinden."

„Ach ja, wird sie das?", meinte Wolf skeptisch mit einem leichten ironischen Unterton. „Eigentlich kann mir gar keiner helfen! Ich komme da nie mehr raus!"

„Unsinn! Du schaffst das! Es muss erst noch Zeit vergehen, wegen dem Verlust deines Bruders und deiner Mutter. Du brauchst nur Geduld! Und eine gute Therapie."

Wolf dachte bei sich: *Was weiß die denn schon von meinen Problemen? Die ist doch ahnnungslos! Die ist ja auch gar kein Knecht vom Satan wie ich! Die Doktorsche palabert bestimmt auch bloß rum!*

Das Auto hielt vor einem roten Backsteingebäude, das unfreundlich wirkte und wie eine Kaserne aussah. Es war umsäumt von hohen Kastanienbäumen, die ihre Schatten weit warfen und alles so düster erscheinen ließen. Schon, dass die Parterrefenster so hoch lagen, rief in Wolf ein Grauen hervor. *Da kann man nicht so einfach entkommen,* stellte er fest. Er ließ seinen Blick schweifen. Ihm wurde noch unwohler zumute, als er einen sehr hohen Drahtzaun sah, hinter welchem Männer Fussball spielten. Die Fenster des eingezäunten, roten Backsteingebäudes waren zum Teil vergittert.

Mit beklemmendem Gefühl betrat Wolf das abstoßende Gebäude. Dumpfer Mief aus uralten Zeiten hing in der Luft. Die Flure waren schwach beleuchtet. Es herrschte eine schreckliche Totenstille, die nur mal durch eine klappende Tür durchbrochen wurde.

Sein Gemüt erhellte sich, als er den Warteraum betrat. Er war hell und freundlich. Die Wände waren mit belebenden Farben gestrichen. In der Luft lag der Duft von frischen Blumen, die neben anderen Grünpflanzen den großen Raum gemütlich machten. Sein Blick fiel sofort auf ein Aquarium mit qicklebendigen Fischen. Sofort steuerte er darauf zu und beobachtete eine Weile das Treiben im Aquarium. Dass im Raum noch vier Leute saßen, bemerkte er erst, als er sich auf einen Stuhl gesetzt hatte. Vor ihm war ein kleines Tischchen mit bunten Zeitschriften. An der Wand gegenüber hing ein Flachbildfernseher, in dem gerade ein Film über Tiere in der Serengeti lief. Die Tieraufnahmen fesselten Wolf so sehr, dass er vergass, wo und warum er hier war. Die Erzieherin atmete erleichtert auf, als sie spürte, dass ihr Zögling zur inneren Ruhe gefunden hatte. So verging fast eine dreiviertel Stunde, bis Wolf aufgerufen wurde. Die Psychologin kam persönlich heraus, begrüßte Wolf mit Handschlag. Sie wiegelte seine Erzieherin ab, die mit ins Zimmer gehen wollte: „Es tut mir leid, aber ich würde gern zuerst mit dem Jungen allein sprechen! Sollte es Fragen geben, lasse ich sie reinrufen!" Wolf war ziemlich irritiert. Er sagte sich dann: *Vielleicht ist es besser, wenn die Plöntke nicht dabei ist. Die macht mich so oft verlegen! Und alles weiß sie sowieso nicht über mich.*

Sie wird auch nie alles erfahren! Und die olle Doktorsche ooch nicht!

Er durfte sich in einen weichen Sessel setzen. Direkt ihm gegenüber setzte sich die Psychologin an den Tisch, auf dem eine Wasserflasche, zwei Gläser und eine Schale mit allerlei Knabberzeug standen. Verwundert guckte er die Frau an. Sie trug gar keinen weißen Kittel, hatte keinen streng nach hinten gekämmten Dutt und trug keine Brille mit dicken Gläsern in einem braunen Horngestell. So hatte er sich eine Psychologin vorgestellt. Aber die Frau vor ihm schien Mitte dreißig zu sein. Sie trug Jeans und einen straff sitzenden dunkelblauen Pulli, der ihren fraulichen Körper betonte. Ihr blonder Bubikopf verlieh ihr was Jugendhaftes und Kesses. Obwohl er angenehm von ihrer Erscheinung überrascht war, auferlegte er sich striktes Schweigen zu bestimmten Dingen.

Nach dem üblichen Geplänkel: *Woher kommst du denn? Wieviel Geschwister seid ihr? Was machen Mutter und Vater? Wieso musst du denn im Heim leben? Besuchen sie dich? Welches Berufsziel hast du denn? Möchtest du bald wieder nach Hause? Fühlst du dich wohl im Heim? Hast du nette Kumpel? Und wie ist´s mit einer kleinen Freundin?* fragte sie ganz direkt: „Welche Sorgen drücken dich? Was für ein Kummer belastet dich so sehr?"

Wolf hatte diese Fragen erwartet und platzte gleich heraus: „Der Tod meines Bruders, an dem ich schuld sein soll! Die Scheidung meiner Eltern! Der Tod meiner Mutter!"

Die Psychologin bemühte sich, Wolfs Persönlichkeitsbild zu erfassen. Sie achtete auf seine hektische Redeweise und lebhafte Gestik. Seine Arme fuchtelten unkontrolliert herum. Bildhaft beschrieb er das Ertrinken seines Bruders Tim. Er machte keinen Hehl aus seinen Gefühlen und sagte wutschnaubend: „Ich habe einen Rochus auf die, die mir die Schuld an Tims Tod in die Schuhe schieben! Darunter leide ich bis zu meinem Tod! Und der ist...." Wolf biss sich rasch auf die Zunge. Zu weit wollte er in seiner plötzlichen Offenbarung gegenüber der Psychologin auf keinen Fall gehen. Er sagte sich: *Wenn die Frau erst mal was von den Satansbrüdern erfährt, dann bohrt sie immer tiefer hinein in mein geheimes Innenleben.*

Die Psychologin hörte sich alles interessiert und ruhig an, ohne ihn zu unterbrechen. Als Wolf seinen Seelenschmerz vor ihr ausgebreitet hatte, schwieg sie einige Augenblicke ganz bedächtig. Ihren forschenden Blick wandte sie von Wolf aber nicht ab. Wolf rutschte wegen ihrer Musterung seiner Person nervös hin und her. Er dachte bei sich: *So, nun ist die Frau Doktor dran! Jetzt soll die mir mal helfen, dass ich wieder ruhig schlafen kann!*

Sie schwieg eine Weile. Und es kam ihm vor, als wäre sie selber ratlos. Doch dann begann sie: „Wolf, du hast ein schweres Trauma, das durch die Schuld, die man dir ungerecht am Tod deines Bruders gibt, verursacht ist. Da helfen nur gemeinsame Gespräche unter uns beiden. Wir sollten ein paar gemeinsame Sitzungen anberaumen! Dann wirst du bald diese schweren, seelischen Belastungen überwunden haben. Und du wirst dann in eine glücklichere Zukunft blicken können.“

Wolf starrte enttäuscht vor sich hin: *Solch Palaver habe ich doch schon öfter gehört. Aus Luzifers Fängen kann mich sowieso keiner befreien. Und auch der erzähle ich nichts von meinem geheimen Bündnis.*

Und ihm war in diesem Moment, als würde Luzifer zu seiner Verschwiegenheit Beifall klatschen. Der Psychologin schien Wolf in sich selber verloren zu sein. Da fragte die Dr. Kranz: „Na und Wolf, möchtest du wiederkommen?“

„Nö! Wenn ´se mir ein paar Schlafpillen verschreiben, dann geht es mir bald besser!“

„Aber, aber“, sie war erstaunt wegen seiner unerwartet offenherzigen Reaktion, „du brauchst doch jemanden zum

Reden! Tabletten zum Schlafen darf ich dir sowieso nicht verschreiben!"

„Och, reden tu ich mit meinem Kumpel Waldi genug!"

„Na, dann ist es ja gut, wenn du einen netten Kumpel hast. Aber, wenn du trotzdem mal mit mir reden möchtest, dann rufst du mich einfach an! Einverstanden?"

Sie reichte ihm über den Tisch ihre Hand: „Dann Tschüss! Ich freu mich auf ein nächstes Gespräch." Sie begleitete ihn zur Tür, öffnete diese, bat die Erzieherin zu sich herein und sagte zu Wolf: „Du wartest bitte noch einen Moment! Ich möchte noch mit deiner Erzieherin sprechen. Dauert nicht lange."

Wolf fühlte sich frei und entlastet. Er setzte sich wieder neben das Aquarium und erfreute sich des Tummelns der bunten Fische, die nach seinem Eindruck Haschen spielten.

Auf der Rückfahrt ins Heim herrschte im Auto eine gewisse Spannung zwischen Wolf und seiner Erzieherin. Beide schwiegen vor sich hin. Jedoch, hinter ihren Stirnen hämmerten die Gedanken gnadenlos. Wolf hätte zu gern gewusst, was Frau Dr. Kranz und die Plöntke noch zu besprechen hatten, wo er nicht bei sein durfte.

Und seine Erzieherin war darüber verärgert, dass Wolf so rigoros jede weitere Therapie abgelehnt hatte. Das konnte sie nicht begreifen, denn sie hatte Wolf lange Zeit intensiv beobachtet und war zu dem Schluss gekommen, dass der Tod des Bruders und der Mutter allein nicht der Grund dafür sein konnte, dass er von Anfang an das Bild einer zutiefst gespaltenen Persönlichkeit abgab. Ihre psycholgische Beobachtungsgabe sagte ihr, dass noch mehr hinter seinem befremdlichen Verhalten stecken musste. Da war der geheimnisumwitterte Brief, der zweifellos Auslöser seines Suizidsversuchs gewesen sein musste. Der war nie wieder zur Sprache gekommen. Außerdem hatte Sylvis Vater beim letzten, gemeinsamen Rudertraining gewisse

Andeutungen ihr gegenüber gemacht. Wolf wäre seiner Tochter etwas zu nah getreten. Über konkrete Einzelheiten hatte er sich aber ausgeschwiegen. Während sie das Auto chauffierte und gebannt auf die Fahrbahn schaute, gingen ihr auch die Worte von Waldi durch den Kopf: „In manchen Nächten muss Wolf gräuliche Träume haben. Er fantasiert dann stets was von Luzifer, vom geheimen Treffen, von Tieren, die geopfert werden. Das Wort Satansbrüder faselt er oft."

Schließlich brach die Plöntke das Schweigen, wandte sich halbrechts Wolf zu und wollte wissen: „Warum willst du nicht mehr zur Psychologin? Du leidest doch noch unter ganz anderen Erlebnissen! Stimmt´s? Mir machst du nichts vor! Etwas Entsetzliches muss dich quälen! Ich weiß es. Nur was, das weiß ich nicht. Das musst du mir sagen, wenn du eine Last loswerden willst. Du verhältst dich ja schon fast schizophren."

Wolf, der mit dem Wort schizophren nichts anfangen konnte und in seiner stocksteifen Haltung verharrte, presste die Lippen fest aufeinander. Er schwor sich: *Du erfährst von meinem Pakt mit dem Satan nichts! Du kennst Satans Rache nicht! Ich bin auch kein Verräter! Aber ein Feigling bin ich auch nicht!*

In Gedanken zählte er die Tage bis zu seinem siebzehnten Geburtstag Da beschlich ihn doch eine Beklommenheit, als er feststellte: *Nur noch zwanzig Tage verbleiben mir. Dann holt mich Luzifer. Dann ist meine Zeit hier auf Erden abgelaufen. Dann werde ich bei Tim und Mama sein.*

Plötzlich wurde ihm ganz schwer ums Herz: *Keine Sylvi, kein Waldi mehr. Wie wird mich mein Gebieter sterben lassen? Wird es wirklich ein so qualvoller Tod?*

Die Erzieherin brach enttäuscht ihren Versuch ab, den sturen Wolf zum Reden zu bewegen.

Sie erreichten das Heim. Wolf sprang aus dem Auto und lief in sein Zimmer. Waldi war noch zur Schule. Die in Wolf angestaute Spannung musste raus. Er trat gegen den Papierkorb, der halbvoll gegen die Wand prallte. Der Inhalt flog durch das ganze Zimmer. Dann kniete er auf seinem Bett und boxte wie ein Irrer ins Kopfkissen. Dabei fluchte er vor sich hin: „Scheiß Welt! Scheiß Leben! Ich bin zum Tode verdammt! Die Psychologin ist Scheiße! Die Plöntke ist Scheiße! Die Sylvi ist noch mehr als Scheiße! Alle belegen mich nur! Und Satan giert nach meiner jungen, aber schon kranken Seele! Soll er doch bald Schluss machen mit mir! Wozu noch zwanzig Tage leben? Hol mich doch bald!" Er stieg vom Bett, griff seine Schulmappe und schleuderte sie gegen die Wand. Da öffnet sich die Tür einen Spalt. Frau Plöntke lugte ins Zimmer. Sie riss die Tür auf, als sie mit Bestürzung das Ergebnis von Wolfs Wutausbruch sah. Der hockte, völlig in sich gesunken, auf der Bettkante, die Ellenbogen auf den Knien gestützt. Die Wangen ruhten in den Händen. Sein Körper zuckte an allen Stellen.

„Junge, was ist mit dir?" Sie machte ein paar Schritte auf ihn zu. Doch ehe sie ihn erreichte, sprang er spontan auf und stürmte an ihr vorbei. Er rannte durch den langen Flur zur Toilette und schloss sich dort ein.

Die seltsamsten Gedanken gingen ihm wieder durch den Kopf. Sämtliche Geister der Unterwelt erschienen ihm in diesem krankhaften Zustand. Er resignierte: *Für mich gibt es keinen Ausweg, keine Rettung! Es lohnt nicht mehr zu kämpfen! Gegen wen denn auch? Luzifer hat noch niemals körperhaft vor mir gestanden! Der schickt nur seinen bösen Geist.*

Wolf ließ seiner Traurigkeit freien Lauf.

Nach gut einer Stunde hatte er sich wieder in der Gewalt. Das Leben war wieder in ihn zurückgekehrt. Von allem Übel befreit, begab er sich mit gefestigter Seele zurück unter die Menschheit.

Beim Abendessen mischte er sich unter seine Kameraden, als sei nichts gewesen. Seine Gesichtszüge waren wieder geglättet. Die Erzieherin nahm Wolfs augenscheinliche Gelassenheit mit Genugtuung zur Kenntnis. Waldi klopfte ihm auf den Rücken: „Na, haste alles überstanden? War's schlimm?" Wolf mühte sich für Kumpel Waldi ein saures Lächeln ab und biss in seine Wurstschnitte. Plötzlich krächzte Lucky, der von den Folgen des Autocrashs wieder genesen war, laut in den Essenraum: „Na Polt! Wie war's beim Gehirnklempner? Kommste nun bald in die Klapse? Kriegste een Jagdschein?" Alle starrten Wolf an. Ein widerliches Lachen der Burschen drang in Wolfs Ohren. Er wurde bis unter den Haarwurzeln knallrot. Seine, sich gerade erst beruhigte Erregung bäumte sich wieder auf. Seine Hände kneteten vor Wut, dass ihm die Finger schmerzten. Sein heißer Körper glich einem gespannten Bogen kurz vor dem Abschuss. Beim Hochschnellen kippte sein Stuhl um. Wolf sprang wie eine Raubkatze in großen Sätzen hinüber zu dem verdutzten Lucky. Als er seinen Widersacher erreichte, setzte er zu einem Sprung an und flog gleich darauf auf Lucky zu, der mit entsetztem Gesicht aufgesprungen war. Wolfs Finger krallten sich in dessen Hals fest. Da Lucky von Wolfs Angriff überrumpelt worden war, konnte er ihn nicht rechtzeitig abwehren. Zudem hatte er Mühe, sich durch den Aufprall auf den Beinen zu halten. Er strauchelte, kippte nach hinten und landete auf seinem Stuhl, der aber dem Gewicht der beiden nachgab, so dass Lucky rücklings auf dem Boden landete und Wolf obendrauf. Wolfs Augen quollen vor heißer Wut aus den Augenhöhlen. Unter ihm röchelte Lucky. Er versuchte, Wolf in die Rippen zu boxen, was ihm aber nicht gelang. Wolfs Daumen pressten Luckys Kehlkopf zusammen. Die anderen Jungen standen mit schreckverzerrten Gesichtern dabei. Sie genossen den Zweikampf als willkommene Abwechslung im tristen Heimleben.

Plötzlich packten Wolf von hinten zwei kräftige Hände. Der diensthabende Erzieher riss ihn von Lucky weg, der dem Ersticken schon bedrohlich nahe war. Der Erzieher brüllte: „Mensch! Auseinander! Was soll dieser Unfug? Seid ihr denn schon ganz meschugge? Ihr wollt euch wohl noch gegenseitig umbringen? Verdammt noch mal!"

Wolfs Gesicht erstarrte. Der glühende Zorn in seinen Augen erlosch. Sein Gegner Lucky rappelte sich mühevoll, unter dem schadenfrohen Gelächter der Kameraden, aus seiner Maikäferlage auf die Beine.

„Das hat für alle ein Nachspiel", verkündete der Erzieher und ließ seinen strengen Blick über die Burschen gleiten, die sich nun duckten. „Da schaut ihr alle begeistert zu, wenn sich zwei eurer Kameraden rumprügeln! Wenn der eine schon am Boden liegt und verzweifelt nach Luft japst und sogar schon blau anläuft. Ihr seid ja feine Kameraden! Ihr amüsiert euch noch, anstatt die wütenden Kampfhähne auseinanderzubringen! Ihr müsstet allesamt hart bestraft werden! Ich mache morgen dem Heimleiter Meldung!"

Nun kuschten alle. Kein Mucks war zu hören. Lucky ballte zwar noch, vom Erzieher unbemerkt, die Fäuste. Er ist nicht gern der Verlierer. Und Wolf bekam keinen Bissen mehr runter. Er haderte mit sich und Luzifer, der ihm wieder einmal wie eine Zecke im Nacken saß und aus ihm den Lebenswillen saugte.

Die Tage vergingen. Wolfs Geburts - und Todestag rückte unaufhaltsam näher. Die schlaflosen Nächte strapazierten sein Gemüt. Das Leben wurde für Wolf immer stressiger. Er wurde von Tag zu Tag miesgrämiger. Die Jungen gingen ihm lieber aus dem Weg. Auch Waldi mied ihn. Wolf zog sich völlig in sich zurück. Zu Sylvi brach er schweren Herzens jeglichen Kontakt ab. Wenn sie sich ihm näherte, blockte er sie ab. Er wollte sie nicht hineinziehen in seinen seelischen Sumpf. Er musste sie vor sich schützen, denn manchmal bekam er wieder seltsame Anwandlungen, unbedingt jemanden töten zu müssen, um diesen an seiner Stelle Luzifer zu opfern. Wolf war schließlich nahe am völligen Zusammenbruch.

Der Rektor der Realschule, Herr Saupe, unterrichtete die Fächer Geschichte und Politische Bildung. Fächer, für die sich Wolf sehr interessierte. Er konnte nur nicht sagen, ob er diese Fächer deshalb mochte und demzugfolge fleißig mitarbeitete, weil er von ihrer Wichtigkeit überzeugt war oder, weil er den Rektor wegen dessen jugendlich-lockerer Art gut leiden konnte.

Als Wolf mal wieder müde und niedergeschlagen auf seinem Platz vor sich hindruckste, kam Saupe in die Klasse und legte einen Packen Zeitungen und Zeitschriften auf den Tisch. Wolf fiel auf, dass Saupes Gesicht todernst war und kein aufmunterndes Wort über seine Lippen kam, wie die Schüler es gewohnt waren. Manche zischelten sich zu:

„Der Reks hat heute schlechte Laune."

„Der ist mit dem linken Been aus´m Bett gestiegen!"

„Seine Frau hat ihn bestimmt nicht rangelassen?!"

„Vielleicht hat er aber auch ´nen Kater?"

„Das dunkle Köstritzer war wohl schon schal", lachte ein anderer. Man wusste, dass Schwarzbier sein Lieblingsbier war. Einige rekelten sich vom Sitz hoch. Auf einmal sagte Saupe beschwingt: „Aber nun mal hoch, ihr lahmen Geister!" Als alle halbwegs ordentlich standen, begrüßte er sie mit flotter Zunge: „Guten Morgen! Nun mal ran an die Arbeit! Schlafmützen kann ich nicht ausstehen!"

„Guten Morgen, Herr Saupe!", schallte es vielstimmig durch den Raum.

„Setzen! Ihr seht, ich habe hier Zeitungen mitgebracht. Aus aktuellem Anlass beschäftigen wir uns heute mit dem Problem Satanismus in Deutschland. Frage: Was bedeutet Satanismus?"

Wolfs bereits angeschlagene Stimmung fiel noch tiefer als bis zum Nullpunkt. Ihn fröstelte auf einmal. Er rutschte auf seinem Stuhl tiefer, hielt den Kopf gesenkt und schloss die Augen. Er würde sich jetzt am liebsten auf den Mond beamen lassen. Zu seiner Erlösung flogen gleich drei Hände zappelnd in die Luft. Man riss sich darum, mit seinen Kenntnissen über Satanismus Punkte zu sammeln und mit dem Allgemeinwissen vor den Mitschülern zu glänzen.

„Sylvia!" erteilte Saupe Sylvi das Wort.

Dass Saupe ausgerechnet Sylvi die Frage beantworten ließ, versetzte Wolf noch mehr in Unruhe. Ihm war, als müsste er sich die Ohren zuhalten, als Sylvi recht gut informiert loslegte: „Also, Satanismus ist die Verkörperung des Bösen. Satanisten betreiben schwarze Magie. Sie beschwören Hexen und böse Geister. Ihren Gebieter, dem sie ihre Seele verschreiben müssen, nennen sie Luzifer. Es werden Tiere geopfert. Satanisten begehen sogar am Menschen Ritualmorde. Wer einmal in dieser Sekte ist, kommt nicht mehr heil da raus!"

Saupe war über Sylvis Kenntnisse ziemlich perplex. So äußerte er sich anerkennend: „Für deine Antwort muss ich dir wohl eine Eins geben. Du bist ja bestens informiert."

Wolf hielt die Hände vors Gesicht und äugte zwischen den Fingern zu Sylvi, die sichtlich erfreut, die Eins einheimste. Er bezweifelte, dass es reiner Zufall war, dass sich Sylvi so konkret über den Satanismus auslassen konnte. Er witterte ein Komplott gegen ihn, um ihn zu einem Verrat an seinen Gebieter Luzifer herauszulocken. Plötzlich fühlte er sich in einem Raum nur von Feinden umgeben.

„Tja Kinder, heute möchte ich mit euch über eine ganz grausame Tat sprechen, die eng im Zusammenhang mit dem Satanismus steht. Es geht um einen Ritualmord." Der Rektor begann einen Zeitungsartikel vorzulesen: „Mit zwei Freunden hatte Hendrik Möbus aus Sondershausen in Thüringen am 29.4.1993 den Mitschüler Sandro Beyer in eine Hütte gelockt, dort an einen Stuhl gefesselt und schließlich mit einem Elektrokabel erdrosselt, angeblich nach dem Vorbild des Horrorfilms `The Evil Dead`. Die Täter gehörten zu einer Clique, die sich schwarz kleidete, kreidebleich schminkte, Black Metal Musik hörte, Splatter-Videos schaute und sich nachts auf Friedhöfen trafen, um mit Blut oder Rotwein Pentagramme auf den Boden und auf Grabsteine zu malen."

Alle, bis auf Wolf, hatten gebannt seinen Worten gelauscht. Als er den Text beendet hatte, hing jeder seinen mehr oder weniger sensationellen Gedanken nach. Es schien Saupe, als hätte das blanke Grausen die meisten Jugendlichen doch gepackt.

Allmählich lösten sie sich aus der Beklommenheit. Und es entwickelte sich eine leidenschaftliche Diskussion, worüber der Rektor sehr erfreut war, denn er bekam den Eindruck, dass seine Schüler gegen den Satanismus immun sein würden. Schließlich fiel ihm auf, dass sich Wolf auffällig zurückhielt und anteilnahmslos dasaß, was er sonst von ihm nicht gewöhnt war. Ihm drängten sich die Erinnerungen an Wolfs Suizidversuch auf. Und er fragte Wolf spontan: „Na Wolf, du sagst ja gar nichts. Du bist doch sonst immer ein engagierter Streiter in Diskussionen. Was ist los?"

Wolf ging klar in Opposition und meinte schroff: „Manchmal fallen aber auch Menschen unschuldig in die Hände der Satanisten!" Er sagte es mit so viel Nachdruck, so dass Saupe nachhakte: „Kennst du denn jemanden, der so ganz unfreiwillig Opfer der Sekte wurde?"

Wolf nahm sich eine kurze Denkpause. Dann erwiderte er in einem Tonfall, der zum Ausdruck brachte, dass er nicht weiter darüber reden wolle: „Ja! Ist ein ferner Bekannter!"

Am Ende der Unterrichtsstunde verließen die Jungen und Mädchen tief beeindruckt und innerlich total aufgewühlt den Klassenraum.

Auf dem Pausenhof drehten sich die Gespräche weiterhin nur um Satanismus und Ritualmord. Nur Wolf stand abseits und rechnete zum x-tenmal die Tage nach, die ihm noch bis zu seinem Geburtstag blieben.

Da gesellte sich Sylvi zu ihm und erkundigte sich: „Weshalb sonderst du dich denn von uns ab?"

„Ach, lass mich in Ruhe!", fuhr er Sylvi giftig an. Er dachte bei sich: *Hau bloß ab und wecke nicht wieder Mordgelüste in mir! Lange belästige ich euch alle sowieso nicht mehr! In zwölf Tagen holt mich Luzifer! Dann habt ihr vor mir Ruhe!*

Seine barsche, abweisende Art verletzte Sylvi sehr. Kopfschüttelnd ging sie zu ihren Klassenkameraden. Im Selbstmitleid zerfließend, sah Wolf ihr nach. Er bereute seine grobe Art. *Aber*, so sagte er sich, *das ist nur für ihren Schutz vor mir und meiner Aggressivität. Schade, dass unsere Liebe kein Happyend haben wird. Aber Satans Krallen lassen mich nie mehr los.*

Aus seinem Bürofenster verfolgte der Rektor das Treiben auf dem Schulhof. Da streifte sein Blick Wolf, der abseits von seinen Mitschülern gegen eine Hauswand lehnte. Ihm waren derartige Problemjugendlichen allzu gut vertraut. In dem Jugendheim, in welchem Wolf jetzt lebte, war vor der Wende ein Jugendwerkhof untergebracht. Dort hatte er zuvor fünfzehn Jahre als Lehrer gearbeitet. Als er den Jungen so stehen sah, ohne Energie, mit abgestumpftem Willen, fragte er sich laut: „Was für ein Päckchen an Sorgen muss der Junge mit sich rumtragen, so dass er sein junges Leben sogar beenden wollte?" Kurzentschlossen rief er aus dem Fenster: „He Wolf, komm doch bitte mal nach dem Unterricht in mein Büro!" Wolf war zusammengezuckt, löste seine Schulter von der Wand und sich selbst sogleich aus der inneren Beklemmung. Er nahm plötzlich Haltung an, schaute hinauf zum Bürofenster, nickte eifrig mit dem Kopf und sagte beflissen: „Ja gut! Ich komme dann!"

Der Rektor empfing Wolf mit einer Tasse Kakao und mit Keksen. Etwas aufgeregt war Wolf schon, als ihm der Rektor mit einem offenen, freundlichen Lächeln gegenüber saß und ungezwungen drauflos redete: „Weißt du, dass euer Jugendheim in der DDR ein Jugendwerkhof war?" Wolf steckte sich einen Keks in den Mund und nickte bejahend. Der Rektor fuhr fort: „Ich war da lange Jahre Lehrer. Natürlich ist das heutige Heim kein Vergleich zum damaligen Werkhof. Aber die Jugendlichen waren keine anderen als heute. Ihre Lebensläufe glichen denen von euch. Und alle hatten ihr Päckchen zu schleppen. Die Sorgen, der Kummer, bedrückten sie damals und drücken euch heute auch noch. Und ehrlich Wolf, du fällst mir schon seit langem auf. Du bist doch mit deiner Welt überhaupt nicht zufrieden! Stimmt's? Und wenn ich dir helfen kann, ich tu es sehr gerne."

Wolf nahm ein paar Schluck aus der Kakaotasse, um den trockenen Keks herunterzuspülen, damit er Platz für den nächsten Keks schaffen konnte. Noch bevor Wolf ein Wort sagte, setzte Saupe fort: „Mir ist aufgefallen, dass du heute in meiner Stunde so ungewöhnlich still warst. Und ein einziger Satz, den du erst am Schluss gesagt hast, geht mir nicht mehr aus dem Kopf. Widersprich mir, wenn ich annehme, dass du mit Satanismus mehr zu tun hast, als du zugibst! Du machst immer den Eindruck, als würde dich der Teufel persönlich hetzen!"

Seine Vermutung verschlug Wolf die Sprache. Er musste erst mehrmals schlucken. Dabei war ihm, als würde sein Brustkorb in einen eisernen Ring gepresst, als würde ihm der Atem genommen.

„Oftmals erscheinst du unkonzentriert, bist oft völlig geistig abwesend und wirkst ängstlich nervös. Sag mir, wie kann dir geholfen werden? Ein junger Mensch in deinem Alter sollte unbeschwert, fröhlich und tatkräftig an seiner Zukunft arbeiten. Das alles vermisse ich bei dir in letzter Zeit."

Wolf war der Appetit auf Kakao und Keks vergangen. Er fühlte sich wie ein Raubtier in die Ecke getrieben. Saupe ärgerte sich, so undiplomatisch vorgeprescht zu sein. So bemühte er sich schnell, noch etwas zu retten von der Begegnung: „Gut, ich habe dich überfahren. Tut mir leid. Aber ich meine es ehrlich, dir zu helfen. Wenn du willst, dann komm doch morgen noch einmal in mein Büro! Solltest du in arge Schwierigkeiten geraten, kannst du mich auch zu Hause aufsuchen. Ich wohne ja nicht weit vom Heim entfernt."

Mit einem unbehaglichen Gefühl entließ er Wolf. Der fühlte sich aus einer verfänglichen Situation befreit und verließ erleichtert das Schulgebäude, denn er hatte sich vom Rektor nichts von seinem Geheimnis entlocken lassen. Als er die Stufen der breiten Eingangstreppe hinunterhopste, fiel sein Blick auf eine Bank. Sie stand auf dem Schulhof unter einer Eiche. Auf der Bank saß Sylvi. Sein Herz hopste plötzlich vor Freude. Er eilte beschwingt auf sie zu: „Schön, dass du auf mich gewartet hast!" Sylvi stand auf. Mit einem traurigen Blick schaute sie Wolf an. Wolfs Freude wurde hart ausgebremst. Er fragte: „Warum guckst du so betrübt? Lächel doch mal!"

Sylvi lächelte nicht. Im Gegenteil, ihr Gesicht wurde noch ernster, ihr Blick noch düsterer. Wolf tat so, als würde es ihn nicht sonderlich beeindrucken und meinte fast heiter: „Komm, ich begleite dich nach Hause!"

„Das geht nicht!"

„Warum nicht?"

„Ach, es geht eben nicht", gab sie ausweichend zurück und stellte ihm eine direkte Frage: „Du warst heute im Unterricht so komisch. Hast du was mit Satanisten zu tun? Ehrlich!"

Mit einem krampfhaften Lachen antwortete Wolf: „Blödsinn! Wie kommst du denn darauf? Ist doch richtiger Quatsch! Ich, ich, na ja, ich bin doch kein Satanist, Mensch! Ich wär´

ja bekloppt, wenn ich mich mit solchen Typen einlassen würde. Du kannst mir…"

Sylvi unterbrach seinen Redeschwall: „Und warum hast du im Unterricht angedeutet, dass man in solche Satanssekte auch ungewollt geraten kann?"

Wolf stammelte: „Na ja, es, es gibt doch solche Leute, die, die verführt werden, weil sie mit ihrer Lebenssituation nicht fertig werden."

„Kennst du denn welche?"

Wolf war in eine Sackgasse geraten. Er musste sich da wieder herauslavieren. Und das stellte er sehr ungeschickt an, als er erbost knurrte: „Komm, lass das idiotische Thema sein! Wir bummeln noch ein bisschen durch den Wald!" Er scherzte: „Oder soll ich die bösen Geister rufen?" Er ging auf Sylvi zu, wollte sie umarmen, aber Sylvi blockte ihn ab, indem sie ihre Hände ihm schützend entgegenstreckte und mit schneidender Stimme sagte: „Nee, ich geh nicht mit dir in den Wald! Und nach Hause begleitest du mich auch nicht mehr. Und überhaupt, wir werden uns nicht mehr treffen!"

Sie nahm ihre Mappe von der Bank, wandte sich um und wollte gehen. Da packte Wolf sie derb am Oberarm und hielt sie zurück: „Was ist los? Warum machst du Schluss mit mir? Was hab´ ich getan? Sag´s!"

Sylvi riss sich von seinem festen Griff los, drehte sich zu ihm um, schaute ihn mit energischem Blick an und meinte: „Meiner Mutter gefällt es nicht mehr, dass wir so eng befreundet sind. Sie hat Angst, du könntest irgendwie mal ausrasten. Sie weiß von deinem Selbstmordversuch und von deinen Spinnereien. Da ist es doch verständlich, dass sie sich um mich bangt. Du benimmst dich ja auch in letzter Zeit oftmals so seltsam. Lass mich jetzt gehen!"

Wolfs Backenknochen arbeiteten. Seine Hände begannen zu kneten. Eine Welt brach für ihn zusammen. Er hatte sich im Elternhaus von Sylvi so wohlgefühlt. Er glaubte, schon zur Familie zu gehören. Und jetzt diese Abfuhr. Wolf konnte das nicht verkraften. Zuerst stand er wie versteinert da, schaute Sylvi stumm und niedergeschlagen hinterher. Er fühlte, wie seine Blütenträume zerplatzten. Es durfte nicht sein, dass er seinen einzigen Halt verlor. Etwas trieb ihn an, Sylvi hinterherzulaufen, sich breitbeinig vor ihr aufzubauen, sie grob bei den Schultern zu packen. Mit teuflisch wild funkelnden Augen ließ er seinen Gefühlen freien Lauf: „Du willst nicht mehr mit mir gehen? Ich bin dir wohl nicht mehr gut genug? Bin ich ein Mörder, ja? Vielleicht bin ich ja auch einer! Romeo und Julia haben sich doch auch gemeinsam umgebracht! Ja, ich bin ein Monster, wenn deine Mutter mich so sieht!"

Sylvi ließ sich von seinen Gebärden nicht einschüchtern, schaute ihn, zu allem entschlossen, an: „Wenn du mich nicht gehen lässt, dann erzähle ich es meinen Eltern. Auch das von damals, als du mich schon mal fast erwürgt hättest. Bisher habe ich geschwiegen, wie ich es dir versprochen habe. Aber ich stelle mich nicht gegen den Willen meiner Eltern!" Als sich Leute näherten, lockerte Wolf seinen Griff. Schnell wand sie sich aus seiner Umklammerung und sagte extra laut: „Mach´s gut!" Sie setzte ihren Weg nach Hause fort.

Wolfs Gefühle fuhren Achterbahn und drohten, jeden Moment aus der Bahn geschleudert zu werden. Diesen seelischen Tiefschlag konnte er nicht verwinden. Seine Füße trugen ihn automatisch in den Wald, wo er eine Zeit lang grübelnd auf seinem Baumstamm zubrachte. Diesmal befand er sich dermaßen in seelischen Nöten, dass er Satan anrief: „Luzifer! Herr und Gebieter, hilf mir! In unserem Pakt hast du mir versprochen, immer da zu sein, wenn ich dich brauche! Mach, dass Sylvi mich liebt!" Wolf lauschte in den Wald hinein. Aber nichts geschah, bis er sich einbildete, ein höhnisches, satanisches Gelächter zu hören.

Wolf schrie enttäuscht seine Wut heraus: „Luzifer, du bist ein Lügner! Du bist ein hässliches Scheusal! Du stürzt die Menschen nur ins Verderben! Sei verflucht!" Enttäuscht und in seiner Seele tief verletzt begab er sich ins Heim.

In dieser Nacht erschien ihm seine Mutter im Traum. Sie sah wie eine garstige, teuflische Vettel aus. Ihre knorrigen Hände gierten nach ihm. In ihrem für ein breites Lachen weit aufgerissenen Mund steckten nur noch vereinzelt vergilbte Zahnstümpfe im Kiefer. Sie stöhnte und krächzte: „Mein Sohn! Mein Sohn! Du! Du hast mir das Liebste genommen, meinen Tim! Bald sind wir im Reich der Finsternis wieder vereint! Auch hier wird dich deine Schuld, deine Sünde verfolgen! Hä! Hä! Hä! Deine Stunden sind gezählt! Und verrucht bist du für ewig, weil du nicht zu meiner Beerdigung an mein Grab gekommen bist."
Wolf schlug im Schlaf um sich: „Geh weg! Du bist nicht meine Mutter! Du bist das Weib Satans! Ich geh nie mehr auf einen Friedhof!"
Als sein Bruder aus dem Wasserstrudel emporstieg und sich sein Gesicht in eine Haifratze mit weit aufgerissenem Maul verwandelte, beendete Waldi Wolfs Albtraum, indem er Wolf an der Schulter fasste und ihn kräftig rüttelte.
Wolf schreckte mit einer teuflischen Grimasse hoch und schrie: „Satan verschwinde! Ich hab´ noch eine Frist! Es ist noch nicht mein siebzehnter Geburtstag!"
Waldi knipste die Nachttischlampe an. Wolf schützte seine Augen mit den Händen vor dem grellen Licht. Er sprach abgehackt: „Was...was...was...is´n...los? Wo...b...b...bin ich...denn?"
Waldi beruhigte ihn: „Du bist in deinem Bett. Du hast wohl schlecht geträumt und totalen Unsinn gebrabbelt. Vom Satan haste gequatscht."
Wolf ließ sich erschöpft ins Kissen fallen. In seinem Kopf war alles wirr durcheinander. Der Spuk hatte ihm so sehr

zugesetzt, dass er kein Wort herausbrachte. Er wagte nicht mehr, seine Augen zu schließen, denn er fürchtete, die Schreckensbilder würden wiederkommen und ihn um den Verstand bringen. Waldi saß noch auf Wolfs Bettkante. Seine Hand ruhte kameradschaftlich und beruhigend auf Wolfs Brust. Er klopfte dreimal sanft auf Wolfs Schulter und meinte: „So, nun schlaf gut. Und verscheuche die blöden Gedanken und grässlichen Träume! Ich geh´ jetzt wieder in mein Bett."

„Waldi, lass aber das Licht an!", bat Wolf mit dünner, rauer Stimme.

Waldi verfolgte Nacht für Nacht mit Sorge, wie Wolf aus seinem Bett stieg, irgendetwas Unverständliches vor sich hinmurmelte und wie der Tiger in seinem Käfig durch´s Zimmer lief, kurz vor dem Fenster innehielt, eine Weile in den Himmel starrte, Wörter wie eine Beschwörungsformel aneinanderreihte, dann zur Tür ging, diese einen kleinen Spalt öffnete und ängstlich hinauslugte, als lauerte dort eine Gefahr. Drückte Wolf nachts die Blase, traute er sich nicht mehr über den halbdunklen Flur zur Toilette. Wolf war das reinste Nervenbündel geworden. Luzifer trieb ihn in den Wahnsinn. Schreckte er aus einem Albtraum auf, erfasste ihn ein heftiges Angstzittern wie bei einem Schüttelfrost. Luzifer beherrschte ihn vollkommen. Schließlich steuerte er Wolfs Willen dahingehend, dass dieser beschloss, sich einem Blutrausch zu ergeben.

Immer häufiger kamen ihm die Bilder einer Sitzung der Satanisten in den Sinn, wo einem zappelnden Schaf die Kehle durchgeschnitten wurde. Er spürte noch immer das aus der Ader spritzende, warme Blut. Er schmeckte noch immer das dampfende Blut, das zu trinken, er vom Oberpriester gezwungen worden war. In Wolfs Gehirn entstand ein Druck. Kopfschmerzen drohten, seinen Kopf platzen zu lassen. In seinen nächtlichen Wahnvorstellungen sah er sich als Amokläufer mit einem Fleischermesser durch die Straßen rennen und links und rechts neben sich Menschen niederstechen.

Noch fünf Tage bis zu seinem Geburtstag. Mit Grauen dachte er an Luzifers Prophezeiung, dass er einen sehr qualvollen Tod wie sein Bruder Tim sterben würde. Außer, er würde ein anderes Blutopfer finden und dieses selber töten.

Eines Abends, im Schutze der Dunkelheit, stieg Wolf durch ein Fenster in die Heimküche. Dort durchstöberte er die Schubkästen, bis er das passende Küchenmesser fand. Nachdem er sich vergewissert hatte, dass ihn niemand beobachtete, kletterte er wieder durch das Fenster hinaus auf den Hof. Das Messer hielt er im Hemdbusen versteckt.

Zunächst hatte er sich Waldi als Opfer auserkoren. Doch der war überraschend von seinem Vater abgeholt worden, da er am anderen Morgen einen Termin im Jugendamt hatte. Wolfs Lage duldete keinen Aufschub. Seine Lebensuhr war fast abgelaufen. Er musste schnell handeln.

So verschwand er heimlich aus dem Heim. Mit dem kalten Metall an der bebenden Brust, irrte er kopflos durch die fast menschenleeren Straßen. Wie ein Geistesblitz zuckten die Worte des Oberpriesters in ihm auf: *Um deine Seele vor Ablauf des Paktes mit Satan zu retten, musst du einen Menschen töten! Aber nur einen Menschen, den du sehr liebst, der dich liebt!*

Vor seinem geistigen Auge erstrahlte Sylvi in einem hauchdünnen, durchsichtigen Gewand, dessen Saum im Wind flatterte. Ihr Anblick erzeugte in ihm urplötzlich eine sonderbare Gefühlsmischung aus tiefer Liebe zu ihr, aus grenzenlosem Hass und Neid auf ihr unbekümmertes Leben. Dann war da noch das Gefühl der Todesangst und letztlich das Gefühl, sich als ein Herrscher über Leben und Tod zu fühlen. Diese höllische Eingebung lenkte seinen

Schritt in Richtung des Hauses, wo er seinen Blutrausch befriedigen wollte, wo er sich mit einer Bluttat vom eigenen Tod freikaufen konnte.

Als er mit stürmischem Schritt um eine Häuserecke bog, stieß er mit einem fremden Mann zusammen. Der Aufprall war so heftig, der Schock war für Wolf so groß, dass das Messer herausrutschte und metallisch klimpernd, auf die Steine fiel. Der Mann starrte erst Wolf an, dann sah er entsetzt das Fleischermesser, dessen Klinge im Schein der hellen Straßenlampe blinkte. Dem Fremden lief ein Schauer über den Rücken. Noch ehe der geschockte Mann ein Wort des Staunens hervorbringen konnte, bückte sich Wolf rasch, hob blitzschnell das Messer auf und rannte davon, ohne dass der Mann sich Wolfs Gesicht hatte einprägen können. Wolf konnte unerkannt in die Dunkelheit eintauchen.

Schließlich erreichte Wolf Sylvis Haus. Er stellte sich gegenüber dem Haus hinter einen Baum. In Sylvis Zimmer, das in der ersten Etage lag, brannte noch Licht. Hinter dem bunten Fenstervorhang bewegte sich ein Schatten. Wolf dachte: *Das kann nur meine Sylvi sein. Ich erkenne es an den Umrissen ihres grazilen Körpers. Sie ist und bleibt meine große Liebe! Vielleicht sind wir im Tode vereint?*

Er spürte auf einmal ein brennendes Verlangen nach ihr. Doch sie konnte seine Sehnsucht nicht stillen. Ihn grauste der Gedanke, ihr die Kehle durchzuschneiden, so wie es mit dem Schaf geschehen war. Lieber würde er sich gleich selbst das Messer in den Bauch rammen. Aber das verschob er auf später.

Eine gute halbe Stunde verharrte er unschlüssig in seiner Position. Er überlegte, wie er seinen Mordplan ausführen könnte. In Sylvis Zimmer ging das Licht aus. Ratlos stand Wolf noch eine Weile hinterm Baum. Starke Gefühle zu Sylvi machten ihn wankelmütig. Plötzlich verwarf er seinen Plan vom Blutsopfer. Er begab sich bleiernden Schrittes in

Richtung Wald. Auf einer Lichtung blieb er stehen. Der Mond hatte sich durch die Wolkendecke gekämpft. Wolf hockte auf einem Baumstumpf und sann über seine Lage nach. Er nahm das Fleischermesser in beide Hände und betrachtete die spitze Klinge. Er drückte kräftig seine linke Daumenkuppe in die Spitze des Messers, so dass es schmerzte. Dabei hielt er kritisch Rückschau auf sein Leben der letzten Jahre und stellte ernüchtert fest, dass ihn Luzifer nur belogen hatte. Von dem sorglosen, schönen Leben, das ihn Luzifer im Tausch gegen seine Seele versprochen hatte, hatte er bisher nichts gespürt. Voller Zorn brüllte er in den Wald hinein: „Luzifer, du hast mich belogen und betrogen! Du hast mich nur gepeinigt und gegen alle Menschen aufgehetzt! Du hast Hass in mein Herz gesät und meine große Liebe zerstört! Komm und hol mich doch in deine Hölle! Ich will sowieso nicht mehr leben! Aber ich werde keinen Menschen töten! Ich werde mir das Messer auch nicht in den Bauch rammen! Das wäre ein großer Sieg für dich! Du elender Schuft! Du hässliche Kreatur! Ich werde alle über deine Machenschaften aufklären! Ich bin ab jetzt nicht mehr dein Diener, sondern dein erbitterter Feind!" Unter ihm lag funkelnd der See im silbernen Mondlicht. Wolf lief hinunter zum Ufer. Dort angekommen, holte er weit aus und schleuderte mit aller Kraft das Messer ins Wasser. Als das Messer ins Wasser plumpste, hörte er das Plätschern. Kleine Wellen liefen auf ihn zu. Wolf verharrte noch eine Weile still und steif am Ufer. Für einen kurzen Augenblick fühlte er sich befreit vom innerlichen Druck.

Auf dem Weg ins Heim beschlichen ihn wieder Gefühle des Zweifels und der Angst. Wolf hatte Luzifers magische Kraft wohl doch unterschätzt. Denn seine Furcht vor dessen Totenreich vermochte er doch nicht gänzlich zu besiegen. Diese unbändige Angst vor seinem baldigen irdischen Ende kroch ihn abermals hinterhältig an und zermarterte sein

Hirn und Herz. Ratlos und verzweifelt lief er ziellos durch die Straßen.

Obwohl die Kirchturmuhr bereits zehn Uhr abends schlug, zog es Wolf vor, nicht ins Heim zurückzukehren, sondern zum Rektor nach Hause zu gehen. Er graute sich vor der Nacht allein im Zimmer.

Als er an der Tür geklingelt hatte, erschien kurz darauf Saupe an der Tür. Erstaunt fragte er: „Wolf, was machst du denn so spät hier?" Blass und verstört stand Wolf vor ihm. Wolf hatte sich schnell gefasst und sagte rasch: „Ich wollte eigentlich zu ihnen. Ich, ich kann schon lange nicht mehr richtig schlafen. Ich drehe durch, denn mich verfolgt Satans Fluch."

Saupe horchte auf, sah ihn entgeistert an. Weil er glaubte, Wolfs letzten Satz nicht richtig verstanden zu haben, fragte er nach: „Was meinst du mit Fluch Satans? Aber komm erst mal rein! Du bibberst ja fürchterlich!" Saupe ließ seinen Problemschüler eintreten, führte ihn in sein Arbeitszimmer, platzierte ihn auf der Couch und rief ins Wohnzimmer zu seiner Frau: „Hella, mach doch mal für unseren Gast einen heißen Tee!"

Wolf verbarg sein Gesicht hinter den flattrigen Händen. Es war ihm peinlich, seinen Rektor anzuschauen. Außerdem traten ihm Tränen in die Augen, was er lieber vermieden hätte. Die Stimme versagte ihm. Vor Saupe hockte ein Häufchen Unglück. Ein solches jämmerliches Bild war ihm nicht unbekannt. Im Jugendwerkhof hatte er etliche solcher gespaltenen, vom Schicksal gebeutelten Persönlichkeiten kennengelernt. Und so sagte er im väterlichen Ton: „Wolf, beruhige dich erst einmal! Du bist ja völlig neben dir!" Frau Saupe kam ins Zimmer und stellte ein Tablett mit Teekanne und Tassen auf den Tisch. Wolf gab ihr zur Begrüßung nur flüchtig die Hand, ohne seinen Blick zu heben. Herr Saupe bedeutete seiner Frau mit einer Geste, dass sie den Raum verlassen sollte. Sie nickte verständnisvoll und verschwand.

Saupe goß Tee in eine Tasse und reichte diese Wolf: „Komm, trink den Tee, der beruhigt!" In kleinen Schlucken trank er den heißen Tee. Dabei konnte er seine Gedanken ordnen und sich an die peinliche Situation gewöhnen. Saupe hatte sich ihm gegenüber gesetzt und betrachtete ihn aufmerksam, seine Gesten, seine Augen, die unruhig hin und her gingen. Vor allem fielen ihm Wolfs Hände auf, die irgendetwas zu bearbeiten oder in der Seele etwas zu verarbeiten schienen. Gespannt wartete er auf das, was Wolf ihm anzuvertrauen bereit war. Erst als Wolf seinen normalen, gleichmäßigen Herzschlag spürte, begann er, seine Lage, seine Misere bildhaft zu beschreiben. Wolf beschrieb, wie und warum er in die Satanssekte geraten war, was er dort erlebt hatte und, dass er einen Pakt mit Luzifer hatte abschließen müssen Er redete sich in Rage. Ganz genau beschrieb er die nächtlichen Friedhofsbesuche und die unheimlichen Sitzungen der Satansbrüder. Dann sprudelten seine Gedanken nur so aus seinem Mund, als könnte er sich von einer unangenehmen Sache freireden: „Ich habe mich der schwarzen Magie ergeben. Die Zeit des Pakts mit Luzifer läuft für mich ab. Satan quält mich. Angst beherrscht mich. Ich habe schlaflose Nächte und wilde, beängstigende Träume. Ich wollte mir ja schon das Leben nehmen. Hat leider nicht geklappt. Gestern habe ich mir eine Nähnadel mindestens vier Zentimeter tief in den Oberschenkel gejagt. Und ich habe überhaupt nichts gespürt! Keinen Schmerz! Und Satan holt sich alle! Ein Satansbruder ist erst an Asthma gestorben. Ein anderer ist nachts nach Hause gekommen. Plötzlich ging das Licht im Treppenhaus aus. Er fiel die Treppe hinunter und brach sich das Genick. Ein anderer hatte von einem alten Mann den Pakt mit dem Teufel übernommen. Wenn man das tut, übernimmt man auch von ihm Krankheiten und dessen Tod. Und wenn man sich vom Satan abwendet oder ihn verrät, dann erleidet man durch Folter schlimme Qualen. Satan richtet ihn öffentlich vor den Satansbrüdern hin. Meine Freundin Sylvi hat mit mir Schluss gemacht, weil sie sich vor mir fürchtet. Deshalb will ich jetzt da raus, aus der verfluchten Sekte! Man kann auch von Luzifer loskommen. Man muss nur Kontakt zu jemandem finden, der sich gut mit Satanismus auskennt. Durch offenes Reden oder durch Hypnose kann man vom Satan befreit werden. Ich bin schon total kaputt. Ich würde alles tun, um wieder frei zu sein von diesem Ungeheuer und Menschenfeind. Der hat nur das einzige Ziel, die Kirche auszulöschen. Dann hat er Gott besiegt." Wolf hielt in seinem Redefluss inne, musste Luft holen, überlegte kurz und meinte dann: „Ich würde am liebsten die Hilfe eines Pfarrers annehmen! Ein Pfarrer soll noch Macht über Satan haben!"

Von dem Gehörten standen Saupe die Haare zu Berge. So ein Mumpitz hatte er bisher noch nie gehört. Er brauchte Zeit, um alles zu verdauen und einen gescheiten Gedanken zu fassen. Er fragte sich: *Spinnt sich der Bursche das alles nur aus? Hat der solche blühende Fantasie? Wie soll ich mich nun verhalten, damit ich nicht als gutgläubiger Esel dastehe? Eigentlich hatte ich mich ja seit dem Ritualmord in Sondershausen eingehender mit Satanismus beschäftigt. Und vieles stimmt auch, was der Bursche erzählt hat.*

In Wolf klang allmählich die Erregung ab. Er lehnte sich nach hinten und wartete, was Saupe sagen würde. Der saß da, fühlte sich von Wolfs Schilderungen völlig erschlagen und schwieg. Er rang mit sich und suchte nach gescheiten Worten.

Wolf dachte: *Ob der Saupe mir überhaupt glaubt? Der denkt bestimmt, ich habe ihm was vorgesponnen. Warum sagt er denn nichts? Warum schweigt er so komisch? Und weshalb durchbohrt er mich mit einem scharfen Blick? Der glaubt nicht, dass es Satan wirklich gibt!*

Saupe war von Natur aus ein Abenteurertyp. Er liebte die Spannung und das Risiko. Und daher war es auch nicht verwunderlich, dass er nach Minuten des Schweigens mit einem spitzbübischen Grienen fragte: „Sag mal, kannst du dich noch an den Ort erinnern, wo die Schwarzen Messen stattfinden?"

„Den Namen weiß ich nicht mehr. Es ist ein kleines Dorf, nicht weit von unserem Ort. Am Orstausgang stand rechts ein altes Haus, das total baufällig war."

„Würdest du dich wieder hinfinden?"

Wolf überlegte einen Moment. In seinem Gehirn entwickelte sich eine Fahrskizze. Er sagte: „Ja, ich denke schon, dass ich dort hinfinden würde."

Da rückte Saupe mit seiner fixen Idee raus: „Was hältst du davon, wenn wir beide dort mal hinfahren? Ich bin neugierig auf solchen Ort. Na, was ist?"

„Poh!" machte Wolf. Schon die Vorstellung, vor dem besagten Haus zu stehen, jagte ein Frösteln durch seinen Körper. Er wehrte ab: „Nee, da kriegen mich keine zehn Gäule hin! Ich bin doch nicht lebensmüde! Die benutzen uns gleich als Blutsopfer! Nee! Nee! Die gewaltige Macht Luzifers ist mir zu gefährlich!"

Als Saupe einen kurzen Blick auf sein versteinertes Gesicht warf, war ihm klar: *Den Jungen kriegste da nicht wieder hin. Schade! Ich hätte mich gern mal da umgesehen. Vielleicht spürt man dort die Kraft der bösen Geister?* Er ertappte sich dabei, auch schon von Geistern zu spinnen. Und so sagte er nüchtern: „Eigentlich müssten wir das der Polizei melden, wenn das stimmt, was du mir erzählt hast. Am besten wir fahren gleich morgen zur Polizeiwache!"

„Bloß nicht!", lamentierte Wolf, „das ist Verrat! Und auf Verrat steht der Tod. Und vielleicht gibt es unter den Bullen auch Satanisten? Nee, bloß nicht zur Polizei! Dann bin ich gar nicht mehr sicher!" Wolf spürte ein Gefühl, als würde Satan gleich auf einem Feuerschweif herniederfahren und mit seinem heißen Atem Saupes Haus in Brand setzen.

Während er seinen Gast nachdenklich musterte, plante Saupe sein Vorgehen. Er hatte eine Idee. Und er hatte einen Mann an der Hand, einen Prälaten und Generalvikar, den er womöglich in diesen Fall einbeziehen könnte. Aber er wollte vorher Klarheit. Wenn das alles gesponnen war, dann würde Wolf bei seinem Vorschlag kneifen. Sollte er auf seinen Vorschlag eingehen, dann würde etwas dran sein an den Schilderungen. Und so konfrontierte er Wolf direkt mit seiner Idee: „Hör mal Wolf, ich hätte da eine Lösung deines Problems. Doch dafür müssten wir nach Dresden fahren. Aber du willst ja, dass dir geholfen wird, dass du loskommst vom Satan? Stimmt´s?"

Wolf wurde ganz hellhörig und schwor: „Ich versuche alles!"

„Na gut, ich habe einen guten Bekannten, der ist Prälat in Dresden. Zu dem könnten wir fahren. Der würde dir helfen. Ich meine, vielleicht. Wenn er kann. Willst du mit mir zu ihm nach Dresden fahren?"

Ohne lange zu überlegen, sagte Wolf: „Na klar, will ich mit ihnen dort hin! Wenn der mir helfen kann? Viel Zeit habe ich doch nicht mehr. Mein siebzehnter Geburtstag ist bald."

Wolfs spontane Reaktion verdrängte bei Saupe alle Zweifel, und er sagte begeistert: „Gut, ich rufe gleich den Prälaten an. Morgen ist Sonnabend. Da könnten wir zu ihm fahren, wenn er Zeit hat."

Ohne noch Zeit zu verlieren, denn es war schon spät geworden, nahm er den Hörer, wählte die Nummer und wartete etwas aufgeregt. Am anderen Ende meldete sich eine tiefe, freundliche Männerstimme. „Ja, bitte? Hier Prälat Kolkmeier. Wie kann ich helfen, zu später Stunde?"

Ein bisschen verunsichert sagte Saupe: „Hier Rektor Saupe. Guten Abend, Herr Prälat Kolkmeier! Entschuldigen sie bitte die späte Störung!"

„Aber das macht doch nichts. Als Pastor muss man immer erreichbar sein. Worum geht es denn, lieber Herr Saupe?"

„Es handelt sich um eine sehr prekäre Angelegenheit. Ich habe hier einen Schüler, der sich vor einiger Zeit den Satansbrüdern angeschlossen hatte, der jetzt raus will aus dieser Sekte. Er meint, sie als Pfarrer könnten ihm helfen." Er reichte Wolf den Hörer. Und der beteuerte gleich: „Ich brauche wirklich dringend Hilfe. Herr, Herr, äh...!"
„Ja, aber nicht aus der Ferne", lachte der Prälat etwas amüsiert. Saupe nahm wieder den Hörer: „Das ist ja klar", freute sich Saupe, der die Bereitschaft des Prälaten Kolkmeier rausgehört hatte, „wir würden natürlich zu ihnen nach Dresden kommen."
„Ja, und wann?" fragte der Prälat.
„Gleich morgen", beeilte sich Saupe und begründete den kurzfristigen Termin. Es entstand eine Gesprächspause. Der Prälat blätterte im Terminkalender. Dann meldete er sich wieder: „Ich habe zwar morgen einen Termin. Den sage ich kurz ab. Das Problem des jungen Mannes duldet keinen Aufschub. Ich erwarte sie morgen um vierzehn Uhr. Aber, der junge Mann muss gut ausgeschlafen sein! Dann wünsche ich ihnen beiden noch einen gesegneten Abend!"
Saupe antwortete freundlich artig: „Wir wünschen auch ihnen, Herr Prälat Kolkmeier, einen gesegneten Abend!" Er legte den Hörer auf, rieb sich vergnügt die Hände und wandte sich an Wolf: „Na siehst du, auch einem Prälat ist dein Schicksal nicht egal. Ich rufe gleich morgen früh deine Erzieherin an und informiere sie, dass wir nach Dresden fahren."
„Aber sagen sie ihr bloß nicht, warum wir dahin fahren und zu wem! Die fallen im Heim alle über mich her, wenn sie erfahren, dass ein Satanist unter ihnen ist!"
„Ich werde bis morgen noch einen passenden Grund finden. Mach dir mal bloß keine Sorgen! Für dich wird es bestimmt eine grausame Nacht werden", bedauerte Saupe Wolf und fragte: „Was willst du jetzt tun? Möchtest du bei uns schlafen? Für diese Nacht."

Wolf wollte aber nicht als ein großer Angsthase erscheinen und meinte heldenmütig: „Nee, nee, ich gehe doch lieber ins Heim zurück. Luzifer wird mich ja bestimmt peinigen. Aber, bald habe ich über ihn gesiegt!"

Saupe verließ das Zimmer. Nach fünf Minuten kam er zurück und hielt Wolf zwei Tabletten Rudotel hin: „Hier, nimm die, damit du morgen ausgeschlafen und fit bist!" Dann legte er ihm eine Kassette auf den Tisch: „Das sind Übungen zum Thema: Die Macht des Unterbewusstseins. Hör dir die Kassette im Bett an! Dann wirst du den nötigen Schlaf finden! Komm! Ich bringe dich noch ins Heim!"

Als sie aus dem Haus traten, tobte ein heftiger Sturm. Die Straßenlampen wackelten hin und her. Äste brachen von den Bäumen. Saupe bemerkte: „Vorhin war es ein bisschen windig. Jetzt stürmt es." Scherzhaft fügte er hinzu: „Da ist wohl der Luzifer wütend geworden über unsere morgige Verabredung?" Wolf war nach Spaßen wirklich nicht zumute und meinte knapp: „Ja, vielleicht tobt der meinetwegen?" Insgeheim fürchtete er sich vor der Nacht.

Im Heim trafen beide auf Wolfs Erzieherin. Sie war sehr aufgebracht und fuhr Wolf unwirsch an: „Wo kommst du jetzt erst her? In einer Stunde hätte ich dich bei der Polizei als vermisst gemeldet! Und was das bedeutet, das weißt du ja wohl!"

Saupe versuchte, sie zu beschwichtigen und versicherte ihr, dass sie eine wichtige Aussprache geführt und dabei die Zeit vergessen hätten. Sie gab sich damit zufrieden und sagte im entschärften Tonfall zu Wolf: „Nun aber dalli ins Bett! Und, Zähneputzen nicht vergessen!"

Saupe bedankte sich bei der Frau für ihr Verständnis und bat sie, sie noch im Erzieherzimmer sprechen zu dürfen. Sie war zum Gespräch bereit. Saupe unterbreitete ihr sein morgiges Vorhaben, gemeinsam mit Wolf nach Dresden zu fahren. Erstaunt fragte sie: „Was gibt es denn da für Wolf so Wichtiges zu tun?"

Saupe wich aus: „Ach, das ist eine heikle Angelegenheit. Wir beide reden später darüber. Tut mir leid. Es ist eine vertrauliche Sache. Aber danach, da wird sich manches aufklären. Ich bitte sie um Geduld und um Vertrauen. Dann eine gute Nacht! Bis morgen!"

Die zwei Rudotel verfehlten ihre Wirkung nicht. Nach kurzer Zeit des Anhörens der Kassette schlief Wolf ein. Er hatte endlich eine traumlose, erholsame Nacht.

Noch vor vierzehn Uhr wurden beide vom Prälat Kolkbein freundlich in dessen Wohnung empfangen. Und der Prälat kam gleich zur Sache: „Ich werde erst mal mit dem jungen Mann ein Gespräch nur unter vier Augen führen. Danach setzen wir uns drei zusammen." Saupe war einverstanden und beschloss, einen kleinen Spaziergang zu unternehmen. Der Prälat stellte Wolf die Frage: „Junge, wie bist du denn hineingeraten in diese Satanszene?" Daraufhin legte Wolf los. Über eine halbe Stunde redete er ohne Scheu und rückhaltlos über die brutalen und menschenverachtenden Machenschaften der Satanssekte. Er fühlte sich in diesem Pfarrhaus total sicher. Nach Wolfs letztem Satz: „Und somit bin ich dem Tod geweiht!", verharrte der Prälat für ein paar Minuten im Stillschweigen. Dann sagte er: „Junge, was du mir alles erzählt hast, ist echt! Ich glaube dir. Nun müssen wir gemeinsam überlegen, wie du da wieder rauskommst." Wolf war erleichtert und sagte sich: *Ich bin also doch kein Lügner. Und der Mann in seinem schwarzen Anzug, der immer nett lächelt, nimmt mich ernst. Wie nennt der Mann sich?* Wolf überlegte. Er hatte die Bezeichnung des Mannes vergessen. Eigentlich war es ihm auch egal, wie man ihn nannte. Hauptsache, er könnte ihm helfen, von Luzifer und den Satansbrüdern loszukommen.

Es klopfte, und Saupe trat ins Zimmer. Er schaute den Prälat fragend an. Der bestätigte: „Der Bericht des Jungen stimmt! Nun müssen Spezialisten die psychologischen und religiösen Ursachen herausfinden. Ich habe guten Kontakt zum Chefarzt eines Krankenhauses in Berlin. Montag rufe ich ihn gleich an und vereinbare einen Termin für Wolf. Ich melde mich dann telefonisch." Er stand auf, ging zu einem Schubfach und holte ein Medaillon heraus und legte das Mutter-Gottes-Kreuz in Wolfs Hand. Junge, das wird dich immer beschützen." Wolf bedankte sich mit Diener und hängte das Medaillon an seinen Ohrring.

Der Prälat nahm den Hörer und wählte eine Nummer. Während das Rufzeichen zu hören war, sagte der Prälat: „Ich rufe jetzt eine schwerkranke, vierundneunzigjährige Schwester unseres Ordens an. Sie wird für dich beten." Als sich die Schwester meldete, sagte der Prälat: „Schwester Agathe, ich habe hier einen jungen Mann, der große Probleme hat und unseren Beistand benötigt." Er wandte sich an Wolf: „Komm, hier, nimm mal den Hörer! Sprich mit ihr selbst!" Er schaltete den Lautsprecher an. Wolf nahm zaghaft den Hörer und meldete sich. Die Schwester fragte: „Was für Probleme machen denn dem jungen Mann große Sorgen?" Im Telegrammstil informierte Wolf die Nonne über seine ausweglose Situation, über seine Notlage. Schwester Agathe hatte aufmerksam zugehört. Mit fester Stimme, aber im salbungsvollen Tonfall, nahm sie Anteil an Wolfs übler Lage: „Mein Junge, du bist ja sehr geplagt. Wer sich mit dem Satan einlässt, hat meist sein Leben verwirkt. Aber, wenn du ehrlichen Willens bist, davon loszukommen, dann helfe ich dir. Ich werde für dich beten. Du musst dich aber auch dagegen selbst wehren, wenn die bösen Geister dich verführen wollen! Du musst standhaft sein und echte Reue zeigen, dann wird dich unser Herr auf den rechten Weg führen! Aber bedenke, Satan ist ein ganz, ganz raffinierter Verführer mit vielen verlockenden Versprechungen. Halte dich stets von bösen Menschen fern! Nun tu, was man dir sagt! Gott sei mit dir! Gott segne dich!" Sie legte den Hörer auf.

Es klopfte abermals. Und die Haushälterin brachte Kuchen und Kaffee. Die drei aßen und tranken und plauderten ungezwungen über die alltäglichen Dinge des Lebens.

Auf der Rückfahrt erlebte Saupe einen ganz anderen Wolf, als der, der er auf der Hinfahrt war. Seine tiefen Sorgenfalten waren geglättet. Seine Miene war erhellt. Die Augen glänzten wieder. Wolf lächelte vor sich hin. Er summte sogar zur Musik aus dem Radio mit.

Saupe war nun nicht sehr gläubig, und so meinte er, ein Phänomen zu erleben. Er konnte nicht verstehen, warum Wolf so verwandelt war. Er sinnierte vor sich hin: *Sein siebzehnter Geburtstag steht doch noch vor ihm. Seine ungeheure Angst vor dem von Satan angedrohten Tod kann doch nicht auf einmal wie weggeblasen sein, nur weil eine uralte Nonne für ihn betet? Oder weil er jetzt ein Kreuz am Ohrring trägt? So kann es nur ein psychologisches Phänomen sein. Er klammert sich jetzt an Gottes Beistand fest. Kurzum, der Junge leidet an krankhaften Einbildungen!* Saupe schlussfolgerte: *Da kann ja auch nur noch ein Psychiater helfen!*

Unerwartet brach Wolf das Schweigen: „Ehrlich, ich fühle mich auf einmal ganz anders, viel besser, befreit. Komisch, meine Ängste sind verschwunden." Er führte seine rechte Hand zu seinem Ohrläppchen. Bedächtig berührten seine Finger das Kreuz am Ohrring: „Ob ich wirklich aus den Klauen Satans befreit bin? Ist der Bann mit ihm zerrissen? Ist der Pakt gebrochen? Kann er mich nicht mehr töten?"
Saupe fühlte sich überfordert, ihm konkrete Anworten zu geben. So wich er mit der Floskel aus: „Du musst auf Gott vertrauen!" Weil er über seine Worte selbst verdutzt war, fügte er noch schnell hinzu: „Ich glaube aber, nur ein sehr professioneller Psychiater kann mit dir gemeinsam das Problem lösen. Bei dem musst du aber verdammt tüchtig

mitarbeiten, wenn du da rauskommen willst, aus deinen Wahnvorstellungen."

„Ich werde mich anstrengen", versprach Wolf.

„Vor allem musst du ehrlich mit deinem Problem umgehen. Du brauchst auch noch mehr Hilfe aus deinem Umfeld! Also solltest du künftig bei deinen Erziehern kein Geheimnis aus deinem inneren, zerrissenen Zustand machen! Und wenn es sich rumspricht, dann lass sie sich das Maul zerreißen und lachen. Das gibt sich mit der Zeit. Aber du kannst wieder aufrecht und glücklicher durch die Welt gehen."

Waldi war wieder ins Heim zurückgekehrt und hatte sich gewundert, dass Wolf den ganzen Tag nicht zu sehen war. Auf seine wiederholte Frage an die Erzieherin, wo Wolf wäre, antwortete sie nur mit einem leichten Achselzucken und mit den Worten: „Genau weiß ich das nicht. Er hat einen wichtigen Termin in Dresden:"

Waldi kam das geheimnisvoll vor. Und so überfiel er Wolf, nachdem er ins Zimmer getreten war, mit der Frage: „Sag mal, ehrlich, was hast du in Dresden gemacht? Wie biste denn überhaupt nach Dresden gekommen?"

Wolf überlegte einen Moment, ob er mit seinem Geheimnis rausrücken sollte. Dann sagte er unumwunden: „Ich bin Satanist! Ich habe mit Luzifer einen Pakt geschlossen. Der beherrscht mich! Der bringt mir den Tod! Schon bald!"

Waldi erstarrte. Mit weit aufgerissenen Augen schaute er Wolf an. Sein Mund stand weit offen. Er war bemüht, Wolfs Worte zu erfassen und zu begreifen. Wolf erkannte Waldis Ratlosigkeit. Und so klärte er ihn auf und erzählte Waldi, wie er in die Sekte geraten war. Alles klang für Waldi so gruselig, dass er sich hin und wieder schüttelte. Einige Male unterbrach er Wolf: „Das is 'n Ding! Ist das wahr? Kaum zu glauben!"

Wolf beendete seine Schauergeschichten: „Und zu meinem siebzehnten Geburtstag holt mich der Satan in seine Hölle!"

Voller Anteilnahme bemerkte Waldi: „Der ist ja schon in drei Tagen! Was willst du nun tun?"

„Deswegen war ich mit dem Rektor Saupe in Dresden. Der kennt da einen Mann, einen Pfarrer, nee, einen Prälaten, der mich vom Satanismus befreien kann."

„Was ist ein Prälat?", wollte Waldi wissen.

„Ach, das ist solch Mann mit Glatze im schwarzen Anzug. Auf der Brust trägt er eine riesige, silberne Kette mit einem großen Kreuz dran. Der hat direkten Kontakt zum Gott. Und eine vierundneunzigjährige Nonne will für mich beten. Stell dir vor, eine Nonne betet für mich. Der Mann war nett. Und die Nonne auch. Die haben gesagt, sie wollen meine Seele retten. Hier guck mal, diesen Anhänger hat mir der Prälat geschenkt!" Wolf beugte seinen Kopf vor und zeigte stolz auf den Anhänger am Ohrring. Waldi besah sich das Ding genau, setzte eine ungläubige Miene auf und meinte dann: „Und damit kann man Satan unschädlich machen? Und dich vor der Hölle bewahren?"

Wolf ruckte nur die Schultern. Sein Gesicht drückte Zweifel aus. Waldi ermunterte ihn: „Na, es wird schon gut gehen. Du wirst bestimmt nicht sterben! Soll der blöde Satan ruhig kommen! Ich bin ja bei dir!"

Wolf rang sich über Waldis Worte nur ein müdes Lächeln ab. Von der Reise und vom Erzählen erschöpft, bat Wolf mit verbrauchter Stimme: „Erzähl das aber nicht gleich überall rum!"

Waldi reagierte echauffiert: „Na, sage mal, ich bin doch kein Tratschweib!"

Wolf hauchte nur noch: „Dann ist es ja gut. Nun schlaf gut!"

„Du auch!"

Diesmal war es Waldi, der keinen Schlaf fand. Das, was er von Wolf erfahren hatte, war doch zu aufregend. Ihn beschäftigte die ganze Nacht nur der eine Gedanke, wie er am anderen Morgen die Neuigkeit unter die Leute bringen könnte, ohne gleich als Tratsche verrufen zu sein. Und er beruhigte sein Gewissen, indem er sich sagte: *Die anderen erfahren das sowieso. Wenn nicht von mir, dann von einem anderen. Und außerdem kann es ja auch Wolf helfen, wenn wir ihm alle beistehen.*

Schon am Montag hatte Saupe einen Anruf vom Prälaten bekommen. Er hatte ihm den Termin mitgeteilt, wann Wolf beim Psychotherapeuten vorstellig werden möchte. Der Termin fiel genau auf einen Tag nach Wolfs siebzehnten Geburtstag, dem er mit Bangen entgegenfieberte.

Trotz der zwei Rudotel-Tabletten vor dem Schlafengehen und des Anhörens der Kassette war Wolf am Vorabend vor seinem siebzehnten Geburtstag nur mühsam in einen unruhigen Schlaf mit chaotischen Träumen gefallen. Als aber die Erzieherin und einige Kameraden singend in das Zimmer traten: „Happy birthday to you…" waren seine dumpfen Gedanken verscheucht. Er richtete sich im Bett auf, rieb den Schlaf aus seinen Augen und genoss die unerwartete Gratulation. Die Erzieherin drückte Wolf innig und überreichte ihm einen Blumenstrauß. Die Kameraden klopften ihm der Reihe nach auf die Schulter und schenkten ihm Schokolade und Kekse. Wolf war überrascht und sehr gerührt. Er sprach mit zugeschnürter Kehle: „Dankeschön! Ich bin wirklich überrascht. Damit hätte ich wirklich nicht gerechnet. Danke! Ihr seid alle so nett zu mir."

Auf Wolfs Weg zum Speisesaal kam ihm Waldi aufgeregt entgegengelaufen und hielt ihm einen Brief hin: „Hier, den hat eben solch merkwürdiger, ziemlich finsterer Typ für dich abgegeben. Der war so unheimlich. Der war ganz schwarz gekleidet. Und irgendwie sah der schrecklich aus. Wie einer aus der Unterwelt."

Wolf zögerte. Er zog abrupt seine bereits nach dem Brief ausgestreckte Hand zurück. Waldi sah ihn verständnislos an und drängte: „Na, was ist denn? Nimm schon! Ist doch dein Brief! Ist kein Absender drauf. Vielleicht ist der von zu Hause?"

Wolf dachte: *Pah! Von welchem Zuhause? Ich hab kein Zuhause mehr!"*

Waldi drückte ihm ungeduldig den Brief in die Hand: „Los nimm! Ich habe Tischdienst!" Er machte kehrt und rannte in den Speisesaal.

Wolf packte wieder das blanke Grauen und er sagte sich: *Kein Absender drauf. Solche kraklige, schnörklige Schrift.* Ihm schien, als sähe er die rote Schrift durch das Papier hindurch. Dieser Brief, genau am Tag seines siebzehnten Geburtstagstags, konnte nichts Gutes bedeuten. Wolf blieb stehen. Unschlüssig hielt er den Brief in der Hand und überlegte, was er mit diesem tun sollte: *Gleich zerfetzen und ins Klobecken werfen? Oder den anonymen Brief der Erzieherin oder dem Rektor Saupe zeigen?* Er entschied sich für das Letzte und steckte den Brief in die Tasche. Als er seinen Weg in den Speisesaal fortsetzen wollte, fiel sein Blick zufällig auf das Gebüsch. Darin stand eine schwarz gekleidete Gestalt. Als der unbekannte Mann sah, dass Wolf ihn wahrgenommen hatte, winkte der Wolf zu und hob für einen kurzen Moment eine Satansmaske vor sein Gesicht. Dann verschwand er mit einem sarkastischen Lachen im Dickicht.

In diesem Augenblick rempelte Lucky den erstarrten Wolf von hinten an: „He, du stehst da wie eene Marmorsäule. Komm mit mampfen!"

Nach der handfesten, für ihn blamablen Prügelei mit Wolf, hatte Lucky mehr Respekt vor seinem Heimkameraden. Er fühlte sich mehr und mehr zu Wolf hingezogen. Er brauchte nach Boxerjonnys Unfall einen neuen Leithammel. Und da Wolf sonst ziemlich friedfertig erschien, glaubte er, einen neuen Kumpel gefunden zu haben. Noch vom Anblick der schwarzen Gestalt geschockt, sagte Wolf: „Da war ein

Satanist! Der verfolgt mich. Der hat auch diesen Brief für mich abgegeben." Er zeigte Lucky den Brief.

Lucky verstand nicht viel, was Wolf da von sich gab. Dass er in Bedrängnis war, das kapierte er sofort. So ballte er die Fäuste und fragte: „Wo is det Schwein?" Wolf wies in die besagte Richtung. Und Lucky sprintete los und rief Wolf zu: „Los komm, den machen wa fertig!" Da inzwischen noch drei Burschen Wolfs Worte mitbekommen hatten und dem Lucky sofort hinterherstobten, wurde Wolf automatisch mitgerissen. Die Häscher durchstöberten die Sträucher. Der flüchtige Satansbruder hatte sich hingehockt und gehofft, die wütende Meute würde ihn nicht finden. Aber der flinke, draufgängerische Lucky hatte eine gute Spürnase und scheuchte ihn auf aus seinem Versteck. Als der Satanist total verängstigt aufsprang, brauchte Lucky nur noch drei Sätze machen und ihn von hinten umklammern. Mit seinem Schwung riss er den Mann zu Boden: „Wat willste von unserm Polt? Los, red! Sonst polier'n wa dir die Fresse!" Sofort war der Mann von den Jungen eingekesselt. Lucky zerrte ihn vom Boden hoch und verpasste ihm zwei derbe Faustschläge. Der schmächtige Mann um die vierzig bebte am ganzen Körper und versuchte, seinen Kopf aus der Schlinge zu ziehen: „Ich, ich bin bloß der Überbringer des Briefes. Ich hab´ damit nichts zu tun! Und den, den Polt kenne ich gar nicht. Ich habe nur beobachtet, wer den Brief bekam. Daher weiß ich, wer der Polt ist. Unser Boss hat mich geschickt. Der will, dass Polt zur Sitzung kommt. Es ist bloß eine Einladung…"

Ein Jugendlicher schlug vor: „Los, den schleppen wir zur Polizei! Der muss ins Kittchen! So gespenstisch wie der aussieht!"

„Nee Jungs, hört mal, das könnt ihr nicht machen", flehte der Fremde und jammerte, „bloß nicht zur Polizei! Die sprerren mich ein! Ich tu doch keinem was! Ich bin nur ein kleines Licht unter uns Brüdern!"

Wolf, der ratlos dastand und auf einmal sogar Mitleid für den Mann empfand, sagte: „Lasst ihn laufen! Der ist nur ein Untertan von Luzifer, sein Handlanger. Der ist auch nur ein armes Schwein wie ich, der seine Seele an Satan verloren hat."

Die Jungen guckten Wolf unverständlich an, öffneten aber den Kreis, so dass der Mann unbehelligt gehen konnte. Er drehte sich noch einmal um und sagte, indem er deutlich aufatmete: „Ich danke euch." Dann verschwand er rasch in Richtung Straße, wo bald darauf eine Tür knallte, ein Motor aufheulte und ein Auto davonraste.

Dieser Zwischenfall machte im Heim schnell die Runde. So erfuhr auch Frau Plöntke von dem Vorfall. Sie rief Wolf zu sich und befragte ihn. Er übergab ihr den Brief. Sie fragte ihn: „Willst du wissen, was da drin steht? Besser nicht. Sonst packt dich wieder eine schlimme Unruhe. Du musst dich entscheiden! Etwas Gutes wird das Geschmiere nicht enthalten. Das sind doch alles Verbrecher!" Ihre letzten Worte machten Wolf die Entscheidung leichter. Er sagte: „Machen sie mit dem Brief, was sie wollen!" Und so erfuhr er niemals, was in dem Brief gestanden hatte.

Eine noch größere Überraschung erwartete Wolf vor dem Schuleingang. Als er aus dem Bus gestiegen war und auf die Schule zuging, sah er, dass vor dem Tor Sylvis Mutter stand. Zuerst dachte er ans Umkehren. Aber es war schon zu spät. Sie hatte Wolf bereits erspäht und kam direkt auf ihn zu. Wolfs Herz klopfte von Schritt zu Schritt immer heftiger. Als sie sich nah genug waren, erkannte er in ihrem Gesicht ein warmherziges Lächeln. Kurz vor Wolf, streckte sie ihm die Hand entgegen und begrüßte ihn mit den Worten: „Wolf, es tut mir alles sehr leid. Im Namen unserer Familie möchte ich dich um Verzeihung bitten, dich falsch eingeschätzt zu haben. Von deinen Sorgen hatte wir keine Ahnung. Rektor Saupe hat uns erst über deine missliche

Lage aufgeklärt. Mein Mann und ich gratulieren dir ganz herzlich zum Geburtstag", noch immer hielt sie Wolfs Hand, und mit einem vielsagenden Schmunzeln fügte sie hinzu, „na und Sylvi, unser Mädchen, wird schon sehnsüchtig auf dich warten." Sie drückte Wolf eine Plastiktüte in die Hand. Wolf stand da wie angewurzelt. Damit hätte er niemals gerechnet. So fand er erst gar keine Worte. Dann brachte er nur gequält heraus: „Hm! Ja! Äh! Danke! Dankeschön! Ist nett von ihnen."

„Ich muss zur Arbeit. Feier deinen Geburtstag noch schön!" Sylvis Mutter, die auch etwas rot im Gesicht geworden war, drehte sich um. Ihre hohen Absätze klapperten, weit hörbar, auf dem Gehwegplatten davon.

Als Wolf das Klassenzimmer betrat, schallte ihm das „Happy Birthday" entgegen. Sylvi erreichte ihn als Erste, gratulierte und gab ihm unter Beifall der Klassenkameraden einen leichten Kuss auf den Mund. Wolf war von diesem Empfang derart überwältigt, so dass er mehrmals schlucken musste, ehe er Worte des Dankes herausbekam. Vor allem rührte ihn sehr, dass seine Sylvi wieder zu ihm stand.
Rektor Saupe hatte die erste Unterrichtsstunde. Auch er gratulierte Wolf herzlich und versprach, dass ihn alle mit besten Kräften unterstützen würden, so schnell wie möglich vom Satanismus loszukommen. Dieses Versprechen und Sylvis Freundschaft beflügelten Wolf, sich hartnäckig gegen Luzifer zur Wehr zu setzen.

Am nächsten Vormittag fuhren der Rektor Saupe und Frau Plöntke mit Wolf in die Charite´ nach Berlin.
Der Psychotherapeut redete mit Wolf Klartext: „Also junger Mann, wenn ich dir helfen soll, endgültig von den Satanisten wegzukommen, dann musst du aber bereit sein, bei mir eine anstrengende Therapie durchzuhalten. Willst du das? Traust du dir zu, eisernen Willen aufzubieten?"

Wolf nickte mehrmals: „Ja, ja, ich weiß, das kostest Kraft. Aber ich will und ich muss loskommen von Satan! Ich bin doch in die Sylvi verliebt. Sie verlässt mich sonst für immer. Daran gehe ich dann kaputt!"

„Na gut, also, meine ersten Tipps, die du sofort beherzigen solltest: Du vermeidest ab sofort jeglichen Kontakt zu den Satansbrüdern! Briefe, die sie dir zukommen lassen, öffnest du erst gar nicht! Gib sie deiner Erzieherin! Sie wird schon was damit anzufangen wissen. Vor allem, geh offen mit deinem Problem um! Verschweige nichts! Sollten dich satanische Gedanken und Gefühle quälen, suche einen Vertrauten, dem du deine Nöte mitteilen kannst! Derjenige wird dir helfen, durch Tätigsein Ablenkung zu finden! Zuerst aber vernichtest du sämtliche Schriften über Satanskult! Am besten, du verbrennst diesen Schund! Um dein Trauma zu überwinden, solltest du mit jemandem auf den Friedhof gehen, auf das Grab deines Bruders und auf das Grab deiner Mutter Blumen legen und dich damit abfinden, dass beide ihren Frieden mit sich und mit dir gefunden haben. Und dann schlage ich dir noch vor, zu dem Ort und zu dem Haus zu fahren, wo du die Schwarzen Messen erlebt hast. Das wird dir viel abverlangen, ich weiß. Aber nur so kannst du mit allem abschließen und unbelastet in die Zukunft blicken! Und wenn es dir ganz schlecht geht, dann rufst du mich an! Ansonsten sehen wir uns hier in vierzehn Tagen wieder. Abgemacht?" Er reichte Wolf die Hand und stand auf. Wolf hatte Not, alles zu verkraften, was ihm der Therapeut gesagt hatte. Beim Händeschütteln bekräftigte Wolf seinen echten Willen, aus seiner schlimmen Lage herauskommen zu wollen: „Danke! Ich werde es schaffen! Dafür nehme ich alles in Kauf."

Auf der Rückfahrt wandte sich Rektor Saupe mit einem hintersinnigen Grinsen an Wolf: „Na, wie wärs, wenn Du bald den Rat des Psychotherapeuten befolgen würdest?"

„Welchen Rat?", fragte Wolf.

„Na, den Friedhof besuchen, wo deine Mutter und dein Bruder liegen. Und vor allem solltest du noch einmal zu dem Haus fahren, wo du das Schreckliche erlebt hast. Nur so gelingt es dir, endlich den Satan zu verdammen. Wenn du willst, dann fahre ich mit dir dort hin. Von mir aus gleich am kommenden Sonnabend. Einverstanden?"

Wolfs Kopf durchliefen gleich wieder abstoßende Bilder. Er rang mit einer Antwort. Als Saupe sagte: „Na, was ist? Bist du innerlich noch nicht bereit dazu? Ich weiß, dass es für dich eine große Überwindung bedeutet. Aber, es muss doch sein!"

„Ja, sie haben ja recht. Ich will ja auch kein Feigling sein! Und ich will auch so schnell wie möglich loskommen von diesem Spuk. Okay! Ich fahre mit. Aber, wenn dort diese schrägen Gestalten rumschleichen, dann hauen wir schnell wieder ab!"

„Ehrenwort! Ich will uns doch nicht in Gefahr bringen. Du sollst nur noch einmal das Umfeld spüren, es innerlich aufnehmen und dich für immer von dort verabschieden, indem du erkennst, dass da keine überirdischen Mächte rumspuken. Alles entspringt nur kranken Gehirnen törichter Menschen, die über andere Gewalt ausüben wollen!"

Wolf war noch sehr skeptisch, sich für ewig losreißen zu können von Schuldgefühlen und Alpträumen. An die Macht Luzifers glaubte er so recht nicht mehr. So fürchtete er auch die Rache Satans nicht mehr. Er sagte sich: *Immerhin lebe ich noch. Mein Geburtstag war gestern. Aber, was ist, wenn mich die Satansbrüder sehen oder gerade eine Schwarze Messe abhalten, wenn ich Saupe das Haus zeige?* Wolf schob alle Bedenken beiseite und sagte: „Ja, ich bin damit einverstanden. Ich will dort hin! Nur Feiglingen kann man Angst machen!"

Die Erzieherin und der Rektor ließen gleichzeitig ihren Gedanken freien Lauf: „So ist es richtig!" Beide lachten sich an. Der Rektor fügte noch hinzu: „Nur der Mutige bezwingt das Grauen in der Welt!"

Mit zwei Blumensträußen im Kofferraum begaben sich Saupe und Wolf auf den Weg zur psychotherapeutischen Maßnahme, zum Friedhof. Während Saupe sehr gespannt war zu erleben, wie Wolf diesen Friedhofsbesuch verkraften würde, kämpfte Wolf gegen seine starken Gefühle des Unbehagens an. Die Horrorvorstellungen, Luzifers Rache zu spüren zu bekommen, quälten ihn hin und wieder doch noch, aber in abgeschwächter Form. Wolf spürte, dass er der Macht Luzifers nicht mehr so hilflos ausgeliefert war. Satan hatte bei ihm mehr und mehr an Schrecken verloren. Wolf schob diese Tatsache dem Kreuz an seinem Ohrring und den Gebeten der uralten Nonne Agathe zu.

Schweigend saß Wolf neben Saupe. Der bemühte sich immer wieder, ein Gespräch mit Wolf in Gang zu bringen. Aber Wolf zog es vor, zu schweigen und die Landschaft zu genießen.

Saupe fragte dann doch: „Na Wolf, dir ist bestimmt ganz mulmig zumute?"

„Nö! Eigentlich nicht." Wolf spielte Saupe Gelassenheit vor, um in Ruhe seinen Gedanken nachzuhängen, denn ihm war seine Freundschaft mit Sylvi in den Sinn gekommen. Er sprach mit sich selbst: *Für die Sylvi würde ich alles tun. Die ist so hübsch und verdammt klug. Aber, zum Sex werde ich sie niemals mehr zwingen. Wir sind ja wirklich noch zu jung. Wir wollen uns die Zukunft nicht zerstören. Wenn ich bloß erst richtig weggekommen bin von diesen Satansbrüdern. Aber, zum Glück, die helfen mir ja alle.*

Er warf unauffällig einen dankbaren Blick zu Saupe hinüber. Hinter Saupes Schläfen hämmerten auch die Gedanken: *Der Wolf ist eigentlich ein armes Würstchen. Er hat keine Familie, die ihn liebt, die Verständnis für seine Sorgen hat, die ihn wieder moralisch aufbaut, wenn er am Boden liegt.*

Seine Gefühle verkümmern, wenn er keine intakte Familie, keine Freunde hat. Hoffentlich gelingt es ihm bald, sein Satanstrauma zu überwinden!

Wolf hatte Saupe zum Friedhof gelotst. Er stieg langsam und mit gemischten Gefühlen aus dem Auto. Er ließ seinen Blick über die Gräber schweifen. Der Friedhof lag im Sonnenschein. Vögel zwitscherten zu ihrer Begrüßung. Ansonsten herrschte eine sonderbare Stille. Saupe öffnete die Kofferklappe, und Wolf nahm zittrig die Blumensträuße heraus. Er atmete mehrmals tief durch.
„Zu welchem Grab zuerst?", fragte Saupe.
„Erst zu meiner Mutter", hauchte Wolf. Das Sprechen fiel ihm schwer. Im unbeobachteten Moment wischte er sich einige Tränen aus den Augen.
Sie mussten das Grab der Mutter eine Weile suchen. Als er ihren Namen auf einem schlichten, grauen Holzkreuz las, verlor er die Fassung. Sein Körper begann zu beben. Er hockte sich hin und legte den Blumenstrauß auf den Grabhügel. Dann hatte er Mühe, sich wieder aufzurichten. Er sank nach hinten. Saupe packte ihm unter die Arme und hievte ihn hoch auf die wackligen Beine. Etwas taumelig starrte Wolf mit glasigen Augen auf das Holzkreuz. Sein Blick fiel auf einige protzige Grabsteine mit philosophischen Inschriften. Da kam Wehmut in ihm auf, und er beklagte laut: „So ein ärmliches Grab. Das hat meine Mutter nicht verdient. Aber später, wenn ich selber Geld verdiene, dann lass ich ihr einen schönen Grabstein aus Marmor und mit goldener Inschrift anfertigen. Mama, das verspreche ich dir. Und verzeih mir, dass ich nicht zu deiner Beerdigung gekommen war. Aber diese Satansbrüder hatten doch schon auf mich gelauert. Ich muss von diesen loskommen! Mama, das verspreche ich dir auch."

Wolfs Worte gingen Saupe zu Herzen. Er musste sich umdrehen, um seine momentanen Gefühlsregungen nicht preiszugeben.

Dann suchten sie das Grab von Wolfs Bruder Tim auf. Auch hier verharrte er in tiefer Erschütterung. Als stände ihm der Bruder leibhaft gegenüber, so redete er sich von der Seele, was ihn noch immer bedrückte: „Lieber Tim, ich weiß jetzt, dass ich nicht schuld an deinem Tod bin. Ich war nur zu jung, um dich vor dem Ertrinken zu retten. Ich hatte nicht genügend Kraft, dich auf die Luftmatratze zu ziehen. Glaub mir, ich hatte lange Zeit gelitten. Und du hast mir immer sehr gefehlt. Dein Tod hat unsere ganze Familie zerstört. Und ich hatte mich an Satan verkauft. Aber jetzt will ich das Übel loswerden. Viele Leute helfen mir dabei. Hier, auch der Herr Saupe, mein netter Rektor von der Realschule."

Saupe klopfte Wolf gerührt auf die Schulter: „Du wirst es schaffen! Komm, jetzt gucken wir uns die Höhle des Bösen an! Mal sehen, wie der Anblick auf dich wirkt? Wenn du auch das noch gut überstanden hast, dann hast du einen großen Schritt ins normale Leben gemacht. Komm, lass uns fahren! Leg aber die Blumen noch aufs Grab!"

Wolf war so in Gedanken versunken. Er hatte nicht mehr an die Blumen gedacht und hatte schon kehrt gemacht zum Gehen. „Ach ja!", seufzte Wolf, „hätte ich glatt vergessen:" Er beugte sich vor und legte die Blumen aufs Grab. Noch einmal rieb er sich die Augen trocken. Dann verließen sie den Friedhof. Und Wolf wunderte sich über seine Gefühle. Er fühlte sich plötzlich völlig entkrampft. Ihm war zumute, als hätte man von ihm endlich eine schwere Bürde genommen. Zum ersten Mal hatte er ein sonderbares Glücksgefühl, als er von diesem Friedhof ging.

Sie stiegen ins Auto. Schon beim Einsteigen waren Wolfs Glücksgefühle einem Bangen gewichen. Jetzt wurde es für ihn ernst. Saupe war unternehmunglustig und fragte: „So, wie kommen wir jetzt zum Dorf mit dem satanischen Haus?"

Wolf überlegte: „Also, wir müssen ungefähr zehn Kilometer in die gleiche Richtung weiterfahren. Ich erinnere mich, dass auf der rechten Seite das Gemeindebüro ist, danach kommt eine Kneipe. Und fünfzig Meter weiter kommt eine Kreuzung. Da müssen wir rechts abbiegen. Und ich glaube, das letzte Haus auf der rechten Seite ist das unheimliche Haus. Genau weiß ich es aber nicht. Ehrlich, ich habe ganz schönen Bammel, dort hinzufahren. Wenn wir da plötzlich von den Luziferanhängern überrascht werden?"

„Ach Unsinn!", bemühte sich Saupe, Wolfs Befürchtungen zu zerstreuen, „da wartet keiner von denen auf uns!" Und er fuhr, selbst auf's Äußerste gespannt, los.

Wolf sank kraftlos ins Sitzpolster. Durch sein Gehirn spukten wieder die schrecklichsten Bilder von Schwarzen Messen. Saupe ahnte, was in Wolf vor sich ging. Er stellte das Radio an und hoffte, Musik könnte Wolf ablenken. Aber die Kraft der Popmusik reichte nicht aus, Wolf aus seinen Grübelein zu reißen. Von Kilometer zu Kilometer erhöhte sich sein Blutdruck, begannen seine Hände heftiger zu kneten. Hitze stieg in ihm auf. Am liebsten würde er auf die Bremse treten, das Lenkrad herumreißen, umkehren und weit von hier wegfahren. Doch da lenkte Saupe seinen Wagen auch schon in die benannte Straße. Langsam holperten sie über das Kopfsteinpflaster. Angestrengt hielt Wolf Ausschau nach dem besagten Haus. Da er nur in der Dunkelheit in diesem Haus war, fiel es ihm schwer, es herauszufinden. Sie fuhren an einer Brandruine vorbei. Nach dieser Ruine kam nur noch ein Haus. Danach begann der Wald. Links lagen weite Felder.

Saupe stoppte und fragte: „Nun, welches Haus ist es?"

Wolf besann sich: „Also, das Haus stand etwas weiter nach hinten. An der Straße standen nur noch die Reste von einem alten Holztor. Ein breiter Sandweg führte zum Haus.

Und gleich hinter dem Haus begann schon der Wald. Eine kleine Wiese lag noch dazwischen."

Saupe kehrte um und fuhr noch langsamer als vorher die Straße entlang. „Guck mal", sagte Saupe, „da stehen morsche Pfähle. Und ein Sandweg führt auch zur Ruine. Dahinter ist der Wald." Wolf schlug alle Zweifel in den Wind und sagte: „Echt, das ist es!"

Saupe lenkte seinen Wagen auf den Sandweg und fuhr bis zur Brandruine. Beide stiegen aus und schauten auf die rußgeschwärzten Wände. Dunkle Fensteröffnungen flößten Wolf ein Gefühl des Schauderns ein. Die verkohlten Dachbalken ragten wie ein Mahnmal in den blauen Himmel. Saupe bemerkte: „Mann oh Mann, hier hat aber das Feuer so richtig gewütet. Da konnten die Feuerwehrleute ja gar nichts mehr retten."

Kopfschüttelnd starrte Wolf auf die Ruine: „Wie ist denn das bloß passiert? Ich war doch da mal drin. Da drinnen hat sich all das Schreckliche abgespielt."

Saupe scherzte: „Na, vielleicht hat Luzifer selbst eine Lunte geworfen. Oder er hat bei seinem letzten Ritt mit seinem Feuerschweif die Bude aus Versehen in Brand gesetzt! Es ist unter Satanisten doch alles möglich." Saupe lachte halblaut in sich hinein. „Na komm, wir gehen mal ums Haus herum!"

Als sie um die Hausecke bogen, sahen sie eine gebückte Frau, die mit dem Messer Butterblumen abschnitt und in einen Korb tat. Da sie mit dem Rücken zu den beiden stand und etwas schwerhörig war, hatte sie die beiden nicht gleich wahrgenommen. Erst als Saupe sie ansprach: „Hallo, liebe Frau. Was ist denn mit dem Haus passiert?", da richtete sie sich ächzend auf, drehte sich um und fragte barsch: „Seid ihr auch solche Spinner? Dann packt euch lieber, ehe euch die bissigen Dorfköter zerfetzen! Und verkäuflich ist das Grundstück sowieso nicht! Oder seid ihr aus´m Westen? Solche arroganten Altbesitzer?"

Saupe versuchte, die Alte zu beschwichtigen: „Nee, nee, liebe Frau. Wir sind keine Spinner und auch keine Wessis, die ihren Besitz wiederhaben wollen. Wir sind nur von der Freiwilligen Feuerwehr unseres Ortes. Und wir sollen uns mal einen ziemlich derben Brandschaden ansehen. Da bot sich das hier eben an." Er war stolz auf seine Notlüge und bekam eine prompte Reaktion.

„Ach so", sagte die Alte versöhnlich und erklärte, „das Haus hat jemand anonym angesteckt. Ganz im Interesse unseres Dorfes. Da drinnen haben sich die übelsten Typen vergnügt und Tiere aus unserem Dorf massakriert, abgeschlachtet und brutal die Kehlen durchgeschnitten. Die haben schon das ganze Dorf terrorisiert. Solche Teufelsanbeter sollen es sein. Der nette Brandstifter hat uns endlich von dieser vermaledeiten Teufelsbrut befreit."

„Ob man mal ins Haus gehen könnte?", fragte Saupe.

„Wenn ihr euch eenen Balken uff'n Dez fallen lassen wollt, dann geht doch rin! Ich muss meinem Rammler, Meister Lampe, erst mal die Leckerbissen bringen." Sie klemmte sich den Korb mit den Butterblumen unter den Arm und watschelte in Holzpantoffeln vom Hof.

Saupe klopfte Wolf auf die Schulter: „Komm, wir gehen mal rein!"

„Nö! Ach, ich will da lieber nicht reingehen! Das ist mir zu gespenstisch!"

„Nun hab dich mal nicht so! Ist doch nur noch eine Ruine."

„Ja, aber, wenn nun Luzifers Geist da rumschwirrt?"

„Solch Schmarren! Du wolltest dich doch von dem Humbug befreien. Wenn du jetzt kneifst, dann hast du schon jetzt bei deiner Therapie verloren. Komm, gib dir 'nen Ruck!"

Saupe ging voraus. Wolf folgte ihm unwillig und mit einem unwohlen Gefühl. Die Holzdecke war eingestürzt. Man sah den azurblauen Himmel. Noch immer stieg strenger Brandgeruch in ihre Nasen, aus dem verbrannten Mobiliar, aus Matratzen und verschiedenem Plunder. Wolf zeigte auf eine Türöffnung: „Von da ist der Oberpriester in den Raum getreten. Der war eine grässliche Gestalt. Und durch diese Tür wurde das auf einem Kreuz festgebundene Mädchen hereingetragen." Wolf blieb vor einem altarähnlichen Gebilde stehen: „Und hier wurden die Tiere geopfert." Seine Erinnerungsbilder gaukelten ihm den Geruch von Moder und Blut vor. Er musste raus aus der Ruine. Im Hals würgte es. Er stürmte stolpernd nach draußen, lief um die Ecke und erbrach sich.

Saupe nahm dieses gespenstische Bild begierig in sich auf. Er wollte unbedingt dahintersteigen, was Menschen zu solch schauerlichem Satansgetue trieb.

Plötzlich hörte er dreimal eine Autotür klappen. Saupe horchte auf und dachte: *Wolf kann es nicht sein. Der würde einmal, höchstens zweimal mit der Autotür klappen, wenn er einsteigen wollte.*

Saupe balancierte über die verbrannten Reste zur Tür. Als er hinaustrat, standen unerwartet drei Kerle vor ihm. *Das sind ja ganz finstere Gesellen!* durchfuhr es ihn. Er musterte sie. Schwarze Kleidung. Wüste Frisuren. Einer hatte einen kahlgeschorenen Kopf, Tätowierungen an den Oberarmen und auf seinem Stiernacken.

„He, wat suchst du denn hier? Schnüffelst, wat?" Der mit dem Stiernacken stellte sich breitbeinig Saupe in den Weg. Er wirkte äußerst bedrohlich. Aber Saupe hatte um sich selbst keine Bange. Er dachte im Moment nur an Wolf, der kurz hinter der Ecke hervorgelugt hatte und sich leise verhielt, sogar den Atem anhielt. Saupe war erleichtert. Da dem Kerl mit dem Stiernacken Saupes Antwort zu lange dauerte, packte der Saupe am Revers, stierte ihn an und rüttelte ihn: „Wat is Mann! Willste uns nicht endlich erklär'n, wat de hier machst?" Saupe setzte einen scharfen Blick auf, legte seine Hände auf dessen Unterarme und sagte ganz ruhig: „Also, erstens lassen sie mich los! Und zweitens bin ich im Auftrag meiner Versicherung hier, um die Höhe des Sachschadens festzustellen."

Da trat ein geschniegelter Kerl an die beiden heran und befahl dem Stiernackigen: „Lass ihn los! Wir wollen keinen Ärger mit Behörden. Wir wollen nur das ersetzt bekommen, was uns zusteht."

„Okay", sagte Saupe völlig überzeugend, „meine Herren, dann lassen sie mich in Ruhe meine Arbeit machen!"

Der Geschniegelte mit Schlips und Kragen und mit einer akkuraten Scheitelfrisur forderte seine Kumpanen auf, ins Auto zu steigen. Die gehorchten ohne Widerrede und begaben sich zum Auto. Plötzlich vernahmen sie ein lautes Würgen, und das Aufklatschen von Erbrochenem. Die Kerle blieben stehen, drehten sich nach der Ruine um. Saupe stockte der Atem. Der Stiernackige polterte zuerst los: „Da ist doch noch jemand!" Und schon stampfte er mit seinem Zweieinhalbzentnergewicht zur Hausecke, hinter der sich Wolf verbarg. Der Stiernackige verschwand hinter der Ecke, kam kurz darauf wieder vor und schob Wolf, den er hart im Genick gepackt hatte, vor sich her: „Hier, der Schnösel hat sich hinter der Ecke ausgekotzt. Oder, der hat sich vor uns versteckt? Vielleicht hat der unser Haus abgefackelt?" Seine andere Hand griff Wolfs Ohr. Er drehte so derb daran, dass Wolf ihn laut anschrie: „Mensch, au, det tut weh! Wat wollt ihr von mir? Mir ist bloß schlecht gewesen. Ja, ich musste mal kotzen!" Der Stiernackige bemerkte: „Bäh! Äh! Du Schwein stinkst ooch noch säuerlich!" Er stieß Wolf so gewaltig von sich, dass er den Halt zum Boden verlor und nach drei Stolperschritten schmerzhaft auf dem Schuttberg landete. Aber gleich war er wieder flink auf den Beinen. Plötzlich packte ihn die Wut. Sein Mut wuchs über ihn hinaus und er wurde leichtsinnig, als er die Männer anfuhr: „Und wenn ich euch sehe, dann muss ich noch mehr kotzen! Ihr verfluchten Satanisten!" Während sich der Stiernackige wutschnaubend auf Wolf stürzen wollte, stellte sich der Geschniegelte zwischen die beiden. Er trat dicht an Wolf heran, schob sein spitzes Kinn provozierend weit vor, erfasste ihn mit stechendem Blick und fragte im scharfen Ton: „Und was bist du für einer? Was suchst du hier, he? Hast hier wohl gekokelt, was? Der Täter kehrt meist zum Ort seines Verbrechens zurück!"

Die Situation spitzte sich arg zu. Der Stiernackige rieb sich schon lustvoll die Handknochen.

Ein dritter Kerl, der bisher abseits und still dem Geschehen beiwohnte, glotzte die ganze Zeit Wolf an. Das Gesicht kam ihm bekannt vor. Es dämmerte ihm. Die Hetzjagd nach ihm in den Büschen am Jugendheim kam ihm in Erinnerung. Er überlegte krampfhaft: *Wie war der Name auf dem Brief, den ich übergeben sollte?* Plötzlich trat er aus dem Schatten der Bäume hervor und wandte sich an Wolf: „He, wie heißt'n du? Dich kenne ich von irgendwo her."

Als Wolf diesen Mann mit dem ungewöhnlich spacken Körper und mit dem eingefallenen Gesicht wiedererkannte, fuhr ihm nun doch der Schreck in die Glieder. Der Spacke kam ganz dicht an Wolf heran: „Bürschchen, deine Visage habe ich schon mal gesehen. Ich glaube, im Jugendheim. Du bist doch der Volt, Moldt oder so? Ihr habt mich damals gehetzt wie die Hunde." Die Lage wurde immer heikler.

Saupe musste eine Eskalation verhindern. So mischte er sich ein, stellte sich zwischen die beiden und meinte: „Das ist mein Sohn. Der begleitet mich. Der will auch mal bei der Versicherung eine Lehre anfangen. Der kann hier von mir was lernen."

Der Geschniegelte stand abwartend daneben und maß Saupe mit einem abfälligen Blick. Der Stiernackige stand schon mit geballten Fäusten zum Angriff bereit. Der Spacke rieb sich frohlockend die Hände und rief triumphierend: „Der heißt Polt! Ja, det ist Polt! Der ist beim Chef in Ungnade gefallen!" Kurz bevor sich die dramatische Spannung entlud, hielt auf der anderen Straßenseite ein Auto vor der

Toreinfahrt. Der Geschniegelte sah, wie zwei Männer aus dem schwarzen Audi ausstiegen und wurde zusehends nervös. Er befahl seinen verdutzten Kumpanen: „Los, wir müssen verschwinden!" Hastig drängten sich die Kerle ins Auto und fuhren eilig vom Grundstück.

Als die unangenehmen Kerle vom Gehöft gefahren waren, stand Wolf immer noch wie gelähmt und kreidebleich da.

Saupe versuchte, Wolf aus seiner Versteinerung zu holen und meinte: „Das sind ja schräge Vögel. So sehen also Satanisten aus? Na, mir scheint, dass die nur einen ganz geringen geistigen Horizont haben. Aber, wieso meinte der eine, dich zu kennen?"

„Ach, der Kerl lungerte mal am Heim herum. Der gab mir einen Brief vom Oberpriester. Den Kerl haben die Jungs dann regelrecht gejagt." Wolf schlotterten noch die Knie. Schließlich bat er Saupe inständig: „Lassen sie uns bloß schnell von hier abhauen! Dieser Ort bedeutet nur Unheil! Ich verspreche, ich werde die Therapie fortsetzen. Ehrlich!"

Die zwei Männer aus dem Audi betraten das Grundstück und traten auf die beiden zu. Wolf bemerkte verschüchtert: „Was wollen die denn hier? Sind das auch solche Spinner?"

Die Männer stellten sich etwas grantig vor: „Wir sind von der Kriminalpolizei und untersuchen die Brandruine. Und wer sind sie? Was machen sie hier?" Saupe log, ohne rot zu werden: „Wir sind von der Versicherung. Höhe des Schadens begutachten." Der eine fragte noch: „Und wer waren die anderen drei Herren, die es so eilig hatten?"

Saupe lagen schon die Worte auf der Zunge: *Das sind Satanisten, die hier immer Schwarze Messen abgehalten haben.* Aber Wolf stieß ihm, von den Männern unbemerkt, seinen Ellenbogen in die Seite und behauptete rasch: „Och die, die kennen wir auch nicht. Sind solche komischen Typen. Die waren nur kurz hier."

„Na gut", sagte der eine Kripobeamte, „dann werden wir mal intensiv nach der Brandursache suchen, denn wie es scheint, hat hier jemand vorsätzlich einen Brand gelegt." Und sie verschwanden in der schwarzen, rauchigen Ruine.

Wolf atmete erleichtert auf und drängte Saupe, der sich von dieser satanischen Ruine noch nicht losreißen konnte, zum Auto: „Kommen sie, wir hauen hier ab!" Saupe entgegnete gelassen: „Also ein bisschen würde ich die gern noch bei ihrer Kripoarbeit zusehen."

„Nee, nee, also der zweite Therapieschritt reicht mir für heute!", sagte Wolf abwehrend, öffnete die Autotür, rutschte auf den Sitz und sagte fast im Befehlston: „Nun steigen sie schon ein! Und geben sie Gas!"

Wolf büffelte für die Abschlussprüfungen. Dabei lenkte ihn die Erinnerung an die Begegnung mit den drei schrägen Typen bei der Brandruine immer wieder ab. Dass ihn einer von denen erkannt hatte, beunruhigte ihn sehr. Doch in den Nächten, wenn er lange wach lag, drehte sich alles um die Prüfungen. Nur selten tauchte Luzifer schmenhaft auf. Aber er raubte ihm nicht mehr den Schlaf, wie es vorher oft geschehen war. Also stand Wolf zwar unter Spannung – aber nur durch den Prüfungsstress, den er sich mit Sylvi teilte. Stundenlang hatten die beiden eifrig über ihren Lehrbüchern und Schnellheftern gehockt.

An diesem Tag war in Deutsch der Prüfungsaufsatz zu schreiben. Die Themen standen an der Tafel. In der Aula saß jeder einzeln an einem Tisch. Wolf las mehrmals die Themen. Er war unschlüssig und konnte sich nicht sogleich entscheiden. Nach gründlichem Abwägen entschied er sich für das Thema: *Die Verführung junger Menschen in der modernen, freien Gesellschaft.*

Nachdem er seine Wahl getroffen hatte, legte er los und notierte die Überschrift seines Aufsatzes: *Der Pakt mit Luzifer.*

In seinem Kopf wirbelten die Gedanken und viele Bilder durcheinander. Er brauchte fast eine halbe Stunde, um sie zu ordnen, um sie dann auf's Papier zu bringen.

Für Stunden war er aus der realen Welt ausgeschert. Er versank in seine mystische Traumwelt. Das Schreiben flutschte nur so. Er fühlte sich plötzlich dazu berufen, als Mahner zu agieren.

Als Wolf den letzten Punkt gesetzt hatte, spürte er, dass er innerlich ausgelaugt war. Seine Haare waren zerzaust. Seine Finger waren vom Schreiben verkrampft. Aber er fühlte sich glücklich und frei, sich alles von der Seele geschrieben zu haben, was ihn lange Zeit seelisch bedrückt hatte.

Erleichtert und sichtlich vergnügt, verließen Wolf und Sylvi das Schulgebäude. Sie tauschten sich über ihre Aufsätze aus. Sylvi hatte sich das selbe Thema ausgesucht. Nur, sie hatte ihr Beispiel aus dem Sportleben gewählt.

Sorglos schlenderten sie Hand in Hand durch die Straße. Von hinten näherte sich ein Golf. Der Fahrer drosselte das Tempo, fuhr einige Meter neben den beiden her, stoppte abrupt. Zwei Männer sprangen aus dem Auto, packten Wolf mit groben Griffen und rissen ihn mit Gewalt von Sylvi fort. Da sich Sylvi an seinem Arm festklammerte, stieß sie der eine Kerl, in welchem Wolf sofort den Stiernackigen erkannte, derart hart zur Seite, dass sie stolpernd auf das Straßenpflaster fiel.

Wolf trat mit den Füßen und versuchte, sich loszureißen. Er schrie: „Was wollt ihr von mir? Lasst mich in Ruhe! Ich will von euch nichts mehr wissen! Für mich ist Luzifer tot!"

Doch die beiden Kerle verrenkten ihm die Arme so sehr, dass er nur noch laut stöhnen konnte. Während sich Sylvi wieder hochrappelte und ihre aufgeschlagenen, blutenden Knie schmerzhaft wahrnahm, hatten sie Wolf bereits ins Auto gedrängt. Sie stürzte zum Auto, bummerte mit den

Fäusten auf das Dach und fluchte lautstark: „Ihr Schweine! Lasst den Wolf wieder frei! Hilfe! Hier wird einer entführt!" Einige Leute blieben stehen, verfolgten das Geschehen, griffen aber nicht ein. Mit quietschenden Reifen rasten die Kerle davon. Nur noch sehr kurz konnte Sylvi einen Teil vom Nummernschild lesen. Sie prägte sich Autotyp und Farbe ein. Dann hinkte sie weinend nach Hause. Von zu Hause aus rief sie den Heimleiter an. Ihre Stimme klang traurig und resigniert: „Hier ist Sylvia. Ich möchte ihnen mitteilen, das Wolf Polt soeben von drei Männern in einem blauen Golf entführt wurde. Sie haben ihn äußerst rabiat ins Auto gezerrt. Es waren wohl Satanisten…" Dann nannte sie noch ein paar Buchstaben und Zahlen, die aber kaum einen Sinn ergaben. Der Heimleiter meldete unverzüglich der Polizei die Entführung eines ihrer Jungen.

Eingekeilt zwischen dem Stiernackigen und einem Kerl, der ebenfalls ein bulliges Aussehen hatte, saß Wolf, von Angst gequält, im Auto. Er fragte sich: *Wo fahren die mit mir hin? Was haben die mit mir vor?*
Die Kerle schwiegen. Hin und wieder grinsten sie ihn höhnisch an. Als sich Wolfs Erregung gelegt hatte, und sein Mut in ihn zurückgekehrt war, fragte er mit fester Stimme: „He, was habt ihr mit mir vor? Wohin fahrt ihr mit mir?"
Der Stiernackige polterte ihn gleich an: „Halt´s Maul! Du Brandstifter!"
Wolf geiferte: „Wieso Brandstifter? Mensch, ich bin doch kein Brandstifter! Ihr seid doch irrsinnig!"
Da bohrte ihm der Stirnnackige seinen rechten Ellenbogen derart in die Seite, dass Wolf vor Schmerz nicht atmen konnte. „Du sollst die Schnauze halten, habe ich ich dir doch befohlen!" fuhr ihn der Stiernackige wütend an.
Da meldete sich der Fahrer zu Wort, den Wolf erst jetzt bewusst wahrnahm. Es war der Spacke, den sie am Heim gejagt hatten. In seiner Stimme lag der Genuss von Rache:

„Nun bist du uns doch in die in die Hände geraten! Du hast unseren Treffpunkt abgefackelt! Vielleicht nur so aus Spaß? Vielleicht aus Rache? Du wirst gleich vor dem Oberpriester stehen."

Wolf hatte inzwischen wieder Luft holen können und wollte sich verteidigen: „Das stimmt nicht! Ich habe das Haus nicht angesteckt!" Jetzt bohrten sich links und rechts Ellenbogen in seine Rippen. Der Schmerz war bestialisch. Aber Wolf biss die Zähne aufeinander. Den Kerlen gegenüber wollte er sich keine Blöße geben.

Unerwartet zog der Stiernackige eine Kapuze hervor und stülpte diese Wolf über den Kopf. Wolf wollte sie abwehren, doch der andere umklammerte seine Handgelenke. Wolf stellte fest: *Keine Sehschlitze*. Da wusste Wolf, dass er nicht sehen sollte, wohin die Fahrt ging.

In der nächsten halben Stunde kreisten Wolfs Gedanken um die vielen Erlebnisse der letzten Jahre. Schöne und unschöne Bilder liefen vor ihm ab. Und er fand sich damit ab, ein Ritualopfer zu werden. In der Satanistenliteratur hatte er viel darüber gelesen. Er sagte sich: *Zu meinem siebzehnten Geburtstag hatte mich Luzufer verschont – aus welchen Gründen auch immer. Nun werden seine Häscher es nachholen. Und mich in die Hölle befördern.* Und er dachte an Sylvi, dass ihre kurze Liebe nun für immer zu Ende ginge.

Während er so in Erinnerungen versunken war, holperte das Auto über einen unebenen Weg. Es hielt an. Die Türen wurden aufgestoßen und Wolf herausgezerrt. Die beiden Grobiane packten ihn unter die Arme und bugsierten ihn zu einem alten Bauwagen. Sie hievten ihn die Stufen hinauf, öffneten die Tür, schoben ihn in den Bauwagen und stukten ihn auf einen Schemel. Als ihm die Kapuze vom Kopf gerissen wurde, stieg ihm ein miefiger, ekelhafter, mit Zigarettenqualm geschwängerter Dunst in die Nase. Vor ihm stand der Oberpriester in seinem scharlachroten

Gewand. Salbungsvoll, mit unverkennbarer Drohgebärde, begann er zu reden: „Du Abtrünniger, du Verräter! Du Brandstifter! Du hast die Gnade des Meisters verwirkt! Der Fluch der Vernichtung trifft dich! Die Macht Satans sollst du zu spüren bekommen! Durch uns Getreuen wird er dich strafen!"

Wolf erkannte den Ernst seiner aussichtslosen Lage. Die nackte Angst hatte ihn ergriffen. Seine Hände kneteten. Seine Zunge klebte am Gaumen. Sein Körper gehorchte ihm nicht mehr, als er versuchte, spontan aufzustehen und wegzulaufen. Wolf war wie gelähmt. Luzifer hatte wieder Macht über ihn.

Der Oberpriester nahm einen Kelch, goß aus einem kleinen Fläschchen eine milchige Flüssigkeit in den Kelch, die aussah wie der Likör Küstennebel, den Wolf schon mal probiert hatte. Er fragte sich mit Entsetzen: *Wollen die mich betrunken machen?* Dann sprach der Oberpriester richtig weihevoll: „Komm, unser Gebieter will, dass du den himmlichen Trunk zu dir nimmst! Der wird dich wieder auf den richtigen Weg bringen."

Noch bevor sich Wolf dagegen wehren konnte, hatten ihn die beiden Kerle, die hinter ihm standen, gepackt. Der Stiernackige preßte ihm den Mund auf. Wolf spürte den Kelch an den Lippen und schmeckte das bitter-süßliche Getränk. Sie hielten seinen Kopf so, dass die Flüssigkeit durch den gestreckten Schlund fließen konnte. Wolf musste nur Schlucken.

Kaum war der Kelch geleert, da spürte Wolf, wie es in seinem Kopf kreiste. Er sah alles verschwommen. Die Gesichter der Kerle, die sich ihm anzüglich näherten, verzogen sich zu grässlichen Fratzen. Schließlich fiel sein Oberkörper nach hinten. Sie schleppten ihn auf eine Liege. In seinen Ohren klangen gräuliche Melodien. Die Kerle rissen ihm die Hose und die Turnhose vom Körper. Dann wurde es um ihn herum immer dunkler. Nur aus weiter

Ferne vernahm er ihr Keuchen. Die Kerle missbrauchten ihren abtrünnigen, wehrlosen Satansbruder.

Ein heftiges Rütteln an der rechten Schulter und die Worte: „Hallo! Junger Mann, aufwachen!", ließen Wolf allmählich wieder ins Leben zurückkehren. Er lag rücklings auf einer Parkbank. Über ihm das Gesicht einer Frau, die ihn besorgt ansah, den Kopf schüttelte und vorwursvoll fragte: „Na, mal wieder Komasaufen gemacht?" Wolf wollte sich aufrichten, aber es gelang ihm nicht. Ihm war schwindlig und speiübel. Die Glieder taten ihm weh. Noch schlimmer schmerzte sein Unterleib. Es brannte höllisch. Noch einmal versuchte er, sich aufzurichten. Aber er war zu kraftlos. Er faselte vor sich hin: „Die Schweine haben mich entführt und miss...." Die Frau verstand nicht und fragte: „Wer hat dich entführt?" Mit schwacher Stimme sagte Wolf: „Die drei Kerle." Er sank in eine Ohnmacht. Daraufhin nahm die Frau ihr Handy und rief einen Notarztwagen.
Nach wenigen Minuten traf der Rettungsdienst ein. Man brachte Wolf als ein vermeintliches Opfer vom Komasaufen ins nächste Krankenhaus.
Dort kam er bald wieder zu sich. Die Untersuchung ergab, dass er unter Drogen gestanden hatte, dass er vergewaltigt worden war.
Nachdem man ihm den Magen ausgepumpt hatte, war Wolf fast wieder richtig hergestellt. Und er berichtete freimütig von dem Schrecklichen, was er hatte durchmachen müssen und nie vergessen würde.
Die Polizei nahm alles zu Protokoll. Jedoch alle Angaben von Wolf und von Sylvi zu den Tätern waren zu vage. Gemeinsam fertigten Saupe und Wolf Phantombilder der Kerle an, auf die sie bei der Brandruine getroffen waren.

Nach diesem schlimmen Ereignis stellten sich alle besorgt die Frage: *Was geschieht aber, wenn Wolf aus dem Heim entlassen wird? Werden ihn die Satanisten jagen, bis sie ihn zur Strecke gebracht haben?* Diese Sorge war nicht unberechtigt. Saupe meinte: „Die Verbrecher werden auf Wolf lauern wie eine zähnefletschende Hundemeute."

Und so saßen sie eines Tages beisammen: Rektor Saupe, die Erzieherin Plöntke, Wolf, Sylvi und ihre Eltern. Sie berieten, wie es für Wolf nach der Entlassung aus der Schule und aus dem Heim weitergehen sollte.
Sylvi sagte: „Ich gehe nach den Ferien zum Gymnasium in die Kreisstadt. Und was wird aus Wolf?" Die Erwachsenen schauten sich schweigend an, als wollten sie mit Blicken auslosen, wer das Wort ergreifen sollte. Immerhin musste ihr eine für die beiden unangenehme, aber unumgängliche Entscheidung verkündet werden.
Sylvi und Wolf begriffen nicht, weshalb sich keiner zur aufgeworfenen Frage äußerte. Sylvi hakte herausfordernd nach: „Nun, was ist? Warum schweigt ihr so komisch?"
Schließlich erklärte ihr Vater, was schon länger geplant war: „Also Kinder, der Wolf ist hier nicht sicher. Die werden ihn nie in Ruhe lassen. Sie werden ihn bedrängen. Und was soll werden, wenn er draußen auf sich selbst gestellt ist? Wenn er keine Freunde zur Seite hat, die ihn vor diesen rabiaten Typen beschützen? Deshalb haben wir einen sehr guten Vorschlag: Ihr wisst, ich hatte doch einige Monate in Schweden gearbeitet, kenne also viele nette Leute dort. Und zu einer ganz lieben Familie habe ich einen besonders freundschaftlichen Kontakt. Du weißt es, Sylvi. Wir haben uns schon ein paar Mal gegenseitig besucht. Diese Leute würden Wolf bei sich aufnehmen. Sie haben ihm auch schon eine Lehrstelle als Steinmetz besorgt." Er wandte sich an Wolf direkt: „Du wolltest doch gern Tischler werden? Steinmetz ist ja so ähnlich. Da brauchst du auch Fantasie und handwerkliches Geschick. Na, wie findest du das?"

Saupe hängte sich gleich ins Gespräch rein und meinte: „Als Steinmetz könntest du selbst einen schönen Grabstein für deine Mutter entwerfen und herstellen. Du wünschst dir doch für ihr Grab etwas Prachtvolles."

Sylvi und Wolf waren wie zu einem Eisblock erstarrt. Diese Offenbarung der autoritären Erwachsenen hatte die beiden eiskalt erwischt. In ihnen brodelte das Aufbegehren. Aber, zunächst fanden sie keine Worte. Beiden gingen die selben Gedanken durch den Kopf: *Und überhaupt, wozu noch widersprechen? Die haben ja alles schon hinter unserem Rücken geplant und entschieden! Was nützt es da noch zu meutern?*

Sylvis Vater wurde ganz ernst, als er darauf hinwies: „Also, das muss eine ganz heimliche Aktion werden. Niemand, außer uns und dem Heimleiter, darf erfahren, wo sich Wolf aufhält! Die Burschen sind zu gefährlich."

Nun begriffen auch Wolf und Sylvi den Ernst der Lage. Sylvi tröstete sich, als der Vater ihr in Aussicht stellte, ihren Wolf bald in Schweden besuchen zu können.

Der Heimleiter sprach zum Abschied ein paar rührende Worte: „Lieber Wolf, ich wünsche dir von Herzen viel Erfolg und Glück. Pack´ die Chance am Schopfe und mach was aus deinem Leben! Wir werden oft an dich denken und hoffen, dass auch du uns nicht so schnell vergisst. Mach´s gut Junge! Und Kopf hoch!"

Der Abschied von Waldi fiel Wolf besonders schwer, weil er ihm nicht sagen durfte, wohin er reisen würde. Als sich beide umarmten, flüsterte er Waldi ins Ohr: „Mach´s gut Schnarchi! Du warst ein netter Kumpel. Ich werde dich vermissen. Du mit deiner Hasenscharte." Beide lachten und klopften sich gegenseitig auf die Schultern.

Sylvis Vater fuhr Wolf zum Flughafen. Lange hielten sich Sylvi und Wolf fest umschlungen. Sie tauschten die üblichen Schwüre von Liebe, Treue und auf ein baldiges Wiedersehen aus - und dazu viele Zärtlichkeiten.

.